El bolígrafo
de gel verde

El bolígrafo
de gel verde

Eloy Moreno

Papel certificado por el Forest Stewardship Council®

Penguin
Random House
Grupo Editorial

Primera edición: septiembre de 2024

Printed in Spain — Impreso en España

ISBN: 978-84-666-8008-0
Depósito legal: B-10.412-2024

Compuesto en Llibresimes
Impreso en Rotoprint By Domingo, S.L.
Castellar del Vallès (Barcelona)

BS 8 0 0 8 0

¿Conocen este chiste? Dos señoras de edad están en un hotel de alta montaña y dice una:

—Vaya, aquí la comida es realmente terrible.

Y contesta la otra:

—Sí, y además las raciones son tan pequeñas...

Pues, básicamente, así es como me parece la vida: llena de soledad, miseria, sufrimiento, tristeza, y, sin embargo, se acaba demasiado deprisa.

WOODY ALLEN, *Annie Hall*

Prólogo

Mi historia, su historia

Una tarde de 2007 me senté frente al ordenador con una idea en la cabeza: escribir la novela que a mí me hubiese gustado leer.

Invertí más de dos años en terminarla, miles de horas inventando personajes, capturando pedazos de realidad… En resumen, invertí una pequeña parte de mi vida en crear otras vidas.

Fue a mediados de 2009 cuando la acabé, cuando escribí la última palabra de una novela que llevaría por título *El bolígrafo de gel verde*. Aquella misma noche, la de la creación final, encendí nervioso el ordenador para comunicárselo. Pulsé sobre el archivo y lo abrí, y allí apareció **ella**. Me quedé mirándola, pasando páginas sin leerlas, hasta que llegué a la última de las frases, a la última de las palabras: **«Estás perfecta», le dije.**

Recordé aquellos dos años juntos; todas las horas, las tardes, los días y las noches que habíamos pasado acompañándonos; aquellas madrugadas en las que yo acababa dormido sobre el teclado; todas esas risas y todas esas lágrimas que compartimos mientras la estuve escribiendo. Y, tras el paso de unos minutos en esa, nuestra intimidad, me hizo una pregunta para la que yo no tenía respuesta: *«¿Y ahora qué?».*

¿Y ahora qué?… Había estado tan inmerso en su creación que no me había planteado qué haría después con ella, qué haríamos. No tenía respuesta. Nunca pensé en su existencia más allá del nacimiento; nunca imaginé que no quisiera quedarse en *Nunca Jamás* para siempre.

Durante varias semanas, cada noche me acercaba al ordenador, lo encendía y la miraba. En realidad nos mirábamos. Así nos podíamos pasar horas. Y fue durante esas noches cuando me di cuenta de que una novela nace para ser leída.

Así que decidí ser yo mismo quien le devolviera la vida, ser yo quien la publicase. Aún recuerdo la tarde en que se lo dije. Aún recuerdo su sonrisa, sus ganas por salir de aquel ordenador que se había convertido en su cárcel.

LA AUTOEDICIÓN

Opté por editarla yo mismo. Si había sido capaz de estar durante dos años escribiéndola; ¿por qué no iba a poder editarla? Le comuniqué la decisión. «Cariño —le dije—, eres lo mejor que ha salido de mis manos. Te escribí para ser leída y no voy a permitir que nadie te desprecie sin ni siquiera llegar a leerte. Tú no has nacido para eso.»

Y fue así como ella y yo, obra y autor, comenzamos el camino juntos. Trabajamos de nuevo durante meses; días y noches en los que estuve jugando con sus formas, buscándole el mejor formato, el mejor tipo de letra, la distancia exacta entre sus huesos que eran líneas, entre sus órganos que eran párrafos... Le busqué una buena imprenta para dotarle de una piel de papel. Y así fue como, hace quince años, un día de noviembre de 2009, tuve el primer ejemplar entre mis manos.

Ahora ya sólo faltaba distribuirla. Podría haber contratado a una empresa, pero sé que ella nunca se hubiese atrevido a ir sola. Estuvimos demasiado tiempo juntos, así que finalmente decidí acompañarla a todas partes.

Admito que al principio fue difícil, en algunas librerías ni siquiera nos recibieron: «**No van ustedes por el canal adecuado**», nos decían. Y en las que lo hicieron, tampoco nos tomaron muy en serio, pues dejaban los ejemplares en lugares demasiado escondidos, lugares donde ella no podía lucir aquel traje que tanto le gustaba.

Por eso estuve durante muchos días, durante muchas horas, de pie fuera de las librerías, repartiendo marcapáginas y hablando uno a uno con todos los posibles lectores. Aún recuerdo cada vez que iba a una librería y les intentaba convencer para que me dejasen estar todo el día en la puerta promocionando la novela.

Y así, con mi insistencia y su calidad, la situación fue mejorando. Y claro, con el aumento de ventas, comenzaron a tratarla con respeto; incluso con cariño, que era más importante. Cada vez estaba más visible, en mejores estanterías y junto a mejores novelas. **Tendríais que haber visto su cara el día que la colocaron junto a Saramago...**

También he de reconocer que tuve mucha ayuda, pues mis padres la adoptaron, como a ese nieto que aún no habían tenido. Y si mi padre se encargaba de recoger los paquetes de libros que iban llegando de la imprenta y llevármelos a la librería en la que estaba de promoción, fue mi madre la que ejerció un papel más sentimental, pues a partir del nacimiento de la novela se dedicó a llevar siempre un ejemplar en el bolso para enseñarla en cualquier pescadería, mercado, frutería y demás establecimientos por los que habitualmente pasaba. Una parte de ella —a la novela me refiero— se acostumbró a vivir al abrigo de una madre que no era biológica, pero sí adoptiva.

Y así, conforme pasaba el tiempo, cada vez más lectores preguntaban por la novela. La buscaban o comentaban sobre su trama sin saber que ella estaba ahí, sobre cualquier estante, escuchándolos.

LA PROMOCIÓN

Posteriormente, en mi rol de padre que quiere ver crecer a su criatura, intenté llevarla a lugares más grandes, como El Corte Inglés, la FNAC, La Casa del Libro... En la mayoría de ellos, al principio me respondieron con negativas: «No va por los cauces adecuados», me decían. Pero yo volvía de nuevo a intentarlo, y volvía y volvía, hasta que finalmente me permitían ponerla a la venta e incluso me dejaban estar por allí promocionándola.

Y así, poco a poco, ciudad a ciudad, creamos lo que ambos denominamos «el TOUR 2010» que, recuperando el espíritu de las bandas de rock, consistía en coger el coche, llenar una maleta con decenas de ejemplares e ir por distintas ciudades dando a conocer la novela. Se trataba de ciudades que normalmente no escogía yo sino los propios lectores, pues ellos con su insistencia convencían a librerías, organizaciones, ferias... para que me dejasen estar allí promocionando la novela.

Finalmente conseguí ponerla a la venta en La Casa del Libro de Castellón. Inmediatamente lo comuniqué en Facebook y cientos de personas escribieron una opinión sobre el libro en su web. Consecuencia: gracias a todas esas opiniones, la novela se situó como la segunda más valorada y ahí comenzó todo lo que vino después.

Esta aventura llegó a oídas de una gran editorial y se pusieron en contacto conmigo para poder distribuir el libro en toda España.

Y finalmente llegó el día, un **13 de enero de 2011** en el que mi primera novela, *El bolígrafo de gel verde*, se puso a la venta a nivel nacional.

Así nació ella y así nació mi carrera literaria.

Después de toda aquella aventura, de aquel Tour 2010, me quedo, de por vida, con una experiencia que me aportó amigos en muchas ciudades, compañeros de aventura en ferias, lectores que simplemente venían a saludarme, personas que me contaban sus pequeñas o grandes historias mientras hablábamos de libros, cientos de fotografías y millones de recuerdos. Y sobre todo, me di cuenta de que a veces los molinos no son tan grandes como los vemos.

Gracias a todos los que me habéis ayudado a llegar hasta aquí.

Una vida —cualquiera— se resume en una serie de acontecimientos especiales, de puntos y aparte. Puntos que, por más tiempo que transcurra, permanecen intactos en la memoria, remanentes hasta el mismo día en que nos alcanza la muerte.

Si deseamos que aparezcan, basta con pararse a pensar en todo lo que uno ha hecho durante su vida (o en lo que no ha hecho) y la sucesión de esas imágenes, difusas en la mente, son el *unir los puntos* de nuestra existencia.

No suelen ser hechos trascendentes, sino simples momentos tan insignificantes para cualquier otra persona como especiales para uno mismo: el primer «te quiero», la muerte de un familiar o la muerte de un ser querido, la frontera que traza el primer «usted», el temblor de piernas incontrolable tras un accidente, las noches pasadas en un hospital prometiendo cosas a un dios que después olvidas, el primer beso en los labios o el primer beso en la boca —nunca es lo mismo—, la peor discusión con tu mejor amigo, ver tempranear al sol, la cicatriz más grande del cuerpo, el brotar de una vida, las noches en casa de los abuelos, descubrir que una pesadilla ha sido una pesadilla o la primera vez que comprendes que siempre que alguien quiere comprar hay alguien que, al final, vende.

Tesoro

Después de casi dos semanas empecinados, con la ilusión como principal motor del esfuerzo, acariciábamos la esperanza de terminarla. Contemplamos, ya durante el anterior verano, la necesidad de construir un lugar donde guarecernos del sol de las tierras manchegas; un refugio donde suavizar una sequedad a la que no acabábamos de acostumbrarnos los que veníamos de la costa.

Podríamos haber esperado a que la tarde estuviera mucho más madura —aunque ahora, desde el recuerdo, no sé si eso hubiese alterado en algo lo que vino después—, pero los días pasaban demasiado rápido y sólo agosto era nuestro.

Aquella tarde comenzamos pronto. Con el postre aún entre los dientes, nos levantamos de la mesa para recorrer, con pasos que casi eran saltos, el largo pasillo que separaba el pequeño comedor de la gran cocina: espaciosa, con nevera de las de congelador arriba; conjunto de horno y encimera de butano; pila de mármol amarillento; dos sillas de las de asiento de mimbre y respaldo de madera; y una mesa, arrinconada en la pared, sobre la cual colgaba, desde hacía años, el mismo calendario: una joven señorita —o no tanto— nos mostraba, enfundada en un mono azul, sus generosos pechos convenientemente embadurnados de aceite: Talleres Garrigo, 1981.

Desde la cocina, a través de una cortina de canutillos, se accedía a la galería: alargada y extremadamente estrecha. La recorrimos en apenas cuatro zancadas para dirigirnos a la escalera —de pendiente acusada, peldaños agrietados y barandilla oxidada— que desembocaba en el patio.

No era aquel patio grande, sino enorme. Tapizado de tierra y de aspecto rectangular, distribuía, a la izquierda, una pequeña piscina junto a medio campo de baloncesto; al fondo, dos *portás* gigantes; y a la derecha, también al fondo, el rincón donde habíamos estado trabajando durante tantos días.

Aquella tarde de viernes se nos presentaba —como venía siendo habitual— relajada, varada en un agosto tranquilo. El cielo, liso y de un azul despejado, apenas ofrecía obstáculos a un sol que se ensañaba quemando la tierra que pisábamos. El viento ni siquiera era capaz de mover el pequeño molinete colocado en lo alto del único árbol que teníamos. Y el silencio que nos rodeaba era tan intenso que, sin apenas escucharlo, lo oíamos.

Comenzamos los preparativos para otra dura jornada de trabajo, la última si todo iba bien —al final fue la última yendo todo mal—. Colocamos nuestros taburetes de mimbre junto al alto muro de piedra, aprovechando así una pequeña franja de sombra que, a partir de las tres, comenzaba a dilatarse. Nos dividimos el trabajo para localizar de nuevo todo el material necesario: la vieja sierra de mango rojo que apenas serraba; la caja de herramientas repleta de clavos, tornillos y tuercas; los dos martillos; los alicates amarillos y varios destornilladores que abandonábamos cada día aquí y allá.

Y así, sin atisbo de sospecha, una apacible tarde de agosto, en apenas dos horas, se iba a rebelar contra nosotros.

Aquel rincón, el nuestro, en el que nos reuníamos cada día, pasó de ser una madriguera de niños a un nidal de ilusiones. Un lugar que almacenaba —además de ladrillos, maderas, tejas y todo tipo de chatarra— secretos, miradas y conversaciones que en aquellos años no llegamos a compartir con nadie más.

He estado, a lo largo de mi vida, en rincones —nunca esquinas— parecidos, pero en ninguno de ellos he sido capaz de encontrar lo que dejamos en aquel que hace años compartimos.

Comenzamos allí, arrinconados, lo que en breve supondría el final del verano; y a su vez, el final de todos los veranos juntos. Habían pasado ya los días de trazar la planta, de diseñar los bocetos y de colocar los ladrillos; había pasado ya el difícil momento de sostener el hueco de la entrada, de alinear las paredes y de equilibrar el conjunto. Todos esos días, con sus horas y sus minutos, con sus goces y sus disputas, habían pasado. Y tras el pasar de aquellos momentos, llegó el día más importante: nos restaba colocar el techo.

Ocupamos la mañana de aquel viernes seleccionando tablones: carcomidos a decenas, aceptables apenas ocho o nueve; pero tuvimos suficientes. Cuatro y cuatro, ese fue el reparto; primero Toni y después yo; y después él y después yo otra vez.

Y así, suavemente, temblando tanto como se balanceaba el conjunto, los fuimos colocando.

La tarde la ocupamos buscando tejas. Había muchas, pero casi todas rotas. Pasó más de una hora hasta que conseguimos reunir una veintena aceptable. Las limpiamos a fondo con un trapo, haciendo enloquecer a las tijeretas que las habitaban: la mayoría, en su huida, nos subían por los brazos.

Con cuidado de cirujano sobrio, las colocamos sobre toda la estructura —un peso demasiado exagerado para unas débiles maderas—, rehusando la idea de añadirle pendiente, eso no era tan importante. Allí, en verano, apenas llovía.

Serían casi las cinco de la tarde cuando colocamos la última teja en su lugar: la obra estaba acabada.

Silencio, esa fue nuestra alegría, nuestra recompensa. Un silencio prolongado, generoso, íntimo, de los que permiten ser recordados con el paso de los años. Un silencio irrepetible, ruidoso al fin y al cabo. Entre ambos, sólo hubo silencio. Y esa ausencia de sonidos fue el principio del final.

Era, a nuestro parecer, perfecta: unos dos metros de ancha, unos tres de larga y casi dos de alta. Todo —ladrillos, maderos y tejas— estaba unido con ganas, con ilusión, pero con nada más.

A ninguno de los dos se le pasó por la cabeza que una leve brisa podría hacerla caer; a ninguno de los dos se le pasó por la cabeza que aquella casa tenía demasiadas similitudes con la del primer cerdito. Pero es que con doce años hay cosas que a uno no se le pasan por la cabeza.

Las vacaciones de verano siempre fueron especiales, seguramente porque su duración dejaba a la Navidad o a la Semana Santa en meros descansos. Eran casi tres meses sin pisar la escuela, tres meses por delante que se nos antojaban eternos. Y aun así, aun a pesar del desahogo que ofrecían, a partir de la tercera semana de agosto los días se precipitaban sin remedio hacia el nuevo curso.

A finales de julio nos preparábamos para iniciar las vacaciones en el pueblo. El ritual era todos los años similar: a las siete nos levantábamos, desayunábamos y, con la ilusión por sangre, sacábamos al pasillo todos los bártulos para que mi padre, a modo de porteador, los fuera colocando en la vieja furgoneta. En unos minutos, el vehículo iba hasta los topes con todo lo que podía necesitar una familia para pasar un mes completo de vacaciones: numerosas bolsas de comida —latillas, leche y todo aquello que aguantara semanas—, varios juguetes, libros de repaso y maletas repletas de ropa: ropa corta, ropa larga, ropa de baño, ropa de pies, ropa de deporte, ropa de vestir y ropa de abrigo, porque en el pueblo nunca se sabe.

Así pues, con todo aquel bagaje, partíamos en nuestra vieja

furgoneta granate —que tenía que aprovechar al máximo las bajadas para poder coger carrerilla en las subidas— hacia tierras conquenses con la ilusión de iniciar, al estilo *Cuéntame,* nuestro mes de vacaciones en el pueblo.

—¿Cuánto falta para llegar? —preguntaba yo a discreción mientras mi madre chupaba medio limón para no marearse y mi hermana no paraba de decir que tenía pis.

—Ya hemos pasado dos toros, así que sólo queda uno... Cuando lo veas, ya casi habremos llegado —me contestaba mi madre a la vez que le daba otro mordisco al limón, agriando la cara de tal modo que no podíamos dejar de reír.

Desde nuestra casa hasta el pueblo —y así es como yo medía entonces las grandes distancias en los viajes— había exactamente tres toros. Tres toros de esos gigantes y negros, de los que alteran el horizonte a lo lejos, cercanos a la carretera. Toros que, durante el resto del trayecto, me dedicaba a buscar sobre una planicie infinita, cubierta de colores pardos, verdes y azafranados que, perfectamente cuadriculados, hacían de La Mancha un lugar como jamás he vuelto a ver. De vez en cuando, mi vista se confundía entre los mantos de girasoles desplegados a orillas de la carretera. Todos con la coreografía aprendida, como la mayoría de las personas que conozco. Más de cien veces los miré y nunca llegué a entender el sentido de sus movimientos: yo siempre los vi cabizbajos, como con ánimo de siesta.

Y de pronto, en algún punto perdido del viaje, por fin la localizaba: una mancha negra en una Mancha de recuerdos. Una mancha que al acercarse a mí se transformaba en toro. Una mancha que en unos minutos se alejaba y se me escapaba de nuevo... faltaba un poco menos.

Una mirada recta, paralela al asfalto que, de vez en cuando, ondulaba verticalmente. Una mirada con la que, en los puntos más elevados, conseguía distinguir el conjunto de casas que formaban el pueblo en el que íbamos a pasar el verano juntos. Aquel, el último.

Cada verano invertíamos los dos primeros días de nuestras vacaciones en arrancar el manto de malas hierbas y cardos —de los de hasta metro y medio— que, aprovechando nuestra ausencia, habían cubierto todo el patio. Era aquel un trabajo duro, «de los que joden la espalda», como decía mi padre.

La tarde del segundo día —jamás recuerdo que se hubiera alargado a un tercero— decidíamos, la mayoría de veces unilateralmente, que las obligaciones habían finalizado.

Y así, con todos los yerbajos, cardos y papeles amontonados en el centro del enorme patio, encendíamos nuestra falla particular.

Alrededor de aquella hoguera se formaba un corro variopinto: los niños —derrotados o simulando estarlo—, sentados en el suelo, daban buena cuenta de sus bocadillos de Nocilla negra; la madre, de pie junto al fuego, acercaba las manos desde lejos; el padre, apoyado en el muro de piedra, disfrutaba del enésimo cigarrillo de la tarde. La abuela, desde la galería, miraba encantada —disfrutando como sólo las personas mayores pueden hacerlo— a toda la familia. Y el abuelo... el abuelo casi siempre estaba ocupado en otros asuntos: sus asuntos.

La pequeña humareda gris niebla que, tras apagar los restos de la hoguera, se difuminaba en el cielo nos indicaba que habían empezado nuestras vacaciones.

Por las noches, aprovechando el pequeño «hoy parece que refresca» que nos regalaba el pueblo, nos vestíamos de domingo y salíamos a festear por el Riato. Una gran avenida que, contrastando con el resto de calles del pueblo —estrechas y saturadas de recodos—, trazaba una perfecta recta repleta de árboles, farolas y bancos de madera. Una avenida donde los bares hacían resucitar, con sus papas, sepias y zarajos, a una población que en invierno hibernaba.

Agosto era la víspera de las fiestas patronales, del montar de los feriantes, de los guachos y las guachas acariciándose las manos, del alcahueteo de las ancianas y del madrugar de los domingos para poder conseguir churros recientes. Eran los días de la reapertura del único cine del pueblo —dedicado a poner películas que hacía meses se habían estrenado en las capitales—, del ensordecedor ir y venir de las motos por las calles, de los cansinos «¿y tú de quién eres?» y de las interminables tardes en los billares jugando a máquinas donde los mejores se permitían el romántico detalle de escribir tres iniciales —la del medio siempre era una Y— en los *high scores*.

Era la época en la que la zona del Carrascal, un futuro parque en construcción provisto ya de algunos bancos, césped a medio rasurar, columpios —básicamente toboganes y ruedas de camión atadas con cadenas— y un quiosco abastecedor de chucherías, servía de testigo de amores de verano, de reuniones hasta la madrugada y del pasear pausado de los ancianos que se advertían, mutuamente, continuamente, que las cosas estaban cambiando en el pueblo.

Recuerdo, a menudo, cómo la tranquilidad se alojaba en nuestras vidas sin apenas darnos cuenta. Los días se sucedían sin agobios y cualquier referencia al estrés parecía sacada de una película americana. Cuando nos tumbábamos un rato después de la comida, no se nos pasaba por la cabeza ponerle límite a su duración, el cuerpo ya lo haría. Si había alguna prisa en el despertar de las mañanas, yo no la recuerdo. Esa tranquilidad llegaba a rozarnos los huesos cuando, por las noches, tumbados sobre el césped húmedo, con un manojo recién arrancado entre los dedos, mirábamos al cielo esperando ver la fugacidad de una estrella que nos permitiera pedir un deseo.

Creo que nunca pedí el adecuado.

—¿Quién entra primero? —dije con miedo, como si el hecho de hacer la pregunta me evitara tener que ser yo quien la inaugurase.

—Tú mismo —me contestó Toni.

Y con más miedo que ilusión, con más recelo que ansiedad, entré lentamente en nuestra cabaña de ladrillo, madera y teja.

A pesar de su altura, tuve que entrar gateando: el hueco de la puerta era demasiado pequeño. Conforme accedía a su interior iba notando un agradable frescor que, después de tantas horas trabajando a pleno sol, reconfortaba enormemente.

—¡Toni, entra! —le grité, ya posicionado en mi sitio, en un sitio.

Y Toni entró, también gateando, con prudencia, con mesura y desconfianza. Me fijé en sus ojos de mirada aún temerosa. Pero al verme allí, sonriente, sentado con las piernas cruzadas y los pies descalzos, se animó. Lentamente, se sentó junto a mí.

Nos mantuvimos en silencio. Acostumbrando nuestros ojos a la oscuridad del mediodía y nuestro tacto a la tierra fría; degustando el resultado de casi trece días de duro trabajo.

Allí, juntos, sentimos un intenso aprecio mutuo, un amor de niños, de hermanos, que nos unió aún más como amigos. Un sentimiento que intuí eterno. Un sentimiento que el tiempo se encargaría de amplificar, pensé. No podía andar más desencaminado.

Brazo contra brazo, rozándonos la piel, ninguno pensó en cómo podía mantenerse toda aquella estructura en pie. Lo único que importaba era que, por fin, teníamos un lugar donde poder descansar cuando el sol se cebara con nosotros. Y lo habíamos conseguido juntos, sin ayuda de adultos, con nuestras propias manos.

En ningún momento presentimos lo que se nos iba a venir encima —qué crueles pueden ser a veces las palabras— aquella tarde.

No es posible prever que en unos minutos la vida pueda virar tan bruscamente; que todos los planes apalabrados para esa misma tarde, para el día siguiente o para el resto del verano, puedan, en un instante, escabullirse de golpe.

Y así mudó una tarde calurosa de agosto en tierras manchegas. Una tarde que llevaba trazo de ser anónima entre otras tantas. Una tarde cuya línea parecía ya dibujada en nuestras manos. Una tarde anodina donde los dos chiquillos se entretenían en el patio; donde el padre echaba la siesta, merecida después de estar, desde bien temprano, arreglando desperfectos de la casa; donde la madre y la abuela se enfrascaban frente a la tele con la novela de turno, descubriendo, arrojadas en el sofá, que «los ricos también lloran»; y donde el abuelo deambulaba ocioso, en busca de oficios o pretextos. Una tarde que debía pasar del todo desapercibida en unos minutos se rebeló contra nosotros, en unos minutos se sobresaltó como lo hace un gato asustado en una habitación oscura: de lado a lado hacia no se sabe bien dónde; como lo hace un cocodrilo: de improviso, con una violencia brutal.

Pasada casi una hora, allí permanecíamos los dos, sentados, jugando con la arena entre los dedos o con los dedos entre la arena, haciendo especialmente nada, cuando escuché cómo mi madre nos llamaba:

—¡A merendar! ¡Niños, a merendar! —gritaba, como siempre lo hacía cuando hablaba—. ¡Niños! —insistía, y eso también era normal en ella.

Podríamos haber salido sin más, podríamos haber ido hacia su voz, hacia la galería, hacia arriba; y allí, merendar juntos. Seguramente, si hubiésemos seguido como hasta aquel día, sin comentar la existencia de nuestra cabaña, habríamos confundido al destino. Aquello lo habría cambiado todo o, lo que es lo mismo, no habría alterado nada.

—¡Aquí, mamá! —grité mientras asomaba mi cabeza por la pequeña puerta—. ¡Aquí, en la cabaña que hemos hecho, aquí! —Y ese fue mi error: olvidar la razón por la que habíamos estado ocultando nuestro trabajo hasta entonces.

Con medio cuerpo fuera y agitando la mano, le animé a que bajase a vernos. Lo hice con esa ilusión del niño que desea demostrar a su madre que ya es capaz de ir en bici, «mírame, mamá, mírame»; con esa ilusión del niño que se tira por el tobogán —de cabeza— y parece que no tenga validez si los padres no lo miran, «mírame, mamá»; con la ilusión del niño que aprende a lanzarse en bomba a la piscina. Mírame cuando salto en las camas elásticas, cuando monto en los autos de choque y cuando tiro la peonza, «mírame, mamá»; mira cómo nado, cómo controlo la cometa, cómo hago el columpio con el yoyó. Con esa ilusión incontenible, llamé a mi madre esperando su reconocimiento por la cabaña que habíamos hecho, pero no recibí lo que esperaba.

Ella nos oía, pero no nos localizaba. Después de insistir dos o tres veces más, bajó hasta el patio para averiguar lo que ocurría. La observé acercándose por la parte del muro que arrastraba sombra. Y, desde unos diez metros, sin querer enfrentarse al sol, me detectó: su hijo estaba con medio cuerpo fuera de lo que parecía una pequeña cabaña.

—¡Salid de ahí! —nos gritó desde la distancia. Un grito que venía con disfraz de amenaza: su tono se elevó aún más de lo habitual—. ¡Salid de ahí inmediatamente!

Algo no marchaba bien: noté en su grito esquirlas de miedo. Sin pensármelo, en una edad en la que aún no se buscan explicaciones, me revolví hecho un manojo de nervios. Arrastrando las rodillas por el suelo, gateé apresuradamente para salir lo antes posible del origen de las preocupaciones de mi madre.

—¡Salid de ahí! —continuaba gritando a la vez que abandonaba el sombrío burladero para venir a por mí, a por nosotros.

Me encontraba casi fuera de la cabaña cuando el pie izquierdo se me enganchó en uno de los ladrillos que formaban la base de la entrada; definitivamente, era demasiado pequeña.

Mi madre seguía chillando mientras se acercaba, o se acercaba mientras seguía chillando, no lo recuerdo exactamente; sólo recuerdo que sus movimientos me ponían aún más nervioso. No pensé, lo único que me importaba era salir de allí cuanto antes. Arrastré mi pie a la fuerza, no pensé en retroceder diez centímetros y sacarlo limpiamente; no pensé en que podía hacerme daño, en que podía hacernos daño. Y así, sin pensar, de un solo tirón, arrastré el pie desnudo hacia afuera. Noté un pequeño desgarro en la piel: sangre.

Fue aquella misma fuerza —la de la huida del pie encarcelado— la que movió un ladrillo, dejando la edificación aún menos estable que antes. Esta vez, ni siquiera hizo falta la visita del lobo.

En dos segundos —suficientes para girar la cabeza y cerrar los ojos—, la cabaña se vino abajo.

Oí dos gritos, simultáneos. Uno que se acercaba, un grito en movimiento, de miedo. Otro inmóvil, a mi espalda, seco, apagado, pero no de dolor —eso vendría más tarde—, sino de pánico. Dos gritos y un silencio envuelto en una nube de polvo.

Mi madre se abalanzó sobre mí en el mismo instante en que la cabaña colapsaba. Me cogió tan fuerte, me agarró tan fuerte, me apretó tan fuerte... que aún hoy en día, cada vez que lo recuerdo, noto sus uñas clavadas en mis brazos desnudos. Descubrí aquella tarde la sensación de seguridad más intensa: el abrazo de una madre asustada.

Comencé a llorar sin saber exactamente el motivo; había tantos: la sangre en mi pie izquierdo, los dos gritos simultáneos, la recién estrenada sensación de incertidumbre, la nube de polvo que envolvía el momento, la sospecha de que se acababa el verano...

Lo que vino después fue un caleidoscopio de imágenes, movimientos y sonidos. Recuerdo a mi madre soltándome con la misma intensidad —casi violencia— con la que me había cogido para comenzar a quitar escombros; recuerdo los ojos de mi padre —que había venido corriendo al oír los gritos— indicándome, mientras ayudaba también a desenterrar a Toni, un «después hablaremos tú y yo»; recuerdo una niebla que desaparecía por momentos; recuerdo haber deseado que no desapareciera; recuerdo la humedad en mis mejillas...

Toni era el único hijo de los Abat, los mejores amigos de mis padres. Ana y José Antonio formaban una pareja curiosa, como sacada de un cómic. A ella la recuerdo muy delgada y alta, como Olivia la de Popeye. Él era un tipo más parecido a Brutus, con una barba que raramente dejaba ver sus labios. Los cuatro se conocían desde la época del pandilleo, cuando nació una amistad que se fue afianzando con los años. Sus vidas parecían viajar más o menos en el mismo vagón: ambas parejas se conocieron en la misma época, ambas se casaron en el mismo año y, ambas también, nos tuvieron a los dos con apenas unos meses de diferencia. Yo era el mayor.

Los Abat eran de esas amistades a las que te unes con vínculos más fuertes que los de la propia familia. Amigos de reuniones hogareñas de sábado noche; de viajes de fin de semana; de días de playa con sombrillas, toallas, neveras portátiles y todos los accesorios imaginables; de excursiones a la montaña para ver cómo la nieve asomaba por unos lugares donde raramente lo hacía. Amistades de «¿te quedas hoy con Toni y mañana te recojo yo al tuyo?» y de «¡no sabes el favor que me hiciste!».

Cada verano, yo solía pasar las dos o tres primeras semanas de julio en la casa que los Abat tenían en el Pirineo leridano;

y en agosto, era Toni quien venía con mi familia a pasar todo el mes en la casa del pueblo.

Recuerdo con añoranza la casa de la montaña —así es como yo la llamaba— de los Abat. Era, en realidad, un conjunto formado por tres casas que el padre de Toni había comprado por un precio muy ajustado.

Una de ellas, seguramente la que en su época fue la principal, se encontraba totalmente abandonada. Apenas le quedaban los cuatro muros de piedra encargados de sostener un precioso techado de pizarra que, pese al deterioro del tiempo, no se había hundido. Tenía puerta y ventanas permanentemente cerradas y sólo pudimos acceder a ella un verano. Su padre, hastiado por los insistentes «¿qué hay dentro de la casa vieja?» o «¡esta noche hemos oído ruidos en la casa vieja!», nos acompañó una tarde para enseñarnos todo lo que no había en su interior: no había fantasmas, no había un señor gigante que salía por las noches a encender los farolillos y no había animales secretos que hablaban entre sí; en realidad, no había prácticamente nada. Una casa abandonada a su suerte, sin apenas mobiliario y con un suelo que se apartaba para dejar paso a las yerbas que buscaban hueco para continuar creciendo. Una casa que permanecía a la espera del «algún día me pondré con ella».

La más pequeña, situada a unos veinte metros de la anterior, había sido rehabilitada por el padre de Toni y servía ahora de pequeño refugio para toda persona que lo necesitase. Sus padres eran así propietarios de una generosidad que rara vez he vuelto a ver. Apenas tenía una habitación con dos literas, un pequeño baño con ducha y unas mantas. Lo suficiente para cualquier montañero que tuviera que pasar la noche.

El conjunto lo completaba la que finalmente se había convertido en la principal, la que los Abat utilizaban para pasar las vacaciones. Su restauración duró tres años. Tres años en los que el padre de Toni lo invirtió todo: su tiempo, su dinero y su ilusión. Allí, arropada entre montañas, se hallaba una preciosidad de muros de piedra grisácea, ventanas de madera roja y techo de pizarra de cuento. La casa estaba distribuida en dos plantas. Abajo, dominaba la estancia un amplio comedor con dos grandes sofás enfrentados, separados por una alfombra de dibujos extraños. En un extremo, la televisión; y al frente, la chimenea, cuya lumbre aún se encendía alguna que otra noche de julio. La cocina estaba junto al comedor, separada por una puerta de cristal templado. Completaba la planta baja un pequeño baño y una habitación con dos camas donde dormíamos Toni y yo. Entre el baño y nuestra habitación estaba la escalera que permitía acceder al segundo piso, donde se encontraban el resto de las estancias: la habitación de los padres de Toni con un baño en su interior, la de los invitados y un baño completo.

Aún recuerdo perfectamente la última parte del recorrido que llegaba al conjunto de los Abat. Apenas habíamos atravesado el pequeño pueblo de Espot, abandonábamos la carretera para adentrarnos en una gran pista de tierra. Una pista tan inusualmente recta como ancha, cuyo final ni siquiera se intuía. El todoterreno de los Abat recorría con agilidad aquella gran recta, formando tras de sí una persecutoria polvareda que nos entusiasmaba. Con los mofletes pegados al cristal observábamos el desvanecimiento de los altos árboles que nos rodeaban. Después de unos quince minutos —según mis cálculos de entonces, de niño— llegábamos a una especie de balsa cercada por una valla metálica. Allí, la gran pista continuaba en dirección subida, pero a la derecha, en dirección bajada, nacía un pequeño camino, únicamente señalizado por una estaca gruesa de color rojo apagado. Aquella estaca —como nos explicó una vez el padre de Toni— era un símbolo que aparecía en las guías más antiguas de montañismo de la zona, probablemente con la intención de indicar el nacimiento del sendero. El padre de Toni decidió mantenerla; y cada año, después del verano, la repintaba de rojo.

El todoterreno apenas cabía en el estrecho, pedregoso y difícil sendero. Mientras las ramas atacaban al coche —que deambulaba de lado a lado—, nosotros nos divertíamos más que si estuviéramos en cualquier atracción de feria. A pesar de que su padre, con las manos aferradas al volante, intentaba evitar las piedras y los salientes más afilados del camino, de vez en cuando oíamos un fuerte golpe en los bajos del coche que nos hacía, instintivamente, levantar los pies.

Para disgusto nuestro y alivio de Ana —que si no había vomitado ya, le faltaría muy poco—, en apenas cinco minutos llegábamos a una pequeña planicie en la que se encontraba el lugar donde pasaríamos los siguientes quince o veinte días. Todo el conjunto estaba rodeado por un vallado de apenas un metro de altura, cuya finalidad era más estética que práctica. Se accedía a través de dos pequeñas cancelas. Cada una tenía colgado, en su parte más alta, un farolillo de los de luz calabaza. Y no eran estos los únicos, ya que las tres casas —incluso la abandonada— tenían otro farolillo idéntico sobre sus respectivas puertas de entrada.

Algunas noches, a oscuras, nos alejábamos del vallado para, sentados bajo un árbol, deleitarnos con la constelación canela que formaban aquellas cinco luces.

Los cuatro —yo siempre me sentí uno más de la familia— recorríamos las montañas con excursiones que incluían —además de bocadillo, refresco y chocolatina— visitas a los pueblos cercanos, recorridos por los picos de alrededor o paseos hasta el gran lago.

Por la noche, después de haber andado durante horas por caminos, sendas y pistas, el cansancio nos abatía de tal manera que era entrar en la casa y caer rendidos en el sofá. Afortunadamente, alguien se encargaba de que despertásemos en nuestras respectivas camas.

Ahora, con mi muy prominente barriga, que si bien tiene mucho de curva no me aporta ni un gramo de felicidad, con mi colección de estrías a la altura de la cintura y mis flácidos pectorales que ya luchan en tamaño con los de mi mujer, recuerdo aquellos años con tristeza. Recuerdo cuando aún era ágil, cuando nos pasábamos las tardes descubriendo montañas, escondiéndonos entre los árboles, cogiendo piñas para lanzarlas contra las botellas de cristal o pedaleando a toda pastilla para lucir las pegatinas que habíamos colocado entre los radios de las bicis. Ahora ya he abandonado cualquier posibilidad de volver a sentir todo aquello. Llega una edad en la que parece que todo se precipita hacia abajo, cuando sabes que, en adelante, todo será decadencia.

A pesar de que no éramos hermanos de sangre, sí que nos considerábamos hermanos de vida. Siempre que pienso en mi infancia, aparece él asomándose en la esquina de cada recuerdo. Aún hoy, sé que jamás volveré a estar tan unido a una persona como lo estuve a él.

Llegué a pensar que nuestra amistad carecía de caducidad, que se perpetuaría a través de los años…, pero fueron esos mismos años los que acabaron con ella. Llegó así un momento en el que, a pesar de las miradas cómplices, de cubrirnos las espaldas y de las risas sólo interrumpidas por el dolor abdominal, ninguno de los dos fuimos capaces de mirarnos a los ojos con franqueza.

Esa amistad entre Toni y yo, la de hermanos que no lo eran pero lo sentían, esa amistad se perdió hace ya muchos años. Nos quedó después el poso del afecto. Y más tarde ni siquiera eso. Ahora nos conformamos con ser conocidos de ascensor, de oficina y de ciudad.

A los diez años de aquel verano, cuando finalizaba ya nuestra época universitaria, hubo un conato de esperanza. Fue una época en la que comenzamos a tener amigos comunes, a coincidir en varias clases e incluso, de tarde en tarde, a quedar para estudiar juntos en la biblioteca.

Tuvimos así una segunda oportunidad para sanear una relación que se abocaba a la indiferencia. Durante un tiempo conseguimos despertar una amistad aletargada: un cine los domingos por la tarde, algún recorrido —como solíamos hacer en el pueblo— en bicicleta por carreteras secundarias, e incluso, de vez en cuando, en esos momentos en que gustábamos de recordar nuestros años de infancia, éramos capaces de cruzar miradas en las que aún se podían encontrar restos de ese amor que nos tuvimos.

Durante meses albergué —quiero pensar que albergamos— la esperanza de que todo podría volver a ser, si no igual, al menos un buen sucedáneo de antaño. Pero, como el árbol torcido incapaz ya de enderezarse, nuestro destino también tendía a separarnos. Cuando las raíces del pasado volvían a coger fuerza, cuando parecía que Toni y yo, yo y Toni, podíamos volver a ser los mejores *hermanos no hermanos* del mundo, entonces todo se volvió a dislocar.

Comenzó el declive también un día de agosto. Un día de esos en que solíamos quedar con los amigos en la playa para pasar el rato.

Aquella tarde, cuando ya llevábamos casi dos horas tostándonos al sol, llegó Pablo acompañado de su novia y de otra chica a la que nadie conocía.

—¡Hola, chicos! —nos dijo Pablo mientras se acercaba.

—¡Hola! —contestamos todos al unísono, sin dejar de mirar a la desconocida que venía con ellos; miradas que iban desde la curiosidad a la sorpresa, pasando por el deseo.

—Esta es mi prima Rebeca. Sus padres se han trasladado a vivir aquí y como aún no conoce a nadie… —nos informó Pablo mientras colocaban sus toallas sobre la arena.

—Hola a todos —nos dijo una voz suave.

Los tres se fueron quitando la ropa hasta quedarse en bañador. Toni y yo, tumbados boca abajo, ocultos bajo nuestras gafas de sol, no dejábamos de mirar a la nueva chica.

Rebeca era una preciosidad de ojos azules, melena vainilla y cuerpo atlético. No era especialmente alta ni baja, una estatura media. Nos quedamos embobados mirándola mientras se restregaba la crema solar por todo el cuerpo. Ella se dio cuenta —no fue la única, su primo nos miraba con cara de pocos amigos— y nos dedicó una sonrisa. Cuando finalmente acabó de recorrerse el cuerpo con las manos, se tumbó boca abajo sobre su toalla. Llevaba aquel día un biquini negro que realzaba aún más su cabello rubio, aunque no fue en eso en lo que más nos fijamos.

A partir de entonces, Rebe —como prefería que la llamasen— fue una más en nuestro grupo, pero no una más en nuestras vidas.

Además de su físico, si algo me —nos— atrajo de ella, fue su energía inagotable, sus ganas infinitas de aprovechar cada instante de una vida que apenas acababa de estrenar. En cada momento ya tenía planes para el siguiente, aún no había vivido el hoy y ya estaba pensando en el mañana. Fue una época durante la cual Rebe no quiso conocer el significado de palabras como siesta, reposo o descanso.

Se convirtió, durante semanas, en una amiga común con dos pretendientes: dos hermanos que no lo eran. Recuerdo ahora esos juegos tontos, esas miradas de uno y otro, esos momentos de placentera conversación con ella. Recuerdo a dos chiquillos que, aun siendo adultos seguían diciendo «mírame, Rebe»; mira cómo me tiro de cabeza a la piscina, «mírame, Rebe»; mira cómo soy capaz de hacer el pino en el agua, «mírame, Rebe»; mira cómo yo soy más como tú que él, «mírame, Rebe…».

Y aquella competición adolescente, en un principio amistosa, poco a poco se fue tornando más hostil. Tanto que al final acabó con nuestra reciente retomada amistad.

Finalmente llegó el día en el que Rebe se decidió entre ambos. Y así, con aquella elección, lo nuestro se acabó de nuevo otra vez. Definitivo.

Quedé inmóvil, derrotado sobre la tierra. Mirando, a través de las lágrimas que me empañaban la vista, cómo mis padres desescombraban los restos de la cabaña en busca de quien, minutos antes, me ayudaba a levantarla. Fueron momentos en los que anduve —como un equilibrista— sobre el alambre que separa la realidad de la inconsciencia.

Debajo de todo aquel despropósito apareció una cabeza rebozada en polvo, ladrillo y sangre. Y adherido a ella, apareció también un trozo de madera; al final se nos había olvidado quitar algún clavo.

La sangre, litros me parecieron entonces, nacía de su pelo y, como un pequeño torrente, le atravesaba la frente. A la altura de la nariz se transformaba en dos pequeños riachuelos para, finalmente, embalsarse en el cuello, a la altura de la nuez. Sangre, aún fresca, mezclada con tierra, que se derramaba por toda la cara. La cara de un Toni que yo no acababa de reconocer.

Su cuerpo apareció inmóvil. Me fijé en sus uñas: llenas de tierra; como si, mientras yo luchaba por sacar mi pie, él —previendo el desastre— hubiese estado también luchando, arrastrándose, por sacar su cuerpo.

Tras unos instantes comenzó a reaccionar, emitiendo unos sonidos que no olvidaré en la vida: unos quejidos ahogados como el triste maullar de un gato que agoniza, como un querer respirar y no saber. En cuanto Toni volvió a la vida, mi padre corrió a casa de los vecinos —en aquella casa no teníamos teléfono— para avisar a una ambulancia. Mi madre se sentó a su lado, agarrándole la mano mientras le susurraba esperanzas al oído.

—No te preocupes, cariño, no te preocupes... —Temblaba como nunca antes la había visto temblar, de puro miedo, de pura preocupación—. Ahora mismo viene la ambulancia, cariño.

»No te muevas, Toni. —Le agarraba la mano tan fuerte que pensé que se la partía—. Aguanta un poco más que pronto pasará todo, no te muevas, cariño —le seguía susurrando mientras le apartaba el polvo de los ojos con miedo a tocarle la madera que se le había quedado clavada en la cabeza. Ella también lloraba.

Pero Toni no se movía. Continuaba tendido sobre el regazo de mi madre, luchando por recuperar todo el aire perdido. Me quedé viendo, entre lágrimas, cómo su pecho se hinchaba y se deshinchaba. Me llevé las manos a unos ojos que ya me dolían demasiado; y a partir de ese momento todo comenzó a estar confuso, lejano, todo desenfocado.

Al final no pude mantener el equilibrio y caí.

Desperté empapado en mi cama, en la habitación que Toni y yo compartíamos durante todos los agostos. La oscuridad cubría la estancia como cualquier otra noche. Supuse que aquel había sido un extraño sueño en un día extraño. Sentí un alivio indescriptible, un alivio desmesurado, casi eufórico. Con las manos aún plagadas de nervios, me aferré a mi propia cabeza, a mi propia esperanza. Fue el mejor momento de un agosto triste cuando, aún confuso, comprendí que las pesadillas a veces son tan reales que el cuerpo tarda en asimilarlas como ficción. Me mantuve, durante unos instantes, en el espacio de tiempo necesario para conocer que, a pesar del sobresalto, uno no se ha caído de la cama, que el coche no se ha estrellado o que ella no se ha largado con otro. Me mantuve en el mejor momento de una pesadilla: cuando eres consciente de que lo ha sido, de que nada era real.

Así pues, al día siguiente, a la mañana siguiente, aun a pesar de hacerlo a escondidas, aun a pesar de la pesadilla, Toni y yo seguiríamos colocando el techo; eso sí, revisando mejor los clavos.

Mi cuerpo seguía agitado. Cerré los ojos, me tapé completamente e intenté volver a dormir.

Estaba ya rozando el sueño cuando el desaparecer de los nervios ofreció paso a una ligera molestia en mi pie izquierdo.

Una molestia que al moverlo se convertía en dolor. Un dolor agudo; un dolor que, durante unos instantes, había estado aletargado; un dolor que, de pronto, se desparramó por todo el cuerpo. Un dolor que segregó realidad, una realidad demasiado dura.

Me destapé bruscamente para lanzarme contra la cama de Toni y, buscando a tientas la esperanza, rocé el vacío.

Allí, sobre una cama vacante, sin Toni, lloré los restos de pesadumbre que aún se alojaban en mi interior. Cabeza abajo, golpeando a un colchón inocente, le grité en susurros a una cama sin deshacer. Le exigí explicaciones, le pregunté por Toni, le ordené cambiar una realidad que las uñas de mi madre sobre el brazo se empeñaban en confirmar.

Allí, sobre la humedad del desamparo, después de horas de súplicas, me volví a dormir.

Mi madre se fue con Toni en la ambulancia; mi padre los siguió con el coche.

En el hospital le pusieron unos quince puntos en la cabeza y, tras dos días de observación, durante los cuales le estuvieron haciendo varias pruebas —el golpe le había hecho perder el conocimiento—, corroboraron que la herida no había sido demasiado profunda: no le quedaría ninguna secuela. Evidentemente, sólo hablaron de las físicas, y de las suyas. No pensaron en nosotros, en mí.

No me permitieron ir con ellos, así que, impotente y carcomido por la culpa, me tuve que quedar en el pueblo soportando los «pobrecito Toni» de mi abuela. Fueron aquellos los días más largos de mi infancia.

Después de muchas, muchas horas, llegó el regreso. Los esperaba desde muy temprano, así que no me moví de la ventana en toda la mañana. Fue a eso de las doce cuando divisé, calle abajo, a lo lejos, el coche de mis padres seguido del todoterreno de los Abat.

—¡Ya vienen, ya vienen! —grité.

Y sin dejar pasar un segundo más, bajé corriendo a la calle.

Su imagen, saliendo del coche con la cabeza vendada, se me quedó grabada para siempre en la memoria.

Nos abrazamos —ni siquiera nos dio tiempo a mirarnos— como nunca lo habíamos hecho. Nos abrazamos sabiendo que no era aquello un reencuentro, sino una despedida.

Volví a llorar. Él también.

Supimos entonces, aun a pesar de nuestra corta edad, que aquel era el momento donde se separaban nuestras vacaciones. Con los años descubrimos que también nuestras vidas.

A pesar de que intentaron consolarme con los típicos «no te preocupes» o «tranquilo, todo ha pasado», yo sabía que realmente nada había pasado, sino todo lo contrario. Sabía que a partir de aquel momento comenzaba de nuevo todo, todo había comenzado a ser distinto.

Con el derrumbe de aquella cabaña se rompieron muchos de los lazos que unían a nuestros padres, entre ellos, el de la confianza.

No volvimos a pasar más veranos juntos, ni en mi pueblo ni en sus Pirineos. Aquel incidente alteró todo lo anteriormente vivido: terminó con las tardes de carreras de chapas en el patio —el equipo Kelme contra el Reynolds—, con las olimpiadas a dos saltando sobre la arena o lanzando piedras simulando el peso, con las salidas en bicicleta por el pueblo y sus alrededores, con las hogueras de escombros y cardos, y, sobre todo, alteró una amistad que, a partir de entonces, fue, a pesar de los altibajos, ya en declive.

Aún hoy, a mis tantos años, sigo guardando la imagen de ese niño con un trozo de madera clavado en la cabeza. Una imagen que me transporta a la noche en que desperté pensando que todo había sido un sueño; la noche en que, a mis doce años, me hice adulto.

La distancia comenzó a agrandarse entre las dos familias y, por ende, entre nosotros. Nadie quiso reconocer en lo ocurrido aquella tarde la razón de ese distanciamiento. Nunca hubo un reproche, ni una recriminación, ni un «¿de quién fue la culpa?»; pero fue el principio del fin.

No supe ver entonces que los Abat habían encontrado grietas en la confianza depositada en mis padres. Grietas que nunca antes habían visto, pero que a partir de ese momento fueron incapaces de olvidar. Grietas que nadie se atrevió a reparar, grietas que, con el tiempo, se fueron abriendo sin remedio.

Tampoco supe ver la tristeza que atrapó a mis padres al descubrirse incapaces de velar por la seguridad de un chiquillo de doce años. Una responsabilidad, la suya, que había sido herida. Un chiquillo que, a pesar de ser como de la familia, no lo era. A pesar de ser de casa, no lo era. Y ese pesar pesó esa vez —y a partir de entonces— más que todos los momentos anteriores en los que nos sentimos inseparables.

Y allí, en la calle, frente al portal, pero fuera de él, se produjo nuestro primer desencuentro. No quisieron —prefiero pensar que, en realidad, no pudieron— disimular sus ganas de marcharse cuanto antes. No supieron tampoco mis padres proponer lo que a buen seguro hubiese sido una comida incómoda. Finalmente, con un «ya tomaremos algo por el camino» ambas partes respiraron aliviadas.

No fui capaz entonces de entender las razones de aquella huida, de aquellas prisas por partir, de aquella incomodidad entre familias. No entendí que aquel «el médico ha dicho que debe guardar reposo» guardaba otras cosas. Cosas que, a mi edad, no supe comprender.

Nos perdimos, muy a pesar nuestro, ambos, aquel día.

Mediados de marzo de 2002

Ya es la una y media de la madrugada, y sigo sin tener sueño. Ella duerme hace horas, tantas como llevo yo recordando viejos tiempos; tiempos de infancia, tiempos que aún guardo como un tesoro.

Hace tantos años de todo aquello, de los veranos juntos, de la libertad de ser niños, de la ilusión por tener toda una vida por delante... Cómo me gustaría retroceder en el tiempo, cómo me gustaría volver a aquellos años que fueron los viveros de una relación que nunca llegó a buen puerto: la mía y la de Toni.

He pensado en mi infancia por culpa del plan que ahora tengo en mente: los Pirineos sería un buen lugar para volver a empezar. No sé, quizá sólo tenga agallas bajo las sábanas, quizá cuando de aquí a unas pocas horas me levante, vuelva a olvidarme de todo.

Las dos de la madrugada. Voy a intentar dormir, si no, mañana —ya hoy— seré incapaz de despertar.

—Buenas noches, Rebe —le susurro al oído.

La huida

Finales de abril de 2002

Ha pasado poco más de un mes desde aquella noche en la que recordé mi infancia. Un mes durante el cual ha cambiado toda mi vida: lo he perdido todo. Sí, he pasado de construir un plan para salvar mi relación con Rebe a escapar sabiendo que la he destruido completamente. Todo en apenas cinco semanas.

¿Cuándo se sabe que una decisión es la adecuada?

¿Dónde está la diferencia entre hacer una locura o volverse loco?

Es ahora cuando, desde la calma, desde la soledad, comienzan a posarse de nuevo los sentimientos. Revueltos, enardecidos, contagiados todos por una excitación desmedida.

Me pauso, lentamente me amaino, para poder pensar en lo que dejo, no de lado, sino atrás.

El traqueteo de las ruedas me zarandea. ¿Cuántos años hace que no viajo en tren? ¿Cuántos años hace que no viajo? ¿Cuántos años hace de todo?

Ovillado en un duro asiento de plástico, incapaz de aislar las emociones, me limito a mirar a través de la ventanilla de un vagón vacío: luces lejanas de casas ajenas, oscuridad, luces fugaces que intensifican la nostalgia.

Apoyado sobre el cristal, aún tengo el valor de juguetear, nervioso, con el maldito boli entre mis dedos. Él, que ha sido testigo de todo. Él, que ha deambulado más que yo. Él, que me ha hecho cambiar de rumbo. Él, inocente, ausente, olvidado pero abandonado adrede también, ofrecido y a la vez deseado.

Podría haber seguido sentado en el bostezo. Podría haber seguido estancado en la rutina, cerrando disfrutes y almacenando siesta. Podría haber evitado todo cambio, ausentarme en mente y presentarme únicamente en cuerpo.

¿Podría haber seguido sentado en el bostezo? No, imposible. Al menos, ahora ya estoy en movimiento.

Son tantas las preguntas que he dejado sin responder…

Pero ¿y si todo esto es un error, si en realidad he sido un cobarde, si en vez de batirme he iniciado retirada? Debería estar feliz por escapar, pero no lo estoy. Debería estar apenado por lo que abandono, pero no lo estoy. Debería pensar en que algún día tendré que regresar, pero no quiero pensarlo, sólo quiero, por una vez, pensar en mí mismo, en mi inmediato futuro.

¿Cómo nos lo repartiremos?, ¿qué haremos con lo nuestro?, ¿qué pensarán los demás? Son preguntas que intento evitar. No puedo estar más de un día sin verlo y ahora me alejo en dirección contraria.

La decisión está tomada, pero… ¿hasta cuándo?

Presiento un viaje largo, no en tiempo sino en recuerdos, no en distancia sino en remordimientos. Te quiero; a ambos.

Ya sólo me queda esperar, dos o tres horas, y después…

No hay nada que me entretenga, nadie con quien hablar. La

oscuridad se me echa encima, pero el sueño se ha escapado. Es imposible, no puedo ahuyentar los recuerdos, los cobijo tan dentro... Y aunque lo intento con todas mis fuerzas no soy capaz de apartarlos, vuelven una y otra vez. No puedo.

Al final me rindo, y empiezo a recordar los últimos días desde aquella noche en que pensé en mi infancia.

Miro el boli que sostengo entre mis dedos y me acuerdo. Son retales de momentos concretos, de tardes enteras, de noches y días clonados. Conforme me alejo, sé que he acertado; conforme me alejo, presiento que me equivoco.

Los «sí», los «no», los «vuelve», los «¡vete!», los «¡qué estás haciendo!», los «¡escapa ahora que puedes!», los «lo siento...», todos esos pensamientos se revuelven en mi cabeza azuzando al desmayo.

Sí, quizá aquella noche, en la que volví a pensar en el tesoro de la niñez, empezó todo.

Empezó todo con la llamada que tuve al día siguiente...

Lunes 18 de marzo de 2002

—Sí, ahora mismo tomo nota de las modificaciones, un segundo... —¿Dónde está el puñetero boli?—. Un momento, por favor... —Otra vez me había vuelto a pasar lo mismo.

Volví a mirar dentro de mi cubilete de madera, donde guardaba sin orden ni atención todo tipo de lápices, bolígrafos y rotuladores. Y el negro, el de gel, mi preferido, había vuelto a desaparecer. Cogí otro, azul, de esos normales; de los de plástico transparente. Pero al ver que la tinta salía de forma intermitente, entendí que alguna vez había caído de cabeza. Opté por escoger otro, uno de esos que te regalan las empresas cuyo responsable de marketing no da para más. Era de plástico rojo, con grandes letras en gris que anunciaban la marca en cuestión, y tan sumamente grueso que resultaba molesto de utilizar. Era de ese tipo de bolis que van en peregrinaje por los cajones, sin dueño ni pretendiente, y que no suelen funcionar nunca. El boli gordo como una zanahoria no funcionaba. Por más que rayaba sobre el papel no había manera de que su tinta dejase huella. ¿Cuándo un regalo invierte su sentido?

—Un momento, por favor... —Agotando las esperanzas le eché mi aliento a la punta.

Rayé, y rayé con tanta fuerza sobre el papel que acabé por atravesarlo. Desquiciado, descubrí que lo único que me quedaba —además de dos rotuladores de esos indelebles— era un viejo lápiz de los de amarillo, negro, amarillo, negro... por fuera y, seguramente, mina rota por dentro. Un viejo lápiz de los de goma gastada en la punta contraria a la punta. Una goma refugiada en un pequeño cilindro de metal dorado cuyo roce contra el papel me produce una dentera sólo comparable al contacto de uña y pizarra. Deseché la idea.

—¡Sara! —Me asomé para mirarla—. ¿Has cogido tú mi boli negro?

—No, yo no lo tengo —me contestó sin apenas levantar la mirada y continuó ensimismada en lo suyo.

—Pero si hace sólo un segundo lo tenía aquí... ¡mierda! —Esto último se me escapó en voz alta; no era la primera vez en los últimos meses.

—¡Que te van a oír! —me advirtió Sara mientras hacía señas con su dedo pulgar y meñique, indicándome que tenía al cliente al otro lado del teléfono—. Además, seguro que has sido tú el que se lo ha dejado en cualquier sitio, como siempre.

—Bueno... —Inspiré exageradamente para intentar mantener la calma—. ¿Puedes dejarme uno?

—Toma —contestó, haciéndome una mueca de resignación mientras me lo acercaba con la mano desde su mesa. Ella se sienta a mi izquierda.

Un boli azul, normal, también de los transparentes, de los que utilizamos la mayoría de veces. Me fijé en que tenía la tapita del final en perfecto estado, intacta. Un boli impecable, sin mordiscos ni muescas, nada. Un boli *prestable,* no como los de Ricardo.

Él los muerde, los chupa, los vuelve a morder, los carcome; hace ruidos con el plástico entre sus dientes, los paladea y a buen seguro, de vez en cuando, le llegan añicos a su estómago.

Con los primeros mordiscos desaparece la tapa de plástico de la parte final. Con los siguientes, el boli comienza a agrietarse. Y, en apenas unos minutos, saltan las primeras astillas, haciendo que mengüe su longitud. Finalmente, el interior se comienza a atiborrar de saliva; saliva que acaba desbordándose. Cuando lo coges, notas cómo el boli ha vomitado sobre tus dedos. No, a él nadie le quita los bolis; es un tipo listo este Ricardo.

Pero el de Sara estaba nuevo. A pesar de todo, no era de gel, los que más me gustan. Siempre tenía uno en mi mesa... casi siempre.

—A ver, un segundo... cambiaremos el botón de sitio y aumentaremos la longitud de la caja de texto, con tres caracteres más creo que será suficiente. —Con aquel boli todo iba más lento, pero pude apuntar las modificaciones—. Le repito... —Y sin dejar de mover el boli entre los dedos, comencé a leerle todo lo que me había apuntado—. ¿Es correcto? —le pregunté sabiendo que sí lo era—. Muy bien, en cinco días tendrá las modificaciones del programa finalizadas. Que pase un buen día —le dije con un tono amable, lo más amable que pude.

—Gracias, Sara, toma tu boli. —Se lo devolví mientras ahogaba las ganas de quedármelo. Tan nuevo; hubiese estado estupendo dentro de mi cubilete acompañando al boli azul que algún día cayó de punta, al gordo boli promocional que no funcionaba, al lápiz abeja y al desaparecido boli negro de gel.

—De nada, y a ver si tienes más cuidado, que cada semana pierdes uno —me reprochó mientras me guiñaba un ojo y me sacaba la lengua. Así era imposible enfadarse con ella.

—¡Pero si me los quitan! —protesté—. Y además, este era mío. Me lo traje de casa.

Sara… ¡cuántos años juntos! Recuerdo, como si fuera ayer mismo, el día en que entró en nuestras vidas, en nuestra empresa. Pasó por delante de nosotros con su traje de chaqueta oscuro, su melena negra y su olor a caramelo. La vi —la miré— pasar hacia el despacho del anterior jefe de personal y me quedé —nos quedamos— persiguiendo su estela.

Pasada una media hora salieron los dos y se dirigieron hacia nosotros.

—Buenos días a todos, esta es Sara, y a partir de ahora formará parte de vuestro grupo de programación —nos dijo el anterior jefe de personal.

—Encantado. —Fui el primero en presentarme—. Soy el responsable de este grupo, bienvenida —balbuceé mientras le daba mi mano tibiamente sudada.

—Igualmente —me contestó ella, intentando mostrar una sonrisa que no llegó a serlo, algo se lo impedía.

Sara era —y es, a pesar de todo— una mujer preciosa: alta, de constitución delgada, con una melena lisa azabache que le sobrepasaba los hombros y unos ojos verde luto que, por aquella época, trataban de ocultar un secreto. La situé en la puerta de los treinta, sin haberla atravesado físicamente, pero sí en algún otro aspecto. Pude ver, desde el primer momento, cómo aquella belleza de piel nata vivía prisionera de la tristeza.

Aquel día hablamos de muchas cosas, cosas intrascendentes que ahora ni siquiera recuerdo. Lo que sí recuerdo es cómo sus labios comenzaban cada una de las frases con un entusiasmo que se le venía abajo en la última palabra. Recuerdo a una mujer que hablaba como si ya lo hubiese vivido todo y, lo que es peor, como si ya no le quedase nada más por vivir. Una mujer, me pareció, que había perdido algo importante. Más adelante supe que había perdido demasiado.

Pasó bastante tiempo hasta que reunió la fuerza —y sobre todo la confianza— suficiente para desnudarse ante mí. Y fue en aquel desvestir de su alma cuando yo, un mero secundario incapaz de ayudarla, aprendí que el dolor puede llegar a enturbiar cada sonrisa, cada alegría.

A pesar de mis sospechas, a pesar de sus evidencias, jamás le insinué nada. Jamás le pregunté por su exagerada sombra de ojos; jamás le pregunté por su semblante abatido de algunas mañanas cuando su cara reflejaba algo más que el haber pasado una mala noche.

A pesar de mis presunciones, jamás le ofrecí ayuda, no me atreví. Eso hubiera derribado, sin duda, su ya de por sí liviana autoestima. Habría descubierto su incapacidad para disimular, a través de sonrisas y maquillaje, el dolor que llevaba dentro. Podría haber confundido mi socorro con limosna, mi preocupación con lástima. Habría supuesto un muro infranqueable entre ambos.

Aquel día, la tarde se nos acabó complicando. Uno de nuestros principales clientes necesitaba un programa para esa misma noche. Trabajamos ella y yo —el resto del grupo o estaba de vacaciones u ocupado con otros programas— codo con codo. Fue pasadas las nueve de la noche cuando, por fin, le enviamos al cliente la aplicación finalizada.

Exhaustos, nos dirigimos a la sala de reuniones para tomarnos, sobre la gran mesa, el último café. Allí comentamos todos los percances de una tarde demasiado larga: las prisas del cliente, la presión de los jefes, la ley de Murphy, los errores cometidos... Y entre risas, confidencias y chismorreos le pregunté si estaba casada. Fue una pregunta inocente, sin premeditación; una pregunta del día a día; una pregunta que provocó que se le empañaran los ojos. Ahí supe que había encontrado, sin buscarlo, su herida.

Nos separó, por un momento, el silencio. Me sentí incómodo. Incómodo como sólo se puede sentir quien ha hecho daño sin quererlo, sin pensarlo, sin ser consciente. No nos miramos; ella no podía, yo no sabía. Dejamos que fuese el tiempo, con su paso, quien suavizase la situación.

Con mirada inclinada y sonrisa ausente, finalmente, expulsó el secreto que recluía en su interior. Y aquel relato, aquel fragmento de su biografía me hizo mirar a Sara con otros ojos.

Fue duro para ambos; pero absolutamente necesario. Para ambos también.

Sara se casó joven, se casó feliz —lo supe porque mientras me lo decía fue capaz de ofrecerme una sonrisa completa— a los veintidós años. Con toda la vida por delante, con todas sus ilusiones vírgenes aún. Durante su luna de miel recorrió parte de Europa, y durante aquellos días —seguramente entre Italia y Francia, me explicó—, sin quererlo —pero sin descartarlo—, se quedó embarazada. Y así, a su regreso, Sara se trajo algo más que recuerdos, se trajo el inicio de Miguelito: su primer hijo.

A los tres años tuvo al segundo: Dani.

Hizo una pausa, que se convirtió en descanso, para abrazarse débilmente al vaso de plástico que aún ardía. Bebió un pequeño sorbo de café, se hundió en el sillón y desde la lejanía me contó —ahora ya sin apenas interrupciones, de una sola vez, como si temiera detenerse y olvidar algo dentro— su secreto.

Recuerdo aún palabra por palabra:

A mi marido, Miguel, le encantaban las carreras de coches, las seguía con auténtica devoción. A pesar de que en aquella época la Fórmula 1 no estaba tan mediatizada como ahora, él se mantenía puntualmente informado de todos los detalles. Pero no era seguidor sólo de la Fórmula 1, también le encantaban los rallies, las carreras de motos, las aburridas carreras de... Nascar, creo que se dice. En definitiva, todo lo relacionado con el motor. Tanto era su entusiasmo que nunca faltaba en casa el último número de cualquier revista de coches o de motos; un Ferrari o un Porsche a escala; también teníamos una gran maqueta de Scalextric y un sinfín de cosas relacionadas. Al final, como no podía ser de otra forma, le contagió ese entusiasmo al otro Miguel, a nuestro hijo mayor.

Miguelito era...

Y aquel *era,* en aquella conversación, significó demasiado. No fue un *es.*

Sara no pudo seguir hablando. Se llevó las manos a los ojos y con los nudillos intentó apartar las lágrimas que comenzaban a derramarse.

Callé, no supe mirarla.

Tomamos ambos otro sorbo de café.

Continuó.

Miguelito, con apenas seis años, ya tenía una respetable colección de coches en miniatura, pasaba horas jugando con el Scalextric en la alfombra del comedor y era capaz de distinguir la marca de cualquier coche que viera por la calle, a veces incluso por la noche, sólo con fijarse en los faros.

Ese año estaba a punto de disputarse el Gran Premio de España de Fórmula 1 en Montmeló y yo, por medio de unos contactos en mi anterior empresa, pude conseguir dos entradas en un puesto privilegiado, junto a la parrilla de salida y con pase vip para poder escudriñar los entresijos del espectáculo.

Mientras me lo contaba noté cómo su vello se erizaba.

Cuando le di las entradas, se quedó petrificado. Por un momento pensé que se le había parado el corazón. De pronto, me abrazó fuertemente. Me besó más de mil veces mientras me susurraba al oído que me quería. Incluso bailamos durante unos minutos en el salón. Fue genial.

El plan era dejar a los niños con los abuelos para así poder irnos los dos, libres por un día. Los dos en una carrera de Fórmula 1. Mi marido lo sabía absolutamente todo: nombre completo de cada piloto, la escudería a la que pertenecía, el reglamento, la clasificación del Mundial... Yo sólo sabía que iba a ver cómo unos cuantos coches daban infinitas vueltas al mismo circuito a gran velocidad, que lo más interesante era la salida y la llegada, que harían un ruido insoportable cuando pasasen cerca y, sobre todo, sabía que había hecho feliz a mi marido.

Todo se empezó a torcer dos días antes. Dani, el pequeño, pasó una noche horrible: no paró de vomitar y el termómetro indicaba que a cada hora la fiebre le iba en aumento. A la mañana siguiente, a pesar de que había mejorado levemente, me lo llevé a Urgencias. Me dijeron que seguramente se trataba de algún tipo de virus intestinal, nada grave, pero que tendría para, por lo menos, tres o cuatro días de cama. La carrera era al día siguiente.

Después de la desilusión inicial, después de decidir que otro año sería, que no pasaba nada, estuve pensando y le comenté a mi marido la posibilidad de que fueran ellos dos a verlo: él y Miguelito; yo me quedaría en casa. En un principio se negó, pero los «venga, sí, vamos», «vamos, venga...» de Lito acabaron por convencerlo.

¿Por qué? ¿Por qué le insistí tanto?

Paró aquella historia para formularse una pregunta carente de respuesta, de respuesta adecuada.

Volvió de nuevo a sollozar.

Finalmente continuó.

Pasé el día cuidando de un Dani que, poco a poco, iba mejorando.

Ya comenzaba a comer sin vomitarlo todo al segundo después; además, la fiebre le iba remitiendo. Después de la llamada de rigor de mi marido para indicarme que ya estaban allí, que me quería y que en apenas una hora empezaba la carrera, me puse frente al televisor con la vana esperanza de verlos entre toda aquella multitud de gente.

Me tragué toda la carrera a través de la tele, sin entender quién iba primero, ni segundo, ni último. Sólo intentando distinguir a mis dos Migueles a través de la pequeña pantalla. Quise intuirlos en varias ocasiones, pero nada más.

Después de casi dos horas, un hombre ondeó una bandera a cuadros y comprendí que la carrera había finalizado.

En apenas treinta minutos Miguel me volvió a llamar.

—Amor, ha sido espectacular, un día inolvidable. Siento mucho que no hayas podido venir a verlo. —Se le notaba nervioso, agitado, deslumbrado—. Lito está que ni se lo cree, ten-

drías que haberlo visto subido encima del asiento animando a todos los coches. Ahora mismo salimos para allá, un beso, amor, y otro de Lito. Te quiero.

Y así, con esa alegría ajena, esperé en casa, tranquila y emocionada a la vez.

La breve descripción de los acontecimientos —junto a lo que había visto por la tele— me había subido, también a mí, la adrenalina. Dani se había dormido a mi lado en el sofá. Allí esperé a que la mitad de mi familia regresase.

Pasaron seis horas —demasiadas, pensé— y aún no habían vuelto; la ida apenas les costó cinco. Le llamé, pero el móvil no daba señal, quizá, como tantas otras veces, se había vuelto a quedar sin batería. Como siempre fui una persona optimista, en vez de preocuparme, comencé a inventar posibles razones que explicasen el retraso: seguramente se habría formado una gran cola en la salida del circuito; podían haberse entretenido mirando los coches y camiones de las escuderías; también era posible que hubiesen parado a tomar algo, para no hacer todo el viaje de vuelta del tirón.

Pero el paso del tiempo acabó por minar mi optimismo: siete horas. Me seguía inventando razones, pero momentos después de inventarlas surgían flecos que era incapaz de justificar: podían haber pinchado una rueda, pero entonces me hubiese llamado desde algún sitio para avisarme; podían haber cortado la carretera por algún accidente, pero entonces me hubiese llamado para avisarme...

Después de ocho horas de angustiosa espera ya no me quedaban excusas con las que convencerme de que había una explicación favorable. Fue aquel día cuando descubrí que el peor miedo es la incertidumbre.

Cuando, transcurridas diez horas, me llamaron por teléfono, no me hizo falta inventar nada más.

A Sara ya no le quedaban más lágrimas, las había ido perdiendo lentamente conforme recordaba, conforme me contaba su historia. Una a una las había visto yo salir de sus ojos para, atravesando sus mejillas, desaparecer bajo la barbilla.

Volvió a beber de un vaso al que seguramente tampoco le quedaba ya café. Le sirvió al menos para respirar, para acabar lo que había empezado, para disfrutar, por fin, del desahogo necesario.

Era una llamada del hospital. El coche de Miguel se había empotrado contra un camión mientras realizaba un adelantamiento. Evidentemente, no me lo dijeron así, fueron palabras más dulces para decir lo mismo.

Los bomberos estuvieron más de cinco horas para liberar los cuerpos. Murieron los dos en el acto. A pesar de que seguían las investigaciones, según varios testigos Miguel comenzó a adelantar a gran velocidad en un cambio de rasante, cuando se dio cuenta... cuando se dio cuenta ya tenía el camión encima.

Y aquel fue el momento en el que Sara dejó de lado la máscara con la que había entrado, ya hacía meses, en la empresa. Abandonó, junto a aquel sillón de despacho, su disfraz de hierro. Pude ver, por fin, su interior.

Se hundió —aún más— allí, delante de mí, hasta el fondo, en

el lodo de sus sentimientos. Arrugada en sí misma, con la cabeza hundida entre sus brazos, se convirtió en un ser de figura desencajada. La oí temblar, la sentí llorar sin ya lágrimas, con aún más fuerza, con una intensidad descontrolada.

Entre la incomodidad y la pesadumbre dudé, no supe si acudir en su ayuda o estancarme en la distancia. Finalmente, opté por acercarme a su lado. Me senté en el sillón contiguo y, sin ni siquiera levantar la cara, se aferró a mi cuello.

Durante varios minutos nos mantuvimos abrazados, durante varios minutos estuve sintiendo la tibieza de su llanto, durante varios minutos fue incapaz de abandonar mi abrigo.

Cuando finalmente nos separamos, cogió rápidamente un pañuelo con el que intentó borrar de su cara las marcas del dolor. Allí, a su lado, con su mano en mi mano —temblaban ambas— no supe decirle nada. Callamos ambos: ella, escondida bajo un trozo de papel blanco; yo, pensando que ya se había desahogado, que había finalizado su relato. Pero me equivoqué. Sara continuó.

Y la Sara que en unas horas se había quedado sin sus dos Migueles, la Sara que tenía los ojos hundidos en el recuerdo, me dio, de nuevo, una lección: siempre hay cosas más dolorosas que la muerte. Ellos habían muerto, pero ella, lamentablemente, seguía viva; y el dolor —me dijo— es un privilegio de los vivos.

Quedaba el después, el desahogo final: necesitaba liberarse de un yugo que llevaba desde entonces, un yugo que muchos habían intentado —sin conseguirlo— quitar con consejos, psicólogos, palabras dulces y abrazos. Yo tampoco fui capaz de hacerlo aquella noche. Nadie, excepto ella misma, sería capaz de librarse de aquella losa.

La espera de su vuelta, la mala nueva desde el hospital, la imagen de los cadáveres, los días de luto, los «te acompaño en el sentimiento»… ya habían pasado, quedaba únicamente el lastre de la culpabilidad.

A pesar de que era tarde, muy tarde, olvidé por un momento el reloj —y con ello a mi familia— para permitirle sacar lo que aún le restaba dentro.

Me sentí tan culpable por haber conseguido las entradas… Al fin y al cabo, fueron allí por mi culpa, por mí. Me sentí tan culpable por no haber ido con él… Me sentí, los días posteriores, tan culpable… Pero a la vez, y me avergüenzo ahora, sentí odio; odio hacia él por haberse matado, por haber matado a Miguelito; odio por haber sido tan imprudente, tan imbécil; le odié con la misma intensidad con la que llegué a quererle.

Y mientras lo odiaba, los añoraba; y mientras los añoraba, me sentí impotente, me sentí inútil. Había —habíamos— estado durante tantos años construyendo una familia para que, en unas horas, todo se derrumbara. Ahora ya no estábamos todos, ya ni siquiera éramos.

Su mano, aferrada a la mía, seguía temblando.

Fue, aquel contacto, su escape.

Seguimos unidos: yo, incapaz de consolarla; ella, incapaz de ser consolada. Tartamudeando sobre mi hombro, con las lágrimas mezclándose con la saliva, dijo las últimas palabras de aquel relato.

No tuve ni siquiera el alivio de echarle la culpa a otros, no; la culpa fue suya, sólo suya. Ni siquiera me quedó ese consuelo, esa excusa. No, no pude decir que un hijo de puta se le cruzó en el camino, no. Fue él quien adelantó, él fue quien se estampó contra el camión. El cansancio, la emoción de imitar a sus ídolos o las ganas de contármelo todo —quiero pensar—, no lo sé; pero ¿a quién puedo echarle la culpa? A veces se trata sólo de eso, de difuminar la culpa, de que no recaiga por siempre en una, de no llevarla en el bolsillo el resto de la vida.

Pasadas las once de la noche, había frente a mí una Sara más relajada. Una Sara que acabó contándome cómo tuvo que dejar su antiguo trabajo: una prometedora carrera de analista en una de las empresas informáticas más prestigiosas del país. Sara también dejó su casa y su ciudad. Intentó durante un año encontrar el rumbo de su vida.

Sara perdió en un día todo un mundo: el suyo. Sara perdió aquel día la ilusión por vivir. Sólo Dani le impidió unirse con ellos, sólo ese niño la obligó a seguir adelante.

Después de casi un año intentando olvidar algo imposible de olvidar, después de levantarse cada mañana deseando que todo hubiese sido un sueño, después de llevar el dolor en los bolsillos, decidió empezar una nueva vida en una ciudad extraña. La indemnización ya se estaba acabando y Dani merecía una oportunidad: la que no tuvieron ellos. No quería seguir en aquella ciudad, pues allí todo le traía recuerdos: los domingos por la mañana paseando por el parque; Miguelito jugando en la gran explanada —junto a la catedral— con su coche teledirigido; el día a día de compras; las visitas a los médicos, a la familia, al colegio… No era soportable.

Sara se vino y echó su currículo en varias empresas; de todas la llamaron. Finalmente, se quedó aquí, a trabajar con nosotros, conmigo, a empezar de nuevo su vida.

Sé que no supe ayudarla aquella noche. Sé que sólo pude escuchar.

No volvimos a hablar nunca más de aquello.

Mi boli también podría haberlo tenido Juanjo. Juanjo el listillo, el notas, el sabelotodo, el pelota padre. El jodido Juanjo, el que habla de más, el de «todo por la empresa»; el pijo.

Pero no lo tenía, jamás tuvo ninguno parecido, porque él era más de usar bolis de marca que marcados como los de Ricardo. Recuerdo aún cómo, en aquel momento, sus dedos se entretenían con uno negro, fino y brillante, de los de estuche de plata y precio de infamia.

Juanjo se acunó en una familia bien. Nunca necesitó trabajar, pero sí ocupar su tiempo. Tenía —tiene— unos treinta y cinco años y aún no se ha emancipado de sus ricos padres. Unos padres relacionados en cierta forma —nunca lo he sabido— con la empresa.

Es tan previsible, tan aburrido, tan exiguo de entendederas... Su vestir es correcto hasta el hastío, aburrido e inalterable. Suele estrenar continuamente polos de esos con la lagartija en el pecho —confeccionados en Taiwán, Sri Lanka o China—. Ropa que cuesta mucho menos del valor que le dan al ponerle la marca. Marcas necesarias, sin duda, al menos para separar estratos, para que el de arriba se sienta más arriba, pensando que el de abajo está aún más abajo. Gente rica —sólo hablo de dinero— que necesita gente pobre para poder disfrutar de su riqueza.

Juanjo es de ideales fijos, los que le han inculcado; no hay más cera que la que arde, no hay más creencia que la aprendida. No hay variación y todo debe ser como es: lo blanco, blanco; lo negro, negro. No es él un tipo de buscar grises. Es rico y, por ende, feliz, o es feliz porque es rico; en todo caso no hay mucho más que escarbar. Un perfecto militante, de lo que sea, pero militante.

Podría, también, haber cogido mi boli Estrella, y eso hubiera supuesto —para mí y para el boli— una excelente noticia. Por más días que pasaran, la garantía de recuperarlo intacto era plena. No recuerdo haberla visto sentada en su puesto más de una hora seguida, de trabajar ni hablamos. Estrella siempre ha sido mágica, volátil como el humo, trasparente como el agua embotellada, Alicia en el país de… Llega siempre —porque eso sí que lo tiene: puntualidad— a primera hora, se toma su cafecito de rigor, charla un poco con todos y a los diez o quince minutos ha desaparecido. Durante la mañana vuelve a la oficina, de vez en cuando, para chismorrear un rato. Y finalmente, cuando apenas queda media hora para acabar la jornada, se toma el último café y se despide con un feliz «hasta mañana». Varias veces la hemos visto arribar con el pelo negro y partir con uno anaranjado, rubio o mechado. Varias veces la hemos visto arribar con vestido azul y partir con traje gris.

Estrella tendrá ahora unos cincuenta y cinco años, más o menos. Y, a pesar de sus kilos de más, nunca le ha importado coquetear con el equilibrio subida en tacones, nunca le ha importado venir embutida en pantalones que a buen seguro debe romper para quitárselos… seguramente por eso casi nunca repite vestuario. No obstante, de un tiempo a esta parte, sobre todo el último año, ha ido perdiendo un poco de peso; alguien le habrá dicho que no está ya para usar una cuarenta.

Casi nunca he hablado con ella, apenas he sabido nada de su vida, nunca me he interesado por sus problemas o alegrías; me justifico pensando que el desinterés ha sido mutuo.

Pero también podría haberlo tenido Óscar, o Javi, o Felipe, o la señora de la limpieza, o el jefe de personal, o Marta: la buena de Marta, o Marta la que está tan buena, la atracción de la planta. Sus paseos, al igual que sus faldas, siempre han sido demasiado cortos. Nuestros ojos iban de la pantalla a sus piernas, y de sus piernas a su cuerpo. Durante los últimos años, cada vez que se ha acercado a nuestros puestos de trabajo, la empresa ha perdido, a buen seguro, unos cuantos miles de euros.

Marta está perfectamente ubicada: en recepción. Siempre se ha encargado de controlar —cuando no se despista limándose las uñas o escribiendo un mensaje en el móvil— el acceso a planta, y a la vez hace las funciones de centralita. Tampoco se le ha podido exigir nunca nada más. Aún recuerdo con cierta vergüenza —ajena— los correos electrónicos que nos enviaba: de cada tres palabras, una estaba mal escrita. Han sido famosos entre nosotros sus: «A llamado fulanito de tal», «haber cómo solucionamos esto» y «te hecharemos de menos estas Navidades».

Sus anteriores experiencias —laborales— se resumían en haber servido cafés en algún bar y sugerir modelitos en tiendas de ropa. También nos dijeron que, durante un tiempo, había tonteado con el mundo de las pasarelas, pero que finalmente no funcionó: le exigían demasiado a cambio.

Para la vacante en recepción se presentaron muchas candidatas, algunas de ellas de notable categoría, pero don Rafael, que ya era jefe de personal por aquel entonces, la eligió a ella. Y aun así, aun a pesar de su forma de entrar, de su forma de vestir y de su forma en general, siempre ha cumplido su trabajo relativamente bien.

Que entre Marta y don Rafael hubo chispa desde el principio es algo que todos sospechábamos, pero de ahí a demostrarlo había un gran trecho. Fue un tema, ese de la infidelidad, que no me interesó en un principio, hasta que, sin querer, se cruzó en mi camino; hasta que, sin querer, me obligó a subir a este tren que me aleja de mi vida.

Rafa —así le llamábamos antes de ser nuestro jefe de personal— se casó con la hija de uno de los gerentes de la empresa: el responsable de la zona de Levante.

Rafa compartió clases —que no estudios— con muchos de nosotros durante los dos años que aguantó en el instituto. La mayor parte del tiempo la dedicó a intentar ligar con las compañeras, subido en su moto recién trucada, ofreciendo cigarrillos o simplemente enseñando músculo. Se dedicó también a incordiar a todos aquellos que nos tomábamos más en serio eso de estudiar; a oler pegamento junto a sus colegas; a robar de vez en cuando en cualquier tienda, en cualquier coche... en definitiva, a ver pasar la vida desde otro lado.

Rafa fue el primero en muchas cosas. Fue el primero en tirarse a una tía, aunque, según supimos después, ella había sido aún más precoz que él. Rafa fue el primero en fumar —cigarros, puros, porros...—, el primero en esnifar y el primero también al que le hicieron un lavado de estómago. Rafa fue el primero en tatuarse algo, y ese algo fue también especial: un símbolo oriental que en color negro azul desgastado le decoraba, digamos le cubría, el hombro derecho.

—¿Y eso qué significa? —le preguntamos un día a la salida del instituto cuando, aún enrojecido, nos lo mostraba orgulloso.

—No lo sé —contestó. Y no le importó en absoluto; no le importó porque había junto a él dos chicas que no dejaban de decirle: «¡Hala, qué guay! ¿Te duele mucho?».

Al tiempo, uno de los compañeros averiguó que esos símbolos venían a decir algo así como «cerdo viejo». Las risas duraron años, y se repetían cada vez que en la playa o en la piscina veíamos aquel tatuaje absurdo sobre una persona casi igual de absurda.

Rafa siempre fue de entendederas escuetas, más debido a todo lo que ingirió durante su juventud que de carácter innato. Pero, en cambio, ha sabido mantener un físico admirable, un cuerpo que no ha dejado de trabajar día a día. La naturaleza le premió con unas facciones angulosas y unos ojos azules que, junto a su pelo oscuro, le han proporcionado el privilegio de ser el centro de miles y miles de miradas femeninas y, por qué no decirlo, de miles de envidias masculinas. Era de esas personas que si no tienen un espejo cerca, no saben dónde mirar. Era —y es— atractivo y lo sabía. «Hoy en día con eso basta», solía afirmar. Durante su juventud se dedicó a vivir la vida, a probar cuerpos de usar y olvidar. Pocas mujeres le duraban una semana: o él se cansaba o ellas, después de la fogosidad en la cama, se daban cuenta de que arriba la cerilla no tenía casi fósforo.

Rafa fue, durante mucho tiempo, un hombre sin oficio ni beneficio, con un cuerpo que impresionaba, pero con nada más. Conforme pasaron los años, todos fuimos descubriendo nuestro lugar —al menos un lugar—: acabamos nuestras carreras, formamos una familia y encontramos un trabajo más o menos estable. Rafa, en cambio, andaba perdido: igual trabajaba de camarero o de obrero —eso le encantaba, sobre todo en verano, pues le permitía mostrar sus bíceps— que de repartidor. Alguna que otra vez también hizo de *boy* en distintos locales. Y así podría haber seguido toda la vida... Pero un día la suerte le sonrió; más bien, se le deshizo en carcajadas.

Fue en una de las discotecas que tanto frecuentaba. Allí conoció a una chica rubia, alta, preciosa... que le pidió un favor. Un favor que no era para ella: quedar con una amiga suya más bajita, menos rubia y menos preciosa en una cita a ciegas. Y, previo pago, aceptó.

Fue una cena extraña, en uno de los restaurantes más lujosos de la ciudad, entre un chico casi analfabeto, musculoso, con cara de ángel... y una mujer culta, más bien fea, rechoncha y de familia de mucho mucho dinero. Una cena donde surgió la chispa que ambos deseaban. Él necesitaba una estabilidad que aún no había conocido, necesitaba un dinero que le podía venir del cielo, necesitaba un coche de esos que no se ven fácilmente en la calle, una casa propia, viajar por el mundo... Ella no necesitaba dinero, ni coches, ni viajes... sólo necesitaba tener a alguien a su lado, imaginarse un futuro compartido, disfrutar de todo lo que sus amigas más guapas, más agraciadas y con menos dinero habían disfrutado. Necesitaba enamorarse, necesitaba presumir, necesitaba ver la cara de envidia de todas ellas, y para eso necesitaba a uno de los más guapos. Sabía que el dinero es capaz de hacer todas esas cosas y se aprovechó de ello. Pensó —y ahí fue donde se equivocó— que el amor vendría con el tiempo. Se utilizaron mutuamente, se sirvieron y se usaron. Pero hubo una diferencia, una única diferencia que lo cambiaba todo: ella se enamoró y, en cierto rincón de su corazón, esperaba ser correspondida. Él no.

A partir de aquella cena se convirtieron en pareja. Él se fue imaginando su futuro: resuelto. Ella se fue enamorando... y conforme pasaban los días, las semanas... fue cediendo. Y cedió, y cedió tanto que al final el aprovechamiento fue unilateral.

Y ese amor —jamás correspondido— la cegó de tal manera que llegó a olvidar cómo se conocieron.

Don Rafael —ahora ya sí— se casó por todo lo alto. No perdió la oportunidad de alardear de futuro e invitó a la boda a cualquiera que hubiese tenido una mínima relación con él: a su familia al completo, a los conocidos de trabajos anteriores, a compañeros de colegio, de instituto... Cuando recibí la invitación, me quedé petrificado, sobre todo al leer el apellido de la novia. Supe al instante que no tardaría en verlo por la empresa.

Así fue. A los pocos meses, tras una luna de miel de cuarenta días, tras estrenar un piso de doscientos cincuenta metros cuadrados, tras recorrer autopistas con su Jaguar verde, tras todo aquello, llegó un día en que Rafa, el inculto, el patán, el garrulo de barrio, el del tatuaje porcino, se presentó ante nosotros como el nuevo jefe de personal.

En todo ese ovillado de destinos, sólo le falló un detalle: su suegro le obligó a firmar una especie de contrato prematrimonial. Una pequeña piedra en un gran, lustroso y cómodo zapato. Una pequeña piedra que le obligaba a guardar las apariencias, a depender económicamente de otros y, sobre todo, a mantenerse enamorado —casado—.

Podría haberlo cogido cualquiera. Somos, bueno, éramos, bueno, son —aún no asimilo que ya sólo formo parte de su historia— más de treinta personas en oficinas; sin contar a la legión de directivos, comerciales, asesores, asesores de los asesores y demás títeres aferrados a las cuerdas que mueve el dinero.

He vivido en una multinacional de la informática, dedicada exclusivamente a programar aplicaciones a medida para grandes corporaciones. Diez años en los que he ido creciendo en un lugar extraño. Durante mi nacimiento, infancia y juventud allí, me dediqué exclusivamente a programar y a recibir órdenes. Posteriormente, en plena madurez, me ascendieron a programador jefe: toqué techo.

He sido, durante casi cuatro años, el coordinador de un grupo de trabajo, de una familia formada por cinco personas, casi cinco hermanos: Javi, Sara, Ricardo, Godo y yo.

Allí —cuánta distancia implica ahora decir allí—, a la multinacional, fuimos a parar la mayoría de los estudiantes de mi promoción: una carrera recién estrenada se engranaba perfectamente con una sucursal recién implantada. Los compañeros que durante años lo fuimos de universidad, al tiempo, lo seguimos siendo de trabajo. Pero la intensidad de nuestras relaciones —siempre proporcional al tiempo libre— jamás volvió a ser la misma. La amistad se fue debilitando y pasó del chocar de manos al saludo correcto, del «¡mañana quedamos!» al «¡a ver qué día quedamos!».

Viví allí. He vivido durante todos estos años de 8.30 h a 13.30 h y de 15.00 h a 19.30 h. Nueve horas y media excesivas de trabajo. Una hora y media excesiva para comer. Una hora y media insuficiente para volver a casa. Una hora y media que no pagaban. Noventa minutos estériles, vacantes, perdidos al fin y al cabo.

Una rutina más dentro de nuestras vidas, o una vida más dentro de nuestras rutinas. Llegaron los días en que no supe, o no quise, o realmente no pude, apreciar la diferencia. Llegaron los días en que me vi incapaz de distinguir la frontera entre casa y hogar, entre vida y existencia, entre amor y amistad; y esto último, sin duda, fue lo más doloroso. Llegó un momento en el que futuro y pasado dejaron de ser distinguibles: mañana fue igual que ayer, ayer será igual que mañana.

Aquel lunes despertó horrible. Fue un lunes para olvidar, y quizá por eso no soy capaz de hacerlo ni siquiera ahora que huyo. Después de aquella llamada, después de no encontrar mi boli, después de pedirle prestado uno a Sara y después de colgar el teléfono, cometí un error: perdí las últimas modificaciones de uno de los proyectos en los que estaba trabajando desde hacía semanas. Una pérdida —gracias a las copias de seguridad— parcial, pero que implicaba averiguar el último punto estable, seleccionar los ficheros afectados y restaurarlos. Estuve más de dos horas trabajando, hasta que, en el ocaso de las siete, finalicé, exhausto.

Un sonido agudo, familiar, me despertó del ensimismamiento. Con un movimiento ya innato alargué mi mano para descolgar el teléfono; nunca llegué a escuchar la otra voz. Cuando entre mi mano y el teléfono apenas quedaban tres centímetros, me paralicé. Sonó de nuevo, otra vez, y otra, y otra, y a la cuarta descolgué para, con la misma desgana, volver a colgar. Fue una pugna difícil: a mi derecha, con casi diez años de peso, con el trofeo afianzado, con la solidez de un yunque: la rutina; a mi izquierda, casi olvidada, desdibujada por la propia rutina, resurgida de sus cenizas: la cordura.

Estuve, durante unos instantes, con los codos sobre la mesa, con la cara sobre mis manos, con mi cuerpo sobre mi tumba.

Sonidos difusos.

Conversaciones lejanas, casi extranjeras.

Mirando el claroscuro de la sala, cerré los ojos.

Pensé: «¿Por qué no convertirme en detective espontáneo durante los minutos que quedan? ¿Por qué no tratar de averiguar por qué cada vez que miro el cubilete de mi mesa no soy capaz de ver mi boli de gel?».

Abrí los ojos.

Abrí los ojos, también.

Descolgué el teléfono.

Me levanté, lentamente. Mi excusa iba a ser un simple café.

Aproveché cada paso para fijar la vista en cada mesa, en cada cubilete, en cada mano, en cada vida. No buscaba en aquel camino conversaciones, ni preguntas, ni saludos, sólo un boli: el mío. Llegué a la cafetera sin apenas resultados: sólo había localizado tres bolígrafos candidatos: negros, nuevos, repletos de gel, pero no disponía de pruebas.

Eché los cuarenta céntimos.

Pensé, a la vuelta, en secuestrar a cualquiera de ellos: un movimiento fugaz de brazo y... al bolsillo, pero no pude.

Miré el reloj: 19.15 h.

Me senté, de nuevo, en mi silla, fracasado, sin mi boli y con un café que no me apetecía. Vi llegar a una Estrella brillante en una galaxia de planetas errantes, con una chaqueta rebozada en lentejuelas; una chaqueta que por la mañana no tenía. Vigilé sus movimientos, observé su mesa y apunté a su cubilete. Se evaporaron las esperanzas.

Miré el reloj: 19.24 h.

Se acercaba el final de la jornada, como cada día. No había sido capaz de encontrar el boli que me había traído de casa. Después de tantas pérdidas, me avergonzaba pedir más a la empresa. Me los compraba yo mismo los sábados de centro comercial, comida familiar y limpieza general de casa.

El último, me juré.

Miré el reloj: 19.27 h.

Movimientos de sillas, cerrar de bolsos, levantar de seres, alejar de pasos hacia un fichador lejano. Me quedaban aquel día, después de la pérdida de datos, aún dos módulos por rehacer. No quise, por una vez, quedarme allí. Decidí ser humano en vez de ser sólo un ser. Si me daba prisa, podría ver a Carlitos antes de que se acostase.

19.35 h. Fiché y sentí cómo el edificio me despojaba de cinco minutos de vida.

19.40 h. «Adioses y hasta mañanas» de ascensor, parpadeos casi unísonos de intermitentes naranjas, sonidos casi idénticos de puertas que se abren, sonidos casi idénticos de puertas que se cierran, a la vez. Cansado, derrotado, cabizbajo, abrí la puerta y entré: frío, un frío oscuro.

Arranqué y el motor permaneció así durante unos segundos: consumiendo gasolina para generar calor. Un calor artificial, un calor mecánico, un calor frío; muy lejano del calor de los brazos de Rebe, de los besos de Carlitos, del edredón en plena madrugada, del sol en plena siesta de verano.

Trece horas fuera; trece horas sin verlos.

Cuarenta minutos de tráfico para llegar a mi zona.

Veinte minutos más buscando aparcamiento. Dos coches y una sola plaza de garaje: para ella, que llegaba antes a casa, sola. Para ella, mi ella, su propia ella, nuestra ella; mi ella, que ahora ya no es mía y por eso me alejo.

Circulaba —y lo recuerdo porque era indiferente el día— a base de gritos, golpes de claxon y resignación por una autovía de tres carriles. La radio lo hacía más ameno, la noche más amargo. Entre los rojos delanteros y los blancos de atrás intentaba, cada noche, colarme por la salida de la autovía sin ser embestido. Atravesaba las avenidas cruzando carriles para llegar finalmente a mi manzana: comenzaba la búsqueda. Vueltas y vueltas, calles que me conocía de memoria, rincones que podían estar vacíos, coches que ocupaban dos sitios y sitios ocupados por dos coches. Me planteé tantas veces dejarlo sobre la acera o en un paso de peatones, ¿quién iba a pasar por allí a esas horas? No solía hacerlo, mi conciencia y mi bolsillo no me lo permitían, sobre todo lo segundo.

Un motor que arrancaba, unas luces que se despertaban, un hombre de caminar pausado y llaves en mano o un simple intermitente eran la señal de la esperanza. Frenazo en seco y dirección al futuro hueco. Aceleraba, en aquellas ocasiones sin miramientos, olvidándome de peatones, de semáforos y de señales, hacia un sitio que, simplemente por anticipación visual, consideraba mío.

No sé a qué hora llegué aquel lunes. Entré, y lo recuerdo porque lo hacía cada día, en nuestro portal forrado de mármol beis. Las luces domotizadas se encendían automáticamente, todo muy cómodo, muy acogedor. Pasé, como lo hacía cada día, levemente el dedo sobre el botón plateado del ascensor. Marqué el número cinco y, mientras subía, cerré los ojos para dejar que mis dedos consiguieran adivinar los números en braille.

Salí al frío rellano, también beis, y, tras tres pasos eternos, llegué a casa.

Recuerdo haberme dejado aquel día, como tantos otros, las llaves olvidadas en el coche. Llamé al timbre.

Rebe, asegurada tras cerrojos, me abrió la puerta.

—Hola, amor —me recitó como era habitual, en un tono inexpresivo, mientras me daba un beso de esos de rigor, de los que apenas ya rozan los labios, de esos vacíos, de los que se dan sin pensar o de los que se dan pensando en cualquier otra cosa.

Lejos habían quedado ya esos tiempos en los que contábamos los minutos para encontrarnos nerviosos en el parque y comernos a besos, tiempos en los que podíamos pasar horas con nuestras bocas enganchadas entre saliva y aliento a chicle de menta. Tiempos en los que nos susurrábamos cariños en la oreja; en los que nos arrastrábamos hasta el asiento trasero del coche; en los que nos comíamos los labios a mordiscos mientras nuestras lenguas recorrían cada rincón de una boca extraña, sin aburrimiento ni rechazos. Últimamente —y ese últimamente abarcaba mucho tiempo—, un forzado beso bastaba para acallar un «¿qué, ya no me quieres?», para justificar dos vidas bajo un mismo techo.

—Voy a la cocina con Carlitos —me solía decir una voz resignada que, sin percatarse de que su beso me sabía a poco, desaparecía por el pasillo.

Dejé aquel lunes —como cada día— la chaqueta en la percha, la cartera en el mueble de la entrada y la esperanza en la puerta. Me acerqué a la cocina con la ilusión de encontrar mi recompensa. Sentado en su trona, estaba mi niño intentando acabarse un plato de puré de algo.

—Hola, Carlitos, ¿un besito? —solía decirle.

Me pregunto dónde está la diferencia entre aquellos dos besos: entre el suyo y el de Rebe. Me pregunto a qué edad los besos que me dé él dejarán de ser de amor para convertirse también en besos de compromiso, besos de costumbre, como los de ella. ¿En qué momento se romperá el delicado hilo que une a dos generaciones? ¿Cómo sabré que los besos de Carlitos han pasado de ser de amor a ser de rutina?

—*Zííí* —me contestó aquella noche poniéndose de pie en su sillita. No le importó tener la cuchara llena, no le importó soltarla y que cayera todo al suelo. No le importó porque para él, en aquel momento, era más importante darme un beso.

—Ya casi ha acabado de cenar —me dijo Rebe mientras recogía, resignada, con una servilleta, el puré que había quedado esparcido por el suelo—. ¡Venga, Carlitos, una cucharadita más y a la cama!

—Una *cuzaradita maz...* —repitió él.

Carlitos volvió a sentarse con la sonrisa en los labios, comió dos cucharadas más y, a regañadientes, pero sin ellos, me lo llevé a la cama.

Lo acosté, le di otro beso, lo abracé, jugué con su pelo, le acaricié su nariz, le agarré sus manos y, en apenas diez minutos, se durmió.

Diez minutos... en cambio, estuve media hora buscando un boli de gel negro; diez minutos... y, en cambio, estuve veinte buscando sitio para aparcar.

Y aun así valió la pena.

Rebe es la encargada de una tienda de ropa franquiciada en un centro comercial. Su horario comienza a las 9.30 h y acaba a las 20.00 h, de lunes a viernes; los sábados por la mañana también trabaja. Sus descansos son más flexibles y para comer dispone de dos horas. Dos horas que aprovecha para tomar algo ligero e ir al gimnasio; todo en el centro comercial.

La mayor parte de su vida la pasa en un edificio de cinco plantas, tres sótanos y decenas de tiendas. Su mundo se reduce, al igual que el mío, a un puñado de metros cuadrados. Su familia, a un grupo de trabajadores que pasan más tiempo con ella que Carlitos y yo juntos.

Cuando sale de trabajar suele ser ella la que va a recoger a nuestro hijo, a casa de mis padres o a la de los suyos. Ya en casa, lo baña, lo viste de pijama y le da la cena. Todo en soledad, todo en la más estricta de las intimidades, a la espera de mi llegada, que, en las últimas semanas, se había retrasado demasiado.

Aun a pesar de la vida, aun a pesar de las restricciones de un horario que nos encadena, consigue sacar tiempo para retomar restos de aquella actividad rebelde que me atrajo de ella. Ahora queda tan lejos todo: la playa sobre la que se tumbó con su biquini negro, los juegos bajo el agua, las tardes de «ojalá nunca me deje», el tiempo libre... Y aun a pesar de haber erosionado tanto aquel entusiasmo que tuvimos, ella se sigue cuidando, sigue teniendo una figura estupenda gracias a lo que ahora llaman ejercicio *indoor:* enjaular entre cuatro paredes lo que ya no se puede hacer en el exterior, por falta de tiempo o por exceso de riesgo.

Yo, en cambio, he cambiado tanto: hace años que me olvidé del deporte, hace años que no estreno nada, hace años que perdí aquella energía que me impulsaba a atravesar montañas junto a Toni, la misma que me hizo parecerme a Rebe. Hemos ido perdiendo todo lo que nos atrajo. Nuestra relación se ha ido apagando. Hemos acabado por tolerarnos, por acostumbrarnos a la presencia del otro, a vernos deambular por un espacio común.

Hubo un momento en que nuestros caminos comenzaron a separarse, se fueron alejando hasta el punto de perderse. Debí haber percibido aquel distanciamiento las veces que Rebe miraba de reojo, sin malicia, pero con admiración —a veces seguro que con deseo—, a algún adonis que no tenía la figura, como yo, de Hitchcock.

Elevo ahora la mirada hacia los paisajes que se difuminan ante mí, en las afueras de un vagón perdido, en los adentros de una relación acabada.

Intento distraerme con cualquier cosa, con cualquier otra cosa que amaine mi tristeza, pero sigo encallado en los recuerdos, en ella, en él, en ellos... ya ni siquiera me atrevo a decirlo: en nosotros.

Vuelvo a recordar.

Aquel lunes, Rebe se durmió pronto, ella siempre ha sido inmediata en eso de abrazarse al sueño. Yo solía tardar algo más, aunque últimamente acababa tan cansado que la ventaja que me llevaba iba menguando.

Al día siguiente, martes, comenzaría mi plan. Lo tenía todo pensado —creí entonces—, y ahora sé que no fue así. Al día siguiente, a la hora del almuerzo, daría cualquier excusa para ir a una papelería en busca de un nuevo boli de gel, pero esta vez lo compraría verde. Sí, verde.

Aquello fue el principio de todo: un boli verde, de gel.

¿Quién más iba a tener un boli de gel verde en toda la oficina?

—Buenas noches, Rebe —le susurré al oído, aunque supe que ya no me oía—. Te quiero —le volví a susurrar.

Me quedé mirando al techo, pensando en que todo podría ser distinto, que la vida podría ser vida...

Pienso ahora en ella, y pienso en Carlitos, y pienso en un plan que nunca debí haber pensado, pienso en que mañana estaré tan lejos...

Martes 19 de marzo de 2002

Seis de la mañana de un martes clonado.

Sonó, como lo hacía cada mañana, el despertador.

Saqué mi mano derecha, refugiada bajo la sábana, para, a tientas, buscar el botón de paro.

Seis y cinco minutos, volvió a sonar. Maldije la función *snooze*.

Seis y diez minutos, sonó por última vez.

Con la pereza aún estirándome de la piel me levanté, deseando poder pasar diez minutos más allí, acurrucado, observando cómo nuestra respiración había difuminado la luz anaranjada que asomaba por el cristal de la ventana.

Apoyé los pies descalzos en el suelo: frío. Arqueé los dedos, para, así, de puntillas, sobre casi las uñas, dirigirme al cuarto de baño.

Con un ojo cerrado y el otro casi, me asomé a la taza y me sorprendí de que la cosa estuviera así de dura; evidentemente, sólo era acumulación de orina. Después de más de un minuto de placer en el desahogo, pulsé el botón de media carga y me situé frente al espejo. Abrí el grifo y, tras derrochar unos dos minutos de agua, salió caliente. Ya no era capaz de lavarme con agua fría, ni siquiera templada. Ahuequé ambas palmas bajo el chorro ardiendo y, una vez repletas, me salpiqué la cara dos veces. Con las manos aún sobre las mejillas, me quedé mirando fijamente al desconocido que tenía enfrente.

—¡Cómo has envejecido! —le susurré al barrigón de cabeza despeinada que no dejaba de mirarme—. ¿Cuándo te quedaste embarazado de esa manera? —le insistí mientras él, aturdido por el interrogatorio, se desabrochaba la parte superior del pijama mostrándome una panza flácida que se apoyó en el lavabo; una panza repleta de estrías, como un balón a medio hinchar.

Levantó la cabeza y nos miramos.

—Cuando te crece el pelo, ¿qué haces? —le pregunté, sin poder apartar mi vista de su barriga.

—Me lo corto —me murmuró cabizbajo, sin volver a mirarme a los ojos.

—Y cuando te crecen las uñas, ¿qué haces? —insistí con ensañamiento.

—Me las corto —me susurró de nuevo, con la mirada perdida en el suelo.

—Entonces ¿por qué has dejado que eso te crezca así?

Se enquistó un silencio que nos dejó sin palabras. Yo, mirándole fijamente a los ojos, sin parpadear. Él, abatido, difuminado en el reflejo que nos identificaba.

—¡Pero si ni siquiera a mí me gustas, pedazo de bola de sebo! —le apuntillé con una dureza que me sorprendió.

El silencio se mantuvo.

Entre la bruma que nos separaba pude distinguir pequeños reflejos en sus mejillas: me había excedido. Ese perdedor ya había tenido bastante, me reconocí mientras cogía la toalla para secarme los ojos.

Abandoné la luz del baño mirando hacia ningún lugar.

Rebe seguía escondida bajo las sábanas. Sólo le asomaban unos grandes ojos cerrados, enterrados en sueño. Cuántos años juntos y qué poco tiempo nos hemos visto. En aquellos momentos me hubiese gustado apretarla contra mí, besarle la piel, decirle que la quería, decirle que era feliz a su lado, sobre todo cuando podía estar a su lado. Que la echaba mucho de menos, cada día más, porque cada día la veía menos. Decirle que pasaba mucho más tiempo junto a mi ordenador que junto a ella, que pasaba más tiempo tocando un teclado que acariciando su cuerpo y que, cuando llegaba la noche, no tenía ganas de alargar el día, no por ella, sino por mí.

Me hubiese gustado, también, poder decirle que no era necesario que se levantase, que nos cogíamos el día libre para exiliarnos a la montaña, a pasear; para ver cómo salía el sol anaranjado en la playa, como solíamos hacer cuando nuestra única obligación era estudiar. Y sentir el olor a salitre, a arena húmeda, a sol nuevo; ese olor que se desprende cuando los primeros rayos se reflejan en el agua. Aquel día me hubiese gustado besar su cuerpo escondido bajo las sábanas, sus mejillas tatuadas con las arrugas de la almohada, su pequeña nariz que aleteaba en cada inspiración, sus labios entreabiertos; besarla toda. Pero no lo hice.

—¡Rebe! —le grité levemente al oído mientras con mi mano le daba un pequeño empujón en el hombro—, ya es hora de levantarse, ¡vamos!

—No, déjame un poco más… —me balbuceó escondiendo la cabeza bajo el edredón, como si de pronto Carlitos se hubiera alojado en su cuerpo.

—Rebe, ¡vamos! —le volví a advertir con otro pequeño empujón y de una forma, esta vez, un poco más brusca.

—¡Vale, vale, ya va, ya me levanto! —me contestó irritada haciendo ademán de levantarse. Pero, en cuanto me di la vuelta, volvió a cubrirse.

Finalmente, agarré el edredón por el extremo de sus pies y, de un tirón, la destapé completamente. Y allí quedó mi amor, acurrucada, en posición fetal, indefensa.

—¡Ya va, ya va! —Y pegó un golpe contra el colchón para liberar su ira. Una ira que, junto al malhumor temprano, se mantuvo hasta que me miró a la cara.

Allí, en aquella breve distancia de miradas, aquel día, ambos descubrimos cosas que nunca se desean descubrir. Ella supo, pero calló, que yo había estado llorando. Yo supe, pero callé, que nuestra vida se estaba deshaciendo: con apenas un centímetro de distancia no fuimos capaces de besarnos.

—Ya hemos perdido cinco minutos —refunfuñé.

Ahora que la noche se me ha echado encima en soledad, ahora que no quiero pero no puedo evitar recordar, me doy cuenta de que aquello jamás fue perder el tiempo, sino invertirlo en nosotros, invertirlo en vivir, invertirlo en sentir que aún nos sentíamos el uno al otro. Sé que aquella mirada, de no haber sido como fuimos, de no haber callado como callamos, podría habernos dado alguna esperanza. Sin embargo, aquí me veo huyendo, desde ellos.

Rebe, después de pasarse más de quince minutos en el baño, solía ir a la cocina para preparar algo de café. Un paquete de galletas y una caja de cereales completaban, normalmente, la mesa. Mientras desayunábamos, entre uno y otro nos íbamos pasando a Carlitos para acabar de arreglarlo.

Me vestí aquel día, y no es fácil de olvidar por lo que pasó después, de pantalón negro, camisa blanca, corbata inútil y chaqueta a juego. Cargué a Carlitos al brazo y le puse su minúsculo abrigo.

Y pienso ahora —desde un tren sin paradas, porque así lo he querido, porque tenía miedo a bajarme en la primera y volver— qué clase de sociedad permite que un padre vea a su hijo sólo veinticinco minutos por la mañana y otros tantos por la noche. Qué clase de sociedad permite que un niño de dos años se levante a las siete para, diariamente, mudarse a otra casa.

Cargué a Carlitos —enfundado en varias capas de ropa— mientras me despedía de Rebe con otro de esos besos de rigor, de los que nos dábamos por darnos, porque sí, sin pensarlo, como si nos diéramos la mano. El primero.

Escapé hacia la escalera.

Ya en la calle, el frío me golpeó la cara sin piedad. Con la mente en blanco, con mi vida en blanco, recorrí metros y metros en línea recta. Llegué al final de la acera y me quedé estúpidamente mirando hacia ningún lugar. Con los kilos de prisas a cuestas, no fui capaz de recordar dónde había aparcado el coche el día anterior. Inmóvil, con Carlitos en brazos —al menos, seguía durmiendo—, repasé mentalmente los movimientos pasados. Siempre aparcaba en la misma zona, por las mismas calles, de noche y solo. Él comenzaba a pesar y yo a ponerme nervioso. Decidí ir en direcciones aleatorias. De pares a impares, de esquina a esquina, sobrevolando con la mirada cada uno de los vehículos aparcados.

Habían pasado ya cinco minutos y el brazo derecho comenzaba a flaquear. Mi desespero aumentaba, mis movimientos eran cada vez más bruscos y Carlitos lo notó: comenzó a llorar. Allí, en medio de la calle, estuve a punto de sentarme en un portal con mi niño a cuestas y comenzar a implorar, a suplicar, un cambio.

Con la serenidad que me ofreció la resignación, volví a pensar. Me concentré y, finalmente, un pequeño detalle me iluminó la mente: el día anterior, cuando aparqué el coche, lo dejé tan cerca de un paso de cebra que pensé que me podrían multar. Pensé en el paso de cebra, en la esquina, en la calle... recordé que el coche estaba a, escasamente, una manzana de casa.

Abrí la puerta trasera y coloqué a Carlitos en la sillita. Estuve tentado de no hacerlo, estuve tentado de dejarlo abandonado allí en el asiento de atrás, a su suerte, estuve a punto de... Arranqué para dirigirme a casa de mis padres.

El tráfico de todos los que llegábamos tarde era insoportable. Aparqué en doble fila. Tardé un buen rato —las prisas siempre ayudan al retraso— en desabrochar la maldita silla.

Y con Carlitos en brazos, llamé al timbre.

—¿Quién? —me contestó una madre acostumbrada a que, al menos, le subieran al nieto hasta su casa.

—¡Baja tú que hoy no llego! —le grité.

Le grité a una mujer que madrugaba cada día para que nosotros pudiéramos sobrevivir en nuestra otra vida. Y le grité a la persona que, en parte —en gran parte—, está criando a nuestro hijo; que no ha hecho otra cosa que ocuparse de lo que nosotros no podemos ocuparnos; que jamás ha sido capaz de quejarse de nada; que jamás me ha dirigido un reproche. Y sí, le grité, y aunque jamás será capaz de echármelo en cara, sé que le dolió.

Nervioso, esperé impaciente a que se abriera el portal.

—¿Cómo vienes tan tarde?

—¡Ahora no, ahora no! —le seguí gritando—. ¡Hoy no llego al trabajo ni de coña! —le seguí ladrando impertinentemente mientras le pasaba a Carlitos.

—Pero...

—¡Ahora no, madre, ahora no! —le di un beso en la mejilla

que a ella le supo a gloria y a mí a tiempo perdido—. Después hablamos.

Mientras me metía en el coche le grité un adiós.

Me alejé de ellos mirando por el retrovisor cómo ella le cogía la mano a Carlitos, se la levantaba y ambos me decían también adiós. Me estremecí, lo reconozco. No pude seguir aguantando la mirada a dos figuras que, a pesar del frío de la madrugada, se despedían de mí con entusiasmo.

8.20 h. El garaje de la empresa estaba a unos diez minutos, pero en un edificio aparte. Me salté dos semáforos con el verde ya esfumado; obvié a unas señoras que estaban a punto de cruzar por un paso de cebra; hice sonar el claxon varias veces a un gilipollas que se había quedado parado en plena calle, me asomó su dedo por la ventanilla y estuve tentado de empotrarle el coche, ya pagaría el seguro. Por fin, bajé la rampa del garaje, busqué mi plaza y lo aparqué invadiendo parte del sitio de mi compañero, «que se joda», pensé.

Creo que hubo momentos en que estuve a punto de convertirme en un animal. Me arrepiento ahora de tantas cosas... cosas que hasta hace unos días ni me rozaban la conciencia.

Salí del garaje, corrí unos doscientos metros, entré en el edificio de la empresa, corrí de nuevo hacia el ascensor y, mientras pulsaba el botón, miré mi reloj: las ocho y media.

8.35 h. Fiché, y mi aliento me alcanzó por el pasillo. La vergüenza, sin embargo, ya me esperaba arriba.

Me tranquilizó ver que Javi aún no había llegado. Sara sí. Desde la distancia nos cruzamos una mirada extraña. Pensé que por mi inusual impuntualidad. Pero, conforme me acercaba a ella, a mi cubículo, me di cuenta de que no era esa la razón. Me sentía húmedo por fuera y empapado por dentro. Me observé, reflejado en la mirada de Sara. Mi camisa blanca me delataba: dos grandes surcos de sudor asomaban por mis axilas, dejando clarear el pelo del pecho a ambos lados de la corbata. Me cerré, hundido en el bochorno, todo lo que pude la chaqueta.

—¿Qué te ha pasado? —me preguntó una Sara incapaz de apartar su vista de mi camisa, que, a la altura de la barriga, clareaba también el agujero del peludo ombligo. Intentaba, sin éxito, disimular una cara de desprecio que yo desconocía.

—Después te cuento…

Me desplomé en la silla negra ergonómica de cinco patas con ruedas.

Con chaqueta, corbata y camisa, apoyé mi cabeza sobre la mesa.

Y allí, cerré los ojos para permitirme treinta segundos de soledad, de pensamientos sin sentido, en el interior de una vida que tampoco lo tenía.

Blanco mojado en negro, tiritando en el interior de un pozo, un cruce sólido de sonidos, el abrazar de un erizo, el morder de cristales, la pestaña que se suicida para colarse en el ojo propio, el sabor de la tiza, el frío de un rechazo, el calor de un bochorno...
Luz.

Tras aquel cerrar de ojos, me desperté de nuevo en la realidad. Una realidad repleta de ruidos: el murmullo de los teclados, el molinillo de la máquina de café, las conversaciones lejanas e incomprensibles, el rumor de la vergüenza de mi camisa empapada...

Me incorporé, asomé la cabeza y, aliviado, me di cuenta de que nadie me estaba prestando atención.

Abrí el primer cajón de mi mesa y cogí un pequeño desodorante que guardaba para situaciones de urgencia. Lo metí, disimuladamente, en el bolsillo de mi chaqueta y despacio, entre aquellos sonidos, puse rumbo a los servicios, a los más alejados, los de la zona de contabilidad. Atravesé el pasillo pasando por delante de Marta, cuya mirada me analizó, sin ni siquiera disimular su mueca de rechazo. Me dolió, y me dolió más que si hubiese venido de otra persona, más que si hubiese venido de Estrella, o de la mujer de la limpieza, o de cualquier otra chica menos guapa, menos joven y menos atractiva.

Avergonzado, seguí mi camino hacia los servicios. Pasé por delante de la zona de contabilidad: no había apenas nadie. La mayoría estaban tomando café. Finalmente, llegué a la puerta.

Miré atrás, miré hacia el interior de los despachos y, excepto una luz —el despacho de don Rafael—, el resto estaban apagadas. Abrí la puerta lentamente, para cerrarla con un golpe suave, con miedo a que pudieran oírme. Cinco lavabos de pie, un gran espejo de por lo menos diez metros y cuatro compartimentos con puerta, para hacer las otras necesidades, las más groseras.

No había nadie, no escuché ningún ruido, ni dentro ni fuera. Con la vergüenza mezclada en el sudor, nervioso, me quité la camisa y rápidamente la puse bajo el secador de manos. Supliqué, temblando, que no entrase nadie en aquel momento.

Mientras el aire caliente seguía luchando con el sudor de mi camisa; mientras, a la vez, con el papel intentaba secar las partes más húmedas, seguía atento a cualquier ruido, a cualquier movimiento sospechoso, a cualquier abrir la puerta y encontrarse a un tipo gordo medio desnudo, de barriga peluda y camisa blanca bajo el secador de manos.

Después de varios minutos, di por finalizada mi tarea.

Ya no se oía la máquina de café, ya apenas se oían conversaciones lejanas. Cada uno había vuelto a su puesto de trabajo y eso aumentaba la probabilidad de un encuentro incómodo en el baño.

En aquel silencio puro que me acompañaba mientras trataba de ponerme de nuevo la camisa, oí unos pasos que se aproximaban, y junto a ellos una voz. Una voz familiar, la voz de don Rafael, que daba cuenta de algo con alguien. Supuse que, por la forma de hablar y pararse a escuchar, venía con el teléfono móvil en la oreja. Cada vez se oía más cerca: se dirigía hacia mí.

Con la camisa a medio abrochar, agarré la chaqueta y me introduje en uno de los compartimentos, en el más alejado de la puerta. Eché el pestillo justo en el momento en que don Rafael entraba.

Me resguardé allí, mudo, tiritando en voz baja, en mi refugio interior, con el torso semidesnudo, con los dedos cruzados. En un receptáculo en el que casi no cabía, me senté sobre la tapa del váter a la espera de que don Rafael no me notase, no me sintiese, ni siquiera me intuyese.

Abrió la puerta del cubículo de mi izquierda mientras seguía hablando por el móvil. No se dio ni cuenta de que yo estaba allí, agazapado, escondido, a su lado.

Tras un «luego te llamo» Rafa colgó y, por el ruido, supe que se había sentado.

Y allí, el don Rafael jefe de recursos humanos; el del braguetazo; el del Jaguar verde; el de la ropa de modisto; el de los modales impolutos y las exquisiteces en los mejores restaurantes; el del yate en Ibiza y el chalet en la montaña; el de los buenos días y gemelos de oro; el de los zapatos de quinientos euros y el reloj de tres mil; el aprendiz de protocolos... se sentó a mi lado, como cualquier otro trabajador, como cualquier otra persona. Me di cuenta, aquel día, que sobre un retrete no existen clases.

Sin prisa ni vergüenza, don Rafael comenzó a dejar caer sonidos por su ano mientras yo me mantenía en silencio, sin apenas respirar, a la espera de su acabe.

Después de varias ventosidades con una gran potencia inicial y sostenimiento descendente, llegó un sonido de chocar con agua que indicaba que el aire había cambiado de estado, convirtiéndose en un sólido casi líquido. Fue acompañando, además, cada una de dichas emanaciones con un «¡uf!» o un «¡ay, qué gusto!».

El ambiente comenzó a ser irrespirable, el hedor se propagaba por toda la estancia. Un último «¡ufffff!» sostenido y comencé a oír el rozar del papel higiénico. Oí también el pausado subir de sus pantalones y el rápido *ras* de su cremallera.

Finalmente, Rafa —obviaremos en esta situación el don— tiró de la cadena y abrió la puerta, ignorando que a su lado había un tipo gordo con la barriga al aire y la chaqueta en la mano que iba a caer de un momento a otro.

Apenas se acababa de abrochar los pantalones cuando le volvió a sonar el móvil.

—Sí, dime... no te preocupes, dime, dime... —Y escuché cómo se abría la puerta de los servicios y se marchaba de allí un don Rafael que, quizá por descuido, quizá por costumbre, había olvidado pasar sus manos bajo el grifo.

No me hubiese gustado ser, en aquel momento, uno de sus

clientes, de esos que llegan y le saludan con un buen apretón, de manos.

Abrí la puerta y respiré, intentando acumular aire no viciado. Mi camisa ya estaba casi seca. Saqué el desodorante de la chaqueta y me rocié todo el torso.

Salí.

Atravesé el pasillo hacia mi zona lo más rápido que pude y observé, a través del cristal, cómo don Rafael seguía hablando por el móvil. No se había dado ni cuenta de que mientras él se desahogaba, yo estaba a su lado, ahogándome.

Pasé de nuevo por delante de Marta, que en aquel momento se repasaba las uñas. Ni siquiera me digné mirarle la cara, creo que ella tampoco. Cuando entré en mi zona, todo seguía igual que siempre, cada uno en su cubículo, a lo suyo. Por una vez me alegré de verlos a todos ahí, como ratones en su rueda. En la pared, el reloj indicaba que eran las 8.45 h. Javi aún no había llegado. ¿Diez minutos? Sólo había estado diez minutos allí dentro y, en cambio, me había parecido una eternidad.

Me senté con la esperanza de que no me molestase nadie. Frente al ordenador comencé a pensar en tantas cosas a la vez… Me abstraje del trabajo, me abstraje de todo, quise ya entonces exiliarme de una vida que no sentía mía. Dejé pasar el tiempo a mi alrededor.

—¿Qué te ha pasado esta mañana? —me sorprendió Sara.

—Nada… que desde que me he levantado todo me ha salido mal. —Y poniéndome frente al ordenador con las manos en el teclado, quitándome de su vista, le di a entender que no me apetecía hablar del tema, que no deseaba que su nariz, por si acaso, se acercase demasiado a mi camisa.

Las nueve menos cinco y Javi aún no había llegado. En mi interior, dos sentimientos enfrentados: por una parte, la preocupación; por otra, la satisfacción de un escarmiento.

Javi, puntualmente, solía llegar tarde. Le habían avisado ya varias veces, sin embargo, con cada toque de atención, la empresa sólo conseguía que los siguientes días llegase incluso antes de hora, pero una semana después volvía de nuevo a retrasarse.

Javi trabajaba, y mucho, y quizá gracias a eso todavía estaba entre nosotros. Aquel martes, cuando pasaban más de veinticinco minutos, Javi aún no había llegado. En cambio, Estrella sí que estaba ya allí, relajada en su mesa, puntual como el reloj de oro que llevaba; con su bolso nuevo —esta vez azul oscuro—; con su permanente permanentemente perfecta; con sus labios pintados al rojo charol y sus muchas ganas de no hacer absolutamente nada.

8.59 h. Llegó Javi. Y llegó tranquilo.

Pensé en el contraste con mi entrada triunfal del día. Me sorprendió la suavidad de sus movimientos al dejar la chaqueta sobre el respaldo de su silla. Se sentó a mi lado, a mi derecha, y se puso a trabajar como si esos veintinueve minutos no hubiesen pasado.

Las dos primeras horas de aquel nuevo día las dediqué a acabar de arreglar el desastre del anterior. Al final nadie se enteró de nada, así que no le di más importancia.

Las diez y media: hora —qué ironía, porque jamás fueron sesenta minutos— de almorzar.

Normalmente, solíamos bajar en grupo, aunque siempre se tenía que quedar uno de guardia. Aquel martes, con la excusa de que tenía que realizar unas compras, bajé antes que ellos.

La calle, como cada día, estaba abarrotada: gente corriendo de aquí para allá, hablando por el móvil, andando a la espera de que un semáforo pase a verde; personas chocándose unas contra otras, pero con una distancia infinita entre ellas; una muchedumbre desconfiada. Un claxon, un «¡gilipollas, mira por dónde vas!», los ruidos de cualquier obra, las motos sin tubo de escape, las sirenas de policía... el sonido de la vida. Avancé entre personas —ninguna de ellas me llegó a importar en absoluto, podría haberlas empujado, podría haberlas tirado al suelo para avanzar...— hacia la librería papelería. Después de adelantar a dos señoras de edad avanzada que apenas se sostenían en pie, entré en el lugar donde se encontraba el boli verde que cambiaría mi vida; nunca imaginé hasta qué punto.

Me dirigí directamente a la sección de papelería, dejando atrás todos los estantes repletos de libros, no sin antes echarles un ojo añorando aquellos años en los que me deleitaba leyendo las últimas novedades, cuando en mi vida aún tenía tiempo para dedicarlo a la lectura.

Pasé por la zona de carpetas, carteras, plumas de más de cien euros con una utilidad dudosa; abrecartas de plata y bolígrafos de marca; papeles para envolver regalos, papeles de seda con los que hacer bolitas —qué recuerdos—, papeles de charol y papeles para forrar los libros que han dejado de ser útiles. Pasé también por la zona de los Rotring, oyendo cómo refunfuñaban contra el Autocad; de los Tippex y de las gomas de nata; de los plumieres y de los estuches de compases que tan de moda estaban como regalo en las comuniones de mi época. ¿Quién tiene ahora un compás? Finalmente, llegué hasta la zona de instrumentos de escritura asequibles, los demás *engañarricos* y *timapedantes* los había dejado atrás.

Al contrario de lo que temí en un primer momento, no me costó nada encontrar lo que andaba buscando. Allí estaban, dentro de cubiletes de plástico gigantes, decenas de bolígrafos de gel verde. Cogí uno, sólo uno, el primero que se magnetizó en mi mano. Lo atrapé entre mis dedos y por Dios —cualquiera— que me temblaba el pulso, como cuando cogí en brazos a Carlitos por primera vez.

Me acerqué a caja con el boli entre unos dedos que no dejaban de sudar. Esperé impaciente a que una señora mayor pagase hasta el último céntimo de la revista de turno; estuve a punto de apartarla.

Me tranquilicé. Acabó y pasé.

Un euro y medio, ni más ni menos, eso fue lo que me costó mi cambio de vida.

Un euro y medio fue el precio.

Miré, sorprendido, el reloj: sólo me quedaban seis minutos. Empujé con fuerza la puerta de la papelería y, una vez en la calle, aceleré el paso. Casi corriendo, con mi boli en la mano, llegué a la empresa. Saludé al portero, llamé al ascensor, entré, me escondí el boli en el bolsillo trasero y accedí a mi planta.

Un saludo general y caí rendido, de nuevo, en mi silla. Allí esperé el momento adecuado para sacar el bolígrafo de gel verde y dejarlo dentro del cubilete.

Pasó el tiempo.

Me impacienté.

No hice nada —de nada— entre tanto.

Pasó el tiempo.

Solo.

Aproveché la desaparición de Sara y Javi: una al baño, el otro a por un café. Supe que era el momento. Me incorporé a medias, hacia adelante, para levantar mi trasero y, con la punta de los dedos, sacar el boli del bolsillo.

Verde, sobre la mesa, verde, a veinte centímetros de mis ojos, de gel, a un segundo de mis manos, mío. Utilicé las llaves del coche para hacerle una marca: una pequeña raya, casi imperceptible, pero inconfundible.

Me ahogué de tal forma en aquella ilusión que no percibí que, detrás de mí, alguien admiraba mis labores.

Oí una risa contenida.

Me giré sobresaltado, dejando caer las llaves sobre la mesa.

—Veo que has ido a comprarte un boli nuevo —me decía con una sonrisa—. ¿Cuántos has perdido este mes?

—¡Calla! —le murmuré con fuerza—. ¡Calla! ¿Quieres que se entere todo el mundo?

—Anda, pero si este es verde, ¡qué pasada! —Y con un rápido movimiento me lo arrebató de las manos.

Comenzó a rayar sobre el papel. Dibujó trazos sin sentido, escribió su nombre varias veces: en vertical, en horizontal, atravesando el papel. Finalmente, con una firma, rubricó aquel derroche de gel.

—Sí, así si alguien me lo quita, podré localizarlo enseguida —me justifiqué.

—Pues sí que es buena la idea, señor Holmes —siguió riendo.

Mi mirada asesina no tuvo el efecto que hubiese querido, mi «¡cállate!» tampoco, ni siquiera mi justificación. Así que pasó lo que yo no quería que pasase.

—Mira, Javi, mira lo que se ha comprado —dijo Sara con el boli aún en sus manos.

«Javi no», pensé.

«Javi no», y Javi, con su café en la mano, aún humeante, se acercó a mi mesa.

—¿Un boli nuevo, eh? ¡Qué pasada, es verde! ¿A ver cómo va? —Y dejando el café sobre la mesa, se lo quitó a Sara.

Dibujó unos garabatos sobre el papel, también escribió su nombre y, finalmente, también firmó, tres veces: Javi, JAVI, Javi.

Aquella mañana las horas se pasearon sin prisas sobre una vida cansada: la mía. Entre tanto, mi boli verde nuevo, de gel, seguía en su sitio, dentro del cubilete, al refugio de manos ajenas: nadie lo cogía, nadie me lo robaba.

Aquella ilusión, a la que no supe ponerle precio, fue perdiendo intensidad, lentamente, hasta convertirse en simple resignación. Después de vigilarlo de forma enfermiza durante más de dos horas, llegó un momento en que no supe lo que esperaba de él: que no desapareciera o justamente lo contrario.

Sólo el hambre del mediodía fue capaz de arrancarme de su lado.

Solíamos comer en un pequeño bar a tres esquinas del trabajo —ir y volver a casa no era, en términos temporales, posible—, el único de la zona que aún no estaba franquiciado. Menús a diez euros, IVA incluido, repletos de comida casera: ensalada valenciana, un buen plato de lentejas o una sopa caliente o un guisado de verduras, de primero; pollo con patatas, pescado o un buen filete, de segundo; los jueves, paella; y todo acompañado de pan de panadería, de la única que aún tiene horno propio por la zona. Y de postre: variedades caseras que sólo doña Rosa, la cocinera y dueña, sabía preparar.

Nos sentábamos normalmente en la misma mesa, justo al lado de la ventana. Aquel día, mientras todos hablaban de sus cosas, yo pensaba en que había dejado mi boli arriba, solo, indefenso ante cualquiera que quisiera llevárselo.

Aquel martes —aunque quizá fue cualquier otro día, es tan fácil mezclar recuerdos desde la lejanía— doña Rosa nos sorprendió con un postre de los de antes: «pijama», piña y melocotón en almíbar, una bola de helado de vainilla y un flan de huevo.

—¡Menudo postre! —le dijo Sara a doña Rosa—. No me va a caber.

—No diga tonterías, que está usted más flaca que un fideo.

Los cinco comenzamos a comer, sintiendo en cada cucharada un trozo de nuestra niñez. Hubo, durante unos minutos, un silencio amable, un sabor a infancia de esos tan difíciles de encontrar. Finalmente, los recuerdos personales, íntimos, dieron paso a los colectivos, a los nuestros.

—¿Os acordáis de la cena de empresa del año pasado? —decía entre dientes Javi mientras intentaba pescar el último trozo de helado—. La de Navidad…

—Claro que me acuerdo —le contestó Ricardo—, cuando llegué a casa me tuve que hacer un bocadillo de salchichón.

Todos comenzamos a reír. Cinco mentes al unísono recordamos la cena con la que la empresa nos quiso impresionar, y vaya si lo hizo. Las quejas llovieron como dardos al comité organizador.

—La nueva cocina —seguía diciendo Ricardo—, me cago en la nueva cocina.

Todos continuamos riendo.

—La nueva cocina —repetía Javi—: platos enormes y comida para pajaritos. Hasta Sara se quedó con hambre, ¿a que sí?

Y Sara, que luchaba encarnizadamente con el último trozo de flan —siempre es el más difícil de capturar—, tuvo que asentir riendo.

—¡*Monsieur*! Aquí tiene usted nuestra *especialité de la casé* —se burlaba Godo, que ya se había acabado el postre y nos enseñaba su plato vacío con una oliva atravesada por un palillo.

Todos reímos de nuevo.

—¡*Monsieur*! El postre especial de la casa: triturado de helado derretido con salpicado de pulpa de piña almibarada —continuó mientras nos enseñaba su plato con una cucharada de helado derretido junto a un trozo de piña.

Reímos de nuevo.

—Pero ¿por qué se piensan que somos tontos? —dijo Sara—. Lo peor es que, encima de que te ponen la cuarta parte del plato, te cobran por lo menos el triple.

—No tires tu plato, Sara, que con lo que te ha sobrado hago yo cinco postres de la nueva cocina, ahora verás… —Y Godo le quitó el plato.

Cogió el trozo de melocotón para partirlo en cinco trozos cuadrados, el resto lo apartó. Cogió también unas sobras de flan y lo puso por encima. Finalmente, le echó sal.

—¡Cuadrícula de melocotón bañado en flan de huevo al suspiro de sal! —Le devolvió, levantándose de la silla, triunfante, el plato a Sara.

Todos aplaudimos.

Durante un buen rato no pudimos parar de reír. Fue aquel uno de los mejores —y últimos— momentos que pasamos juntos. También los echaré de menos, a todos.

Aquella conversación me queda ya demasiado lejos. Tan lejos ellos, tan lejos las sombras de lo que pudo haber sido, tan lejos como si desde hace meses no hubiese hecho otra cosa que alejarme.

Recuerdo también la última vez que Rebe y yo conseguimos reservar un asiento en la orilla de la rutina, en una de esas mesas en las que, con suerte, aún se puede encontrar un abrazo, un acariciar de manos o un rozar de miradas. Una mesa de esas que antes encontrábamos con tanta facilidad y que últimamente sólo reservábamos para fechas señaladas.

Ahora sé que cuando aparecen las fechas señaladas desaparecen todas las demás; que cuando la excusa para cenar juntos es una fecha señalada, todo se ha perdido ya.

Aquella fecha señalada fue su último cumpleaños.

Intento cerrar los ojos sin acabar de juntar los párpados, es algo que hago siempre que voy a empezar a llorar. Miro alrededor: no hay nadie en el vagón. Dejo que salgan las primeras lágrimas. Lloro porque acabo de comprender que no supe darme cuenta a tiempo de nada, que fui un completo idiota. Lloro porque aquel día discutimos por quién iba a hacer la reserva, cuando en otra época no deseaba otra cosa que sorprenderla con cenas románticas. Lloro porque en el viaje hacia el restaurante discutimos: me enfadé con ella porque se retrasó diez minutos intentando ponerse tan guapa como cuando no discutíamos tanto. Lloro porque durante la cena apenas hablamos, quizá porque no teníamos nada que decirnos, quizá porque teníamos miedo de decir algo que iniciase una nueva discusión. Lloro porque le pareció caro y me lo echó en cara; porque se manchó el vestido y se lo recriminé; porque tardaron demasiado tiempo en servirnos los platos, y eso dejó, también, demasiados silencios entre nosotros. Silencios que hace años hubiésemos aprovechado para querernos. Lloro porque la vuelta a casa fue en silencio; porque aquella noche nos acostamos uno al lado del otro, pero no juntos; porque hasta la mañana siguiente no fuimos capaces de hablarnos. Lloro porque me doy cuenta de que nos perdimos hace mucho mucho tiempo.

Aquel martes de boli nuevo llegué a casa como siempre llegaba: cansado.

Eran casi las nueve de un día, otro más, perdido. Y de nuevo, allí, entre el ambiente beis que me conocía de memoria, me encontré la sensación. Una sensación que aún no he sido capaz de abandonar. Una sensación a derrota perpetua. Una sensación inadecuada. Sí, esa es la palabra exacta: inadecuada.

Analicé, en aquel regreso que duró tanto, con la mano apoyada en el pomo, las alegrías del día que acababa: sin duda, la mayor, haber conseguido aparcar casi debajo de mi casa, a la primera. Metas cercanas, diarias, cotidianas; llegó un punto en que me alivié con tan poco...

Fue, como de costumbre, aquella, una cena silenciosa. Sólo la televisión era ya capaz de romper el incómodo silencio que se generaba entre dos desconocidos. Apenas algún «¿me pasas el agua?» o «¿tienes tú el pan?» nos servían de vínculo. Apenas algún monosílabo rompía la incomodidad de dos extraños que se conocían, quizá demasiado, quizá hasta el hastío y que, sin causa aparente, ya no se tenían como se tuvieron.

Y aquella causa que no pudimos definir, que no supimos ubicar en un calendario, fue nuestro peor castigo. No había ya, como lo hubo antaño, un motivo, un malentendido, ni siquiera eso nos disculpaba de no sentirnos. Perdimos, en algún lugar, en algún tiempo, nuestros cimientos. Nos perdimos, ambos, en el fondo, en el fango de una relación también perdida.

Aquella noche, como cada noche, un «hasta mañana» nos despidió.

Mientras Rebe huía hacia la cama, los platos y yo quedamos abandonados en la cocina. Al día siguiente sería Adela quien lo recogiera todo. Ya ni siquiera compartíamos el mantenimiento de nuestra casa. Qué lejos aquella ilusión inicial por estrenar el piso: del «tú plancharás y yo fregaré», del «tú sacarás la basura y yo pondré la lavadora». La ilusión del «¿cómo pintaremos el comedor?», del «¿cuántos focos pondremos en la cocina?». La ilusión de estrenarlo todo.

Hace años que tuvimos que contratar a alguien que hiciera lo que nosotros no podíamos. Nos ha faltado siempre tiempo. Nos ha faltado tiempo porque hemos tenido que trabajar demasiado. Hemos tenido que trabajar tanto porque, hoy en día, para todo se necesita dinero. Dinero para mantener a un niño al que apenas veíamos; dinero para contratar a una persona que nos limpiara la casa en la que apenas estábamos; dinero para vivir una vida que no hemos disfrutado. Todo tan circular, todo tan ridículo.

Miércoles 20 de marzo de 2002

8.49 h.

Javi llegó tarde aquel día, también.

Se sentó en su sitio, a mi derecha, y ambos nos hablamos sin abrir la boca.

—¿Cómo va lo del piso, Javi? —le preguntó Godo en un intento por romper el silencio creado tras nuestra mirada.

—¡Ah! —contestó—. ¿Que no os lo he dicho? Firmo la semana que viene la escritura, por fin.

—¡Enhorabuena! —le dijeron al unísono Godo y Sara.

Javi nos estuvo contando aquella mañana que ya habían firmado la hipoteca de un piso de unos sesenta metros cuadrados, situado en la zona norte de la ciudad, por tan sólo 230.000 euros. Eso sí, todo primeras calidades: calefacción central con radiadores en todas las habitaciones, aunque sólo tuvieran una habitación y media; baños con un acabado superior y grifería de lujo, aunque entre los dos baños no sumasen más de siete metros cuadrados; armarios forrados en la habitación de matrimonio —donde apenas cabía una cama— y un excepcional trastero de quince metros cuadrados —prácticamente una cuarta parte del piso—. El conjunto lo completaba una plaza de garaje donde apenas cabía un coche. Pero una ganga al fin y al cabo, fanfarroneaba Javi.

—Además, tenemos una preciosa zona común con piscina, dos pistas de tenis y dos de pádel —decía un Javi cuyo ego se hinchaba a cada palabra.

—¡Qué bien! —le dijimos entre todos, más por decir algo que porque realmente nos alegrásemos de que nuestro compañero Javi hubiera hipotecado su vida de por vida.

En ese momento se acercó Estrella, que se encontraba ociosa, como tantas otras veces. Y con el oído al acecho, sin dilemas morales, como las alcahuetas profesionales, fue directa al grano y dijo lo que ninguno de nosotros se atrevió a decir.

—Pero, chiquillo, ¿cuánto pagarás al mes de hipoteca? —gritó alegremente haciendo que Javi se girase sobresaltado.

—Bueno… —balbuceó mientras se atragantaba con su propio ego—, pues cada mes tenemos que pagar unos mil euros de hipoteca, más gastos de agua, teléfono, luz… Pero bueno, ya iremos tirando —decía un Javi ahora con menos visos de alegría en el cuerpo—. Pero aún me quedará algo para vivir… espero.

—Para sobrevivir… —No me pude aguantar.

Casi todos reímos.

—¿De qué os reís? —preguntó Godo, que se acercaba con un café en la mano.

No le llamamos Godo porque tenga unos kilos de más o una r de menos, no, eso es una pequeña broma suya. La razón es que Godofredo es un nombre muy *fredo*, como dice él con su permanente sentido del humor. Godo es capaz de jugar con las palabras como quien juega con los dedos. Tiene una de las mentes más creativas que he conocido, es una persona en el lugar equivocado. Godo podría ser escritor, escultor, cantante, en fin… artista de cualquier tipo, pero ha estado desaprovechando su vida entre líneas y líneas de código.

Cuántas personas están en lugares equivocados, con aptitudes sin explotar, con patanes alrededor que no son capaces de detectar esas habilidades. Allí estaba, pensaba yo, mientras en la tele hay *creativos* que siguen utilizando el «le cambio su detergente por dos de los míos…».

Frente a Estrella, en otro grupo de trabajo, estaba Felipe: el pesado, el futbolero, el plasta entre los plastas. Una de esas personas que no hay manera de quitártelas de encima, que te hablan y sólo de oírlas ya te aburren, con sus tecnicismos, con su retórica aplastante, con su pesadez inmenguable. Siempre está hablando de fútbol, del maldito fútbol. Yo odio el fútbol. Bueno no, no es verdad, no tiene sentido odiarlo, no me gusta y ya está, pero como no me gusta la esgrima, ni la vela, ni el polo…

Sus frases eran siempre las mismas: «¡Te puedes creer qué gol falló en el último minuto! ¡Ese árbitro no veía dos en un burro! ¡Menudo fuera de juego se inventó! ¡Estamos pasando una mala racha! ¡Ayer hicimos uno de los mejores partidos del año! ¡Hemos ganado los últimos diez partidos!».

—¿Cómo que hicimos? ¿Cómo que estamos? ¿Cómo que hemos ganado? —Me cabreé un día, un día de esos en que te sale todo al revés, un día equivocado. Lo dije sin pensar, así de impertinente, así de maleducado lo expulsé, pero no paré, ya puestos…—. ¿Acaso tú recibes un sueldo de *tu* equipo? ¿Cómo que hemos ganado? Tú no has ganado una mierda. Tú, ¿qué cojones has hecho para ganar? ¿Has jugado? ¿Has estado entrenando cada día? ¿Has cobrado un millón por partido? No, tú tan sólo te has gastado el poco dinero que ganas comprando un diario deportivo que estira las noticias durante una semana y cuando no existen se las inventa, un diario deportivo que sólo habla de fútbol. Tú sólo te has gastado el dinero comprando una entrada para ver el partido, una bufanda para lucirla y una camiseta que la venden por ochenta euros pero cuesta cinco. Los que de verdad han ganado han sido ellos, maldito ignorante. —Y ahí sí que acabé.

Felipe y yo nos desafiamos durante varios segundos con la mirada. Nos odiamos, él más, en aquel momento. Nadie habló, nadie, ni siquiera se movió. Me retiré yo el primero.

Reconozco que hubo días en que me volví violento. Crucé el límite, lo sé ahora y no lo supe ver entonces, pero era un día inadecuado. Felipe tardó más de una semana en volver a dirigirme la palabra.

Cuando lo volvió a hacer, me habló de fútbol.

Triste miércoles.

Fue el adjetivo de aquel día de finales de marzo. No fue un miércoles especial, ni un miércoles alegre, ni grande, ni pequeño, ni siquiera inolvidable. Fue triste. Acabó con el boli en el mismo lugar: el cubilete de mi mesa.

Fiché y, desde allí, lo busqué con la mirada. «Hasta mañana», le susurré desde lejos.

Triste, bajé de nuevo a la calle.

Triste, entré en el garaje para ponerme al volante de mi coche.

Triste, llegué a casa, sin ilusión, sin ganas de tenerla. Triste, entré en casa.

Triste, los besé, me duché, y ni siquiera el agua pudo llevarse toda aquella tristeza.

Me acosté y no dije nada a nadie; esperé, simplemente, a que me echasen en falta.

—¿Te pasa algo? —me sorprendió Rebe.

Allí estaba, junto a mí, sentada en el borde de la cama, con su mano en mi mejilla. Con ese cariño que ya sólo aparece ante la enfermedad o quizá ante la tristeza.

—No, es que hoy estoy muy cansado. Además, me duele un

poco la cabeza, prefiero no cenar —le dije mintiendo—. ¿Has acostado a Carlitos?

—Sí, no te preocupes, voy a cenar algo y me acuesto yo también. —Me dio un beso en la frente que no me esperaba.

Un beso que me recordó que aún la quería, y que la necesitaba, pero sólo como se necesita a alguien en horas bajas. Como se necesita a los padres en la cama de un hospital, como se necesita a una esposa cuando te han despedido del trabajo, como se necesita a un amigo cuando quieres conseguir algo. Fue esa, y no otra, mi clase de necesidad.

No pude dejar de mirarla mientras desaparecía hacia la cocina.

Apagó la luz. Cerró la puerta del dormitorio para no molestarme con el ruido de su vida.

No tardó demasiado en volver. Entró en silencio, creyéndome dormido. Encendió la tenue luz de la mesilla y, dándome la espalda, frente al espejo, comenzó a desnudarse. Desde su vuelta aún no había tenido ni tiempo para cambiarse.

Simulando tener los ojos cerrados, la vigilé a través de las pestañas. Se quitó lentamente, botón a botón, la camisa, dejando a la vista un precioso sujetador negro que realzaba sus pechos aún firmes. Se desabrochó después la cremallera lateral de la falda dejándola caer al suelo. Con dos pequeños saltos, que apenas fueron pasos, se deshizo de ella empujándola a un lado. Disfruté, desde mi horizontalidad, de su reverso: una espalda ligeramente arqueada que en su parte inferior se fusionaba a unas nalgas redondas, aún firmes, preciosas. Un cuerpo con tres líneas de ropa traseras: el cierre de un sujetador negro, el minúsculo triángulo del tanga también negro y la parte posterior de sus zapatos de tacón, negros.

Se dirigió al baño.

Noté, y me sorprendí al notarla, una pequeña erección. Me avergoncé y no supe el motivo: quizá por falta de costumbre, quizá por hacerlo a escondidas.

Me mantuve oculto mientras escuchaba todos los sonidos de su vida: el correr del agua en el lavabo, el frotar del cepillo entre sus dientes, el cerrar del pequeño armario del baño...

Cuando de nuevo volvió el silencio, salió del baño.

Vino hacia mí ya sin sujetador, con sus dos pechos al descubierto, balanceándolos suavemente; sobre sus zapatos de tacón, que le realzaban toda la figura, tanto como a mí se me realzaba lo mío. Hacía meses que no era capaz de sentir algo así.

Rebe, a sus treinta y cinco años, seguía —sigue— siendo una preciosidad. Sus tres días de gimnasio a la semana, su dieta controlada y sus cuidados diarios le permiten mantener un bonito cuerpo.

Continué resguardado entre las sábanas. Se quitó los zapatos, se puso el pijama, se sentó sobre la cama, comprobó el despertador y se acostó a mi lado, mirando al lado contrario. No hubo otro beso.

Apenas medio metro nos separaba, en cambio la sentí tan lejos... Mantuve durante minutos la esperanza de rozar su cuerpo, de que se girase para acercar su boca a la mía, para acercar la mía a sus pechos, para juntarnos... Pero no fue así. Mantuve mi erección durante unos minutos... pero la realidad acabó con ella.

¿Cómo podía pasar tanto tiempo sin hacerlo? ¿Tendría algún sustituto que le hiciese sentir mejor? ¿Cuándo se acabó la atracción? ¿Por qué no tomaba yo la iniciativa? ¿Y si me decía que no? ¿Y si se inventaba cualquier excusa?

Fue durante aquellos días cuando la idea de una tercera persona se convirtió en mi obsesión. Cualquier retraso, cualquier llamada al móvil, cualquier mueca de felicidad por su parte me hicieron chapotear sobre los charcos de la infidelidad, la suya. «¿La quiero?», me pregunté. Sí.

Y aún ahora la sigo queriendo.

Jueves 21 de marzo de 2002

Seis de la mañana. Desperté antes que el despertador.

Mi erección continuaba en el mismo punto donde la noche anterior la abandoné, aunque, seguramente, por otra razón bien distinta. Rebe aún dormía, seguía tapada hasta la cabeza. Lentamente, con el atenuante del adormecimiento, deslicé mi mano hacia su pantalón. Le deshice, suavemente pero nervioso, el nudo de hilo que hacía de correa. Introduje mi mano entre el pantalón y su piel para, con las yemas de los dedos, acariciarle sus preciosas nalgas. Pasé del acariciar de los dedos al palpar de una mano completa. Pasé de ahí a agarrarlas con fuerza, con ansia, con excitación, clavándole débilmente las uñas. Me acerqué a ella, con las manos aún aferradas a su culo, hasta que noté el roce de mi pene con sus nalgas. Comencé a frotarlo. Fueron, al principio, movimientos tenues que ganaron en intensidad a medida que mi miembro tomaba mayor rigidez. La rodeé con mis brazos, con fuerza, para poder frotarme con mayor vigor. Y así, barriga contra espalda, mi erección fue total.

Rebe, a medio despertar, se comenzó a mover conmigo.

Sin darse la vuelta, alargó su brazo para aferrarse fuertemente a mi pene. Me lo sacó del pijama y comenzó a zarandearlo con fuerza. No supe en aquel momento —ni siquiera ahora lo sé— si aquel aferrar de su mano en mi miembro fue fruto del deseo o de la necesidad.

Me quité los pantalones haciendo fuerza con los pies, a patadas, a trompicones, nervioso como un adolescente, dejando la parte inferior de mi descuidado cuerpo al descubierto.

Aun a pesar de todos esos movimientos, ella seguía aferrada a mí con su mano. Sin soltarlo, como si el mero hecho de tenerlo entre sus dedos fuera suficiente para que se mantuviera así, se giró.

Cara a cara, a escasos centímetros, a escasos segundos, nos miramos sin luz, nos reconocimos. Abrió su boca, húmeda, empapada, y se acercó a mi oreja, noté las palabras nadando en su aliento: «¿Qué te pasa, amor?».

Amor, qué recuerdos; amor, eso que tuvimos ambos; amor, eso que perdimos ambos. Amor, ahora; amor, entre el afecto y la pasión. Amor, y lo dijo a oscuras, y lo dijo en voz baja, y lo dijo con la boca mojada.

Pero no fue amor, lo supe y no me importó. No fue amor aquello, sólo sexo. Ni siquiera sexo, sólo necesidad.

—Que te quiero —le susurré mientras ella acercaba sus labios a los míos.

Nos besamos.

De mi oreja a mi boca, fue su lengua dejando un rastro de saliva por la mejilla; de mi boca a mi cuello, y a partir de ahí… su cabeza desapareció bajo las sábanas.

Noté su aliento en el centro de mi cuerpo. Sentí su saliva caliente, el abrazar de una lengua que se deslizaba por cada centímetro de mi apéndice casi olvidado; dejé que fuera su boca la que moviera mi cuerpo, dejé que fueran sus manos las que lo mantuvieran ahí dentro.

Después de varios minutos, la aparté suavemente para desnudar sus piernas. Nos destapamos. Me senté en la cama. Nos miramos. Me ofreció su sexo abierto, húmedo como su boca. Me coloqué sobre su cuerpo. Y en el mismo instante en que nos unimos, en que volvimos a ser uno, en que sus labios me estrecharon, sonó el despertador.

—¡Apágalo, apágalo! —me susurró gritando.

Nos separamos, y de un manotazo apagué el maldito despertador.

Volvimos, de nuevo, a unirnos.

Nos movimos como dos recién conocidos, como dos desconocidos. Nos juntamos como dos enamorados, como uno. Nos aferramos el uno a la otra. Nos olvidamos del mundo.

—¿Tenemos que levantarnos? —me susurró al oído mientras bailábamos a oscuras.

—No —le mentí. Un no para poder seguir allí, sobre ella, moviéndome, moviéndonos, atándonos como un regalo en medio de la soledad.

Y estuvimos, y fue la última vez que lo hicimos, unidos en una isla de felicidad, una isla de apenas cinco minutos. Como antes, como si hubiésemos olvidado cómo se hacía, como si hubiésemos olvidado qué se hacía. Abusamos en aquellos cinco minutos de la expresión «te quiero», la utilizamos demasiado, llegando casi a devaluarla. «Te quiero, te quiero, te quiero...». Hubo un momento en que llegamos a usarla en cada envite.

Y sobre la tierra de aquella isla —porque sólo fue eso: un paréntesis en nuestra vida—, llegó un momento, y llegó tan pronto, en que tocamos agua.

Fue mojarnos y recordar que habíamos olvidado nuestro alrededor, un alrededor que no fue capaz, ni siquiera aquella mañana, de olvidarse de nosotros: se abrió la puerta y se cerró todo lo demás.

Naufragamos.

Bajo el marco, entre el «voy a pasar» y el «ya me he despertado», apareció Carlitos con su pequeño muñeco de peluche en la mano. Aparecimos nosotros —ante sus ojos— desnudos, unidos, nerviosos y mojados. Nos separamos bruscamente, sin saber que aquella separación era la última, la definitiva. Sin acuerdo, sin pensarlo, nos dividimos de nuevo en dos. Quedaron allí cinco minutos de unión, los últimos.

Mientras Carlitos se acercaba y Rebe intentaba encontrar su ropa, yo me alejé hacia el baño intentando ocultar —sin sentido— mi erección.

Entré en el baño sabiendo que dejaba atrás, sobre la cama, a la rutina riéndose de nuevo de mí; acaparando a Rebe de una forma demasiado intensa. Me preparé la toalla y el gel, abrí el grifo de la ducha hasta que el agua salió hirviendo y allí, con el vapor haciéndome de velo protector, mi mano acabó lo que el día a día no había dejado.

Bajo el agua caliente, entre el vapor, me estremecí; volé durante un instante hacia el nirvana, para de nuevo caer en la realidad. Un instante de placer bajo la ducha que dejó demasiados posos: culpabilidad, traición, engaño, estupidez, soledad…

Creo que allí, bajo las gotas calientes de la ducha, con mi mano sujetando un pene ya flácido, me sentí por primera vez extranjero en mi propia casa, en mi propia vida. No fui capaz de encontrar aquella ilusión que antaño tuve, aquella ilusión por el mañana; últimamente pensaba mucho más en el ayer.

Comencé allí a confeccionar un plan para cambiar nuestras vidas. No pensé, en aquel momento, en decirle nada a Rebe, sería una sorpresa. Una sorpresa que implicaba demasiadas cosas: cambiar de casa, de lugar, de trabajo, en definitiva, de vida.

En definitiva, comenzar a vivir.

Después del coito frustrado, después de la intención de cimentar un plan, después de perder la isla, me encontraba de nuevo allí, enseñando mi dedo a la máquina de fichar.

El boli verde permanecía en mi mesa, dentro del cubilete, junto a sus compañeros.

En el café se sucedían las risas y comentarios sobre lo último que se había visto en la tele mientras a mí se me diluían los pensamientos en la nada.

Aquel jueves pasó como pasaban todos los días: sin mi intervención.

Quizá por el incidente de la mañana, quizá por simple curiosidad, sentado sobre mi silla, comencé a imaginarme la vida sexual de mis compañeros. Quizá para paliar mi propio malestar, quizá para autoengañarme pensando que no era el único, que no era el peor, no lo sé. Supongo que llega cierta edad en la que eso del sexo se olvida, que ya sólo es un trámite, una tarea más de la casa. Y sin ánimos de trabajar, un día más, fui dirigiendo mi mirada hacia cada uno de ellos, de izquierda a derecha.

Estrella. Miré y no la vi. Estaba, de nuevo, ausente. Ni siquiera quise imaginarlo, muy a pesar de sus arreglos, de sus reconstrucciones, no pude hacerlo. No supe.

Felipe, el futbolero. Unos cincuenta y cinco años. No lo vi capaz de cambiar una noche con su esposa por un buen partido. Me imaginé a un Felipe acostándose con la radio en la mesilla mientras su mujer se dedicaba a dormir. Ambos, en una edad, en un estado de la relación donde la palabra sexo sólo huele a pasado.

Godo. Supuse que era más de hacer solitarios. Nunca le conocí novia, ni siquiera amigas. Es ingenioso, sí, es locuaz, simpático y una lista interminable de adjetivos favorables. Pero en esa lista no hay hueco para palabras como atractivo, elegante, lanzado o guapo. Me lo imaginé, y sé que no tuve derecho a hacerlo, visitando de vez en cuando a otro tipo de novias, a otro tipo de amigas. Lo juzgué, cuando en realidad apenas lo conocía, cuando apenas sabía de su vida extramuros.

Siguiente.

Javi, bastante más joven que yo, sin hijos y con una casa a estrenar. A su novia la vi una sola vez. Me los imaginé en el asiento trasero de un coche, desnudándose con fuerza, con furia, casi con daño. Me los imaginé en casa de sus padres, de cualquiera de ellos, esperando el momento para estar a solas, para aparecer desnudos, fogosos, en el sofá, en la cama, en el mismo suelo o en la ducha. Me los imaginé también en las butacas traseras de un cine; en una noche de playa, sobre la arena, bajo el agua; en un parque escondido. Me imaginé todas las situaciones que un día viví con Rebe. Me los imaginé así y, con maldad, deseé que el paso del tiempo los hiciera como yo, como nosotros, utilizando la cama para dormir y despertar.

Miré a la derecha: Juanjo. Lo vi con condones de marca, sin novia conocida, con miles de amigas de juergas, con fines de semana de libertad, con esa libertad que da el dinero. Sin nadie a su lado, sin amor, sin esa confianza que te da una persona, pero que se puede suplir, y de hecho él lo hacía, también con dinero.

Me giré y miré disimuladamente a Sara. Aquel día llevaba una falda oscura hasta las rodillas, medias negras y zapatos de tacón mediano. Su camisa blanca entreabierta dejaba adivinar unos pechos aún firmes. Sara tiene los treinta años mejor conservados que yo he visto, pero la tristeza que envuelve su cuerpo actúa de escudo a la hora de conocerla. Tiene unas ojeras —pequeñas, pero, a pesar del maquillaje, distinguibles— que reflejan una desdicha lejana, pero no olvidada. Es unos años más joven que Rebe y también suele ir varios días al gimnasio. A pesar de haberme contado sus más profundas intimidades, jamás me había hablado de novios, parejas o pequeños líos. Bueno, casi nunca, una sola vez me quiso hablar y no supe comprenderla; lo sé ahora, no lo vi entonces. Me la imaginé aquel día, y me ruboricé al hacerlo, en su casa, en su cama, jugando con sus manos, en soledad. Alguna que otra vez le insinué que ya era hora de buscarse a alguien, de compartir de nuevo su vida. Siempre me contestó que no era el momento.

Ricardo. No aposté demasiado por él. Tiene mujer, pero los veo de vida *ensofada*. Dejando pasar el tiempo, como quien deja pasar el viento sin sentirlo.

Acabado el repaso a los cercanos, mi mirada se alejó hacia la otra parte de la planta, atravesando el cristal ahumado para dirigirse directamente a Marta. La distinguí sentada, con su melena morena. La visualicé con sus labios perfectamente pintados, con sus uñas perfectamente cuidadas, seleccionando pretendientes: aceptando a los mejores y rechazando a los mediocres. La imaginé también junto a Rafa, sin pruebas, sin nada más, los imaginé a ambos en el despacho. Y esa imagen me llevó a él.

Rafa. Con una esposa que sólo conservaba para mantener su estatus. Con su pelo engominado, con su altura ingrávida, con su cuerpo atlético, su buena cartera y sus profundos ojos azules, me lo imaginé sobre Marta. Aquello fue mi derrota.

Mi mirada se perdía hacia el resto de despachos cuando el teléfono sonó de nuevo. Volví a la realidad.

El resto de la jornada se deslizó entre las horas. El boli seguía en su sitio. No había lugar para la emoción en un mundo en el que los bolis no se movían, en el que mi trabajo jamás me iba a aportar nada nuevo, condenado a hacer lo que siempre había hecho, condenado a no medrar ni como trabajador ni como persona.

Me miré la barriga para observar en ella, a modo de bola de cristal, mi futuro. Seguiría estando en el mismo lugar hasta que la jubilación llamase a mi puerta. Sentado en la misma silla, con mi mismo cubilete, y preocupándome de cosas tan absurdas como un boli de gel verde.

La idea del plan volvió de nuevo. Esos pensamientos que, de vez en cuando, nos asoman por la mollera y nos ilusionan con que todo puede cambiar. Aquel día, después del incidente de la ducha, fue la segunda vez que pensaba en eso, en lo que puede cambiar la vida si en un determinado momento se toma una decisión. A veces, sólo es necesario que algo cambie, para bien o para mal es secundario.

Pensé de nuevo en el boli.

Podría haberlo cogido y, deliberadamente, dejarlo en otra mesa, así, sin más. Pero yo prefería que todo siguiera su curso habitual, aunque ese curso se me estuviera haciendo ya demasiado cansino. Podría haberlo cogido en mis manos, meterlo en mi bolsillo y viajar con él hacia la cafetera, hacia la fotocopiadora y, allí, dejarlo olvidado, abandonado a su suerte...

Pensé...

Me lo imaginé volando... cuando, de pronto, unos gritos me llegaron a través de una puerta a medio cerrar.

—¡Es la última vez que se lo repito! —gritó don Rafael.

Y aquel grito, engendrado en el interior de su propio despacho, se propagó —como sólo lo hacen las malas noticias— a través de su puerta, entreabierta a propósito, por toda la estancia.

—¡Siempre es lo mismo, siempre igual! —seguía gritando. ¿Cuántas veces se lo hemos advertido? ¿Cuántas? ¿Cuántas, cuántas?

De nuevo, como cada vez que don Rafael se cabreaba, volvimos a ser espectadores de lujo de un teatro de sombras. Una, la suya: activa, deambulando de lado a lado, gesticulando de forma compulsiva, autoritaria, superior, desafiante. La otra: inmóvil, muda, insegura, sentada, frágil, vulnerable.

—¡No habrá próxima vez! ¿Me entiende, señor Gómez? ¡No habrá próximo aviso!

Sin ruegos ni preguntas, sin turno de réplica, acabó la función. No hubo aplausos ni bises. Sí que hubo, sin embargo, expectación a la salida.

Salió cabizbajo, derrotado, como un bufón con la sonrisa torcida, el señor Gómez. Salió y se fue directamente al baño, donde permaneció más de diez minutos. Nadie fue en su busca, nadie se atrevió a moverse del sitio.

Salió, sintiéndose ganador, don Rafael. Salió y se fue directamente al ascensor. Ese día ya no volvió.

Quizá aquel día Rafa traía un cabreo tardío, quizá Javi fue su escape, quizá habían sido ya demasiadas oportunidades, demasiados retrasos. Pero ¿cuándo es demasiado? Ambos pudieron juzgarlo, ambos pudieron ponerle límite, pero sólo Rafa supo hacerlo.

Llegaron las 19.30, como siempre llegaban, esperándolas impaciente.

Fiché, como fichaba siempre.

Circulé con el coche.

Y como siempre, después de más de veinte minutos, conseguí aparcar.

El beso de cada día a ella, el beso de cada día a Carlitos ya en la cama; la cena que pudo haber; la media hora de televisión antes de acostarnos; el ir a la cama a dormir y el despertar siguiente.

Día tras día, la existencia se fue convirtiendo en un mero trámite, salpicado de pequeñas alegrías cada vez más pequeñas, cada vez menos alegres.

Sentí aquella noche, y a partir de entonces las restantes, la necesidad de huir. Imaginé una huida conjunta, una huida a tres, pactada, decidida entre ambos. Una evasión hacia el futuro, olvidando todo lo atrasado, arrancando de un solo golpe las raíces que nos unían a una vida muerta desde hacía tiempo. Imaginé tantas veces lo mismo que me olvidé de las variaciones, me olvidé de los posibles cambios.

Lo llegué a tener todo planeado: los lugares, los momentos, el recorrido y la compañía. Debí decírselo entonces, debí haber apostado. No lo hice, y ahora, a pesar del «no tuve tiempo», «no encontré el momento» y «no lo hubiese comprendido», sé que no tuve agallas. Lo pospuse, día tras día; lo pospuse como tantas otras veces. Como pospuse las flores que no le regalé, como pospuse las caricias que no le di, como pospuse los «te quiero» que no le dije.

«¿Cómo reaccionará Rebe?», fue siempre mi gran pregunta; fue, en realidad, mi gran excusa. «¿Cómo reaccionará Rebe?». Me inventé tantas respuestas que nunca me preocupé por saber la suya.

Pero ¿cuál habría sido?

«Sí, nos vamos». Un *sí* habría significado un reconocimiento. Ese *sí* habría significado una admisión. Admitir que nos perdíamos, que lo nuestro ya no funcionaba. Ese *sí* habría sido demasiado difícil, pero habría sido la solución.

«No, imposible». Un *no* no habría significado simplemente un *no*. Un *no* reflejo, estúpido, un *no* que no me habría valido. Un *no* viciado por el miedo, por la inseguridad a mi respuesta. Y ese *no*, tan inútil, tan falso, tan corriente, habría tenido una consecuencia directa: el abandono, por mi parte, del plan.

Entre aquellas dos respuestas me encontraba cada una de las noches en que deseaba poder decidir, en que deseaba decírselo.

Podría haber utilizado otras alternativas, podría haber encontrado otras respuestas simplemente utilizando otras preguntas. Hay una gran diferencia entre un «¡acompáñame!», y un «¿me acompañas?».

Viernes 22 de marzo de 2002

A, suelo; ante, baño; bajo, ducha; cabe, espejo; con, cansancio; contra, rutina; de, beso; desde, despedida; durante, mañana; en, puerta; entre, beis; excepto, Carlitos; hacia, trabajo; hasta, mediodía; mediante, compañeros; menos, Rebe; para, comer; por, costumbre; pro, vida; salvo, amor; incluso, noches; según, sentimientos; sin, hogar; so, tristeza; sobre, mí; tras, vida...

Y así, con un orden preconcebido, como cualquier lista, empezaba cada uno de mis días. Sabiendo que después de la b vendría siempre la c.

Sonó el despertador. Desperté.

Fiché, y cuando lo hice, ya estaba cansado.

Esperé, trabajando, la hora del almuerzo.

Bajamos, como solíamos hacer cada día, a la franquicia de la esquina. Cogimos nuestra bandeja y nos sentamos en una mesa de colegio.

Pienso ahora en unos recuerdos tan lisos, tan transparentes, tan huecos. Pienso ahora en ellos mientras disfruto con el pasar de los postes, de los campos y de las casas engullidas por un horizonte que me mantiene la mirada. Pienso en aquel almuerzo y me doy cuenta de que ya apenas existen lugares reales. Lugares que no sean franquicias. Se llevaron la panadería de la señora Teresa, convertida ahora en un bazar chino. Desapareció, y de eso hace más años, el quiosco de la Mustiam, que igual vendía periódicos y patatas que tabaco. También se fueron las tiendas de comestibles, los relojeros, los zapateros...

Llegará el día en que todo acabe por ser una franquicia: el aire, los paisajes, las sensaciones, los sentimientos... todo, absolutamente todo. Todo ya escogido, todo adaptado a una vida justa, apresurada. Todo incluido: entrar, hacer cola, pedir dentro de un listado establecido, cobrar por adelantado, recoger la bandeja, comer y leer los carteles de «NO SE SIRVE EN LAS MESAS» y «¿LO TIRA USTED MISMO? GRACIAS».

Aquel viernes salí solo a comer, no esperé a nadie, no me apetecía estar con nadie.

Un bocadillo, una cerveza y un café que me tomé de un solo trago fue mi comida. Escapé de allí, también de un solo trago.

Caminé, rodeé la manzana. Me vi de nuevo inmerso en un panal de gente, en un hormiguero de personas... todo tan vacío. Caminé, deambulé sin sentido durante varias calles, sin dirección.

Me detuve en medio de la acera, mirando pasar personas, sintiendo el roce de otras vidas. Me fijé en una niña que, aferrada a la mano de quien supuse su abuelo, se fijó también en mí. Dos miradas lejanas en edad, cercanas en distancia. Nos miramos durante un segundo. Pasaron por mi lado y no pude apartar mis ojos. Los vi desaparecer entre la multitud.

Me quedé inmóvil, mirándolos sin verlos. Me imaginé a aquella niña sentada sobre mis rodillas, sobre un sillón ambos, sobre una manta de viejo, sobre un cuerpo de viejo, haciéndome una pregunta: la pregunta que siempre hacen los nietos a los abuelos. La que yo hice a los míos, la que no quería que esa niña de mirada primavera me hiciera nunca. Pero la hizo.

—Abuelo, ¿tú qué hiciste de joven? —Como una bofetada en plena cara tuve que escucharla. Y...

Y...

Miré alrededor: gente en todas direcciones, dibujos borrosos, cabezas de colores, miradas fugaces, sonrisas verticales, mil manos en un mar de cuerpos... de pronto, comencé a ahogarme.

Aceleré el paso en busca de aire. El parque, mi objetivo aquel día, un gran espacio abierto, un lugar disperso. Crucé varias calles, directo, y lo vi al otro extremo, sólo un cruce más, sólo unos metros.

Pero el semáforo se puso en rojo.

Comencé a sudar. La gente se agolpaba a mi alrededor; los odié, odié a todos, sin motivo, sin causa; quise que desaparecieran, quise verlos lejos de mí.

Y...

Verde. Corrí, corrí, crucé corriendo la gran avenida para dirigirme hacia el parque con mi nieta todavía sentada sobre mis rodillas esperando una respuesta.

Busqué, entre los árboles, un banco, un lugar donde poder descansar por un momento de todo lo que me perseguía. Respiré, me ahogaba de nuevo.

Lo encontré, me senté y... no quise contestarle.

Tenía la respuesta, pero mi boca no era capaz de pronunciarla. Una palabra, cuatro letras, eso era lo que aquella niña, que estaba sobre mis rodillas y sin embargo no me pesaba, necesitaba oír.

—Nada —finalmente contesté... y la niña desapareció.

Y aun así, aun habiendo conseguido deshacerme de aquel fantasma, seguí hablando, me seguí hablando en voz baja.

—Trabajé más de treinta años en el mismo puesto, sobre el mismo asiento, en la misma mesa, como un muñeco. Allí pasé mucho más tiempo que en cualquier otro sitio, más tiempo que con tu abuela, más tiempo que con tu padre, más tiempo que con nadie. Allí me hice mi mundo, como en una pecera, como en una jaula, como...

...

Callé, y aquel silencio provocó que apareciera de nuevo. Estaba ahora jugando con las palomas, sentada sobre la arena, dándoles de comer, dándome la espalda. Levantó su cabeza, me miró, y temí de nuevo a unos labios que originaron otra pregunta, la que más dolió, más aún que la primera.

—¿Y por qué?

¿Por qué? ¿Por qué? ¿Por qué? Y ese por qué se acabó alojando en mi cabeza.

¿Por qué? Esperaba una respuesta.

¿Por qué? Y esas seis letras fueron durante el día un martirio.

¿Por qué? Y sabía que no podría irme de allí sin contestarle; sabía que si no lo hacía la volvería a encontrar en otro sitio, en el ascensor, en la oficina o en mi silla utilizando mi boli verde.

—No lo sé —contesté llorando—, no lo sé. Todo ha sido tan rápido, todo ha sido tan fugaz, por ti, por tu padre, por ella, por mí, no lo sé...

Con las lágrimas atravesando mi mejilla me acerqué a ella para volverla a perder. Busqué, arrodillado, con la arena entre los dedos o con los dedos entre la arena, como cuando era niño, la respuesta.

Esperé, bajo las miradas sorprendidas de ejecutivos que me observaban de reojo, con desaprobación; bajo las miradas de vagabundos que me despreciaban; bajo las miradas de madres que cogían a sus niños y se alejaban del lugar donde un loco con camisa blanca, corbata gris y chaqueta sucia estaba actuando de una forma extraña. Un loco que buscaba en la arena las huellas de su conciencia: femenina, niña, de ojos verdes y preguntas inapropiadas. Bajo todas aquellas miradas me encontré desubicado, sin sitio, sin lugar, expulsado de todo.

Me quedé solo, todos desaparecieron de mi lado. Solo, con un puñado de arena que, entre los dedos, dejaba perder, como mi vida. Mientras caía, pude verla de nuevo, a intermitencias, apareciendo y desapareciendo, a lo lejos; de pronto a mi lado, de pronto en un árbol, de pronto rubia, de pronto con dos coletas, de pronto más mayor, de pronto con un biquini negro, de pronto tumbada en la arena de los columpios, de pronto corriendo, escalando por los árboles… «Mírame, Rebe», mira en lo que me he convertido; «mírame, Rebe», mira cómo te he perdido, «mírame, Rebe»…, pero Rebe ya no quiso mirarme más y, desde el árbol, se agarró a una paloma y, junto a ella, y sin mí, voló. Voló y desapareció entre las nubes. Mirando al sol, la perdí.

Regresé tarde aquel viernes a la oficina. Ya no la volví a ver… me volví tantas veces…

Llegué tarde, y llegué tan deshecho que mis ojos contestaron cualquier pregunta. Miré a todas partes pero no encontré a esa niña que se me escapó en el parque.

Felipe entró en otra discusión con Godo sobre un partido que se jugó el miércoles. Sara hablaba por teléfono con un cliente. Javi había ido a por otro café. Ricardo trabajaba mientras mordisqueaba un boli, y los demás… hacían lo de siempre.

Pulsé las tres teclas mágicas que desbloqueaban mi ordenador e introduje la clave.

Tenía un correo urgente: «Las últimas modificaciones no funcionan, llámame». Lo leí: una breve explicación sobre un fallo al introducir artículos me indicaba hasta el código del error. Cogí un boli para apuntarlo en un papel. Y al repasar lo que acababa de escribir, al releerlo, me di cuenta de que había cogido un boli azul transparente y no el verde de gel. Fue en aquel momento cuando, después de tres días, después de invertir mi ilusión varias veces, de convertirlo casi en mi razón de ir a la oficina, mi boli verde no estaba en la mesa, no estaba en el cubilete y no estaba en mi mano.

Miré al lado con la esperanza de no encontrarlo, no estaba. Ella, la niña del parque, se lo había llevado. La vida volvía a tener ese sentido que cada uno le quiere buscar. Empezaba allí una aventura que ya se demoraba demasiado, una razón nueva para estar cada día calentando el asiento asignado. Me quedé durante unos instantes mirando el folio. Olvidando el parque, olvidando a Rebe, embobado mirando un cubilete medio vacío.

—¿Te pasa algo? —me sorprendió Sara tocándome el hombro con el dedo.

—...

—¿Estás bien? —insistió de nuevo.

Me giré lentamente hacia sus ojos. Nos miramos.

—Me ha desaparecido el boli, el verde.

Sara rio; rio con esas ganas que raramente tenía; rio de verdad. Fue una risa completa, de las que mostraban todos sus dientes.

—No te preocupes... lo tengo yo —me dijo sin poder contenerse.

No me inmuté, no sonreí, sólo una pequeña mueca de agradecimiento. Mis palabras salieron forzadas.

—¡Ah! Menos mal... Pásamelo que tengo que escribir unas cosas —le insistí con desgana.

Esperé, hundido en mi propia desilusión, a que Sara lo dejase de nuevo en la mesa. Pero, para mi sorpresa, no lo hizo.

La vi, nerviosa, mover papeles, mirar en sus cajones, mirar en su bolso…

—Lo siento… ahora no sé dónde lo he dejado —me dijo mientras se palpaba los bolsillos—. ¡Si te lo he cogido hace apenas diez minutos! Espera, que igual me lo he dejado en la mesa de Marta, ahora vengo…

Se alejó.

Estuve a punto de decirle que no era necesario, que daba igual, que justamente lo que estaba esperando era perderlo, pero ¿cómo podría explicarle eso? Esperé con impaciencia, esperé que lo hubiese perdido.

Después de unos cinco minutos, Sara volvió, sin mi boli.

—Lo siento, Marta no está. Supongo que lo habrá cogido para algo. El lunes le pregunto… —me dijo.

—No te preocupes.

Pensé, mientras volvía a casa, en mi siguiente futuro: cuarenta y ocho horas ya previstas. No fue necesario mirar las líneas de mis manos para descubrir que no habría sorpresas.

Sábado. A las nueve Rebe se iba hacia el centro comercial, a trabajar. Carlitos y yo nos quedábamos en casa haciendo lo mismo de siempre: ducha, ropa y desayuno, pero con menos apremio que el resto de días.

Las diez, y ya se hacía tarde para aprovechar una mañana de sábado: coger el coche para ir al supermercado —Carlitos en su silla y yo en la mía—, buscar sitio para aparcar, encontrar sitio para aparcar, tachar cosas de una lista creada entre ambos, pero por separado —incluso eso dejamos de compartir—, hacer cola en la cola, cargar la compra de toda la semana en el coche, discutir con quién quiere quedarse el euro de mi carro, atascos en las calles hasta llegar a casa, subirlo todo en el ascensor, colocar cada cosa en su sitio, separar la ropa sucia, poner lavadoras, preparar la comida a Carlitos... las dos del mediodía.

Mientras Rebe regresaba —cansada— yo daba de comer —cansado— a un Carlitos que tenía hambre desde hacía rato.

Rebe abriría la puerta para encontrarse a su hijo con los brazos abiertos a la espera de un abrazo, a su marido en la cocina acabando de poner los platos, aguardando un beso que sólo llegaría a la mejilla y a la rutina sentada en la mesa como ese invitado que nunca acaba de irse.

La siesta de Carlitos nos sorprendería en el sofá, abatidos, esperando a una tarde cargada de obligaciones que doblegaba toda posibilidad de cenar fuera, ver una película o jugar en el coche a aquellos juegos que nos obligaban a reclinar los respaldos cuando teníamos menos años y más ilusión.

Domingo. Carlitos aún no era capaz de distinguir festivos; nosotros, cada vez menos. Madrugaría, y con él madrugaríamos nosotros. Ducha, ropa y desayuno formaban parte del empezar de una mañana de parque, de un domingo de comida con los yayos donde los «a ver cuándo viene la parejita» nos obligaban a mirarnos con una sonrisa forzada. Domingo: tarde de dibujos para él y de sofá para nosotros. Domingo: amenaza de lunes.

No me equivoqué en nada. Así fue.

Lunes 25 de marzo de 2002

Llegué a la oficina diez minutos antes, y Javi ya estaba allí.

Me acerqué a mi mesa sin poder evitar una sonrisa al mirar un boli desaparecido.

Dejé la chaqueta, me senté, conecté el ordenador y esperé la llegada de los sonidos que arrancaban otra jornada.

A Sara se le olvidó el tema del boli, pero no le dije nada, me esperé a los *despueses:* después del almuerzo, después de varias llamadas, después de comer... y después de casi ocho horas de búsquedas frustradas, comencé a impacientarme. No fui capaz de decirle nada por temor a encontrarlo, por temor a volver al día siguiente y tenerlo en mi mesa. En realidad, lo único que deseaba saber era si estaba cerca, si alguien había sido capaz de matar mi aventura llevándoselo a casa, dejándolo prisionero en un cajón con llave, humillándolo en el fondo de cualquier papelera.

Como dos amantes que al dejarse luchan cada día por encontrarse, revisé cada trozo de espacio con la esperanza de verlo asomado en una esquina, sabiendo que, aun a pesar de mis intenciones, no era capaz de olvidarlo. Busqué, como quien busca desde la distancia unos ojos con desespero, cualquier síntoma de su presencia.

Fue apenas media hora antes de salir cuando encontré —como encuentra un enamorado una sonrisa que lo derriba— una pista para poder seguir jugando. Me dirigía hacia la zona donde dejábamos, al finalizar la jornada, los pedidos e informes, cuando un papel amarillo con letras verdes grapado a una hoja llamó mi atención:

MUY IMPORTANTE:
El trabajo no está finalizado aún.
NO se debe enviar la factura hasta el viernes.

Verde. Mi verde, no cabía la menor duda. Con el temple de un anciano y con las ganas de un novato arranqué aquella nota dejando allí, junto a la grapa, un trozo de papel sin verde, pequeño, pero importante con el tiempo.

Lo acaricié entre mis manos, acercándomelo a una nariz que en aquellos momentos creí capaz de distinguir entre tinta nueva o tardía. Aspiré, cerré los ojos y lo apreté entre mis dedos. Analicé una letra que, por los trazos —ovalados, legibles y suaves—, sentí de mujer. Su *aún* y su *está*, ambos acentuados, me ayudaron a descartar, al menos, a una persona.

Lo leí de nuevo para, celosamente, esconderlo en el bolsillo.

Miré a ambos lados, como quien sabe que hace algo que no debe hacer, para examinar detalladamente aquel informe que llevaba la esperanza anclada en una esquina.

Oí los tacones de Marta acercándose. Solté el informe, me palpé el bolsillo y regresé a mi sitio.

Mi regreso aquella noche fue distinto. Me llevé a casa una felicidad sin explicación —porque nunca se la di— que no hizo más que añadir cartas a un castillo que ya se tambaleaba desde hacía tiempo. No supe entender que la alegría puntual, sin aclaraciones tras mucho tiempo de ausencia, pudo influir en que ella pensase cosas que no debía pensar: que había alguien que me hacía, de nuevo, feliz.

Me equivoqué al no justificar nada, al no hablarle de un plan que era también suyo. Me equivoqué al hacerlo todo a escondidas.

Aquel lunes aproveché su sueño para analizar un papel arrugado, pequeño y fosforescente. Me fijé y descubrí trazos que había pasado por alto. Busqué detalles en cada una de las letras para descubrir al ladrón de un boli que era mío: una chica, volví a deducir.

Observé la nota memorizando cada una de las palabras. Memoricé el conjunto, memoricé la caligrafía, memoricé su textura, su aroma, su sonido... Admito que me llegué a enamorar de aquel papel que, entre mis manos, me hizo olvidar mi vida.

La vida...

Giré la cabeza y la vi. Pero no la giré para mirarla, y ese matiz fue importante.

Dormía sin participar en mi ilusión.

Dormía a solas, en el interior de una noche en la que apenas habíamos hablado.

Ella no supo de mi nota amarilla, pero ¿y yo? ¿Conocí algo de su vida aquel día? No supe ni de sus alegrías ni de sus pesares; ni de sus dudas al verme entrar con un perfume a ilusión que no era suyo; ni tan siquiera supe si durante todas las horas separados se había acordado de mi vida. ¿Me había acordado yo de la suya?

Compartíamos casa pero vivíamos separados, dormíamos uno al lado del otro pero siempre despertábamos lejos. ¿Qué era capaz de mantenernos bajo el mismo techo?

Dejé la nota sobre la mesilla y, descalzo, sin apenas hacer ruido, me deslicé hasta la habitación de Carlitos. La puerta estaba entreabierta, apenas me hizo falta empujarla. Dormía bajo sus sábanas de dibujos animados, de lado, con su pequeña mano bajo su pequeña mejilla, con sus pequeños ojos relajados, ajeno a todo.

Me senté suavemente junto a él y aun así lo notó: alargó su otro brazo buscando el contacto. Le di una vieja mano a la que se aferró sin reparos. Siguió durmiendo sin saber que a su lado se había sentado un desconocido al que apenas veía despierto y cuyas ausencias se prolongaban más que los afectos.

—Te quiero, te quiero, te quiero... —le susurré tantas veces...

Carlitos vino sin avisar. Nosotros —en realidad, más Rebe— pensábamos esperar bastante más tiempo para aumentar una familia que tenía un tamaño perfecto. Aprovechó un fallo —seguramente un olvido— para comenzar a crecer entre nosotros la persona que en unos meses pasaría a ser el centro de todo: de mi vida, de su vida, de nuestras vidas...

El nacimiento de Carlitos trajo consigo la ilusión por compartir una nueva vida, el amor por quien era parte de cada uno de nosotros; pero a la vez —y esa fue la principal razón para querer aplazarlo... al menos unos años— nos arrebató el poco tiempo de que disponíamos para querernos a solas.

Nuestro amor, nuestros esfuerzos, nuestras preocupaciones se centraron exclusivamente en él. Nuestro tiempo, nuestras caricias, nuestros besos se quedaron en él. Comenzamos a convertirnos en desconocidos; comenzaron los reproches por tonterías, por cosas que hasta ese momento carecían de importancia. Desaparecieron las aficiones individuales, las colectivas; desaparecieron los paseos por el parque a solas, las tardes de playa, las noches de cena y cine...

Cuando Carlitos cumplió un año comenzó nuestra primera gran crisis. Rebe se vino abajo, no pudo encontrar un solo indicio que le permitiera soñar en otra vida. Tenía demasiados planes de futuro, demasiadas ilusiones, demasiados proyectos por empezar.

Quizá sea difícil entenderlo desde fuera, quizá pueda parecer una actitud demasiado egoísta, pero hay personas, como Rebe, que necesitan libertad para iniciar, para crear, para desarrollarse...

Rebe no supo encontrar una salida, se conformó, no fue capaz de luchar, de intentar encontrar alternativas. Y es que una vez que entramos en esa espiral, una vez que nos metimos dentro, no supimos, y lo que es peor, ni siquiera pensamos, en escapar. Sólo vio un túnel cada vez más oscuro; cada vez más estrecho; sin final, sin salida.

Temí aquella noche, y cada uno de los días que le siguieron hasta hoy, que aquel amor que nos tuvimos acabara evaporándose.

Deshice con suavidad el nudo de nuestras manos. Encogió su brazo y se lo llevó de nuevo bajo las sábanas. Lo tapé. Le regalé un beso prolongado en la mejilla, y otro, y otro más en la frente. Se encogió apretando levemente sus labios, ignorando los desencuentros que se producían a su alrededor.

Me fui de su lado intuyendo una despedida cercana. Debía acelerar un plan que no había empezado debido a todos los miedos que me acechaban a cada tentativa. Debía encontrar un lugar donde almacenar aquel plan... el trastero, pensé. Ella nunca bajaba sola, le daba miedo. Allí, entre los restos de nuestra vida anterior, sería fácil esconderlo todo.

Martes 26 de marzo de 2002

Despertar, beso, ducha, desayuno, dejar a Carlitos...

Javi llegó a las ocho y media, puntual como casi nunca.

Me acerqué a la cafetera, rodeando el departamento, para mirar cada una de las mesas: nada, ni rastro de mi boli verde.

Volví a mi puesto.

Trabajé.

Almorzamos.

Volví a trabajar.

Bajamos a comer.

Subimos a trabajar.

Aprovechaba cada pequeña oportunidad para intentar identificar la letra que llevaba en mi bolsillo. Espié más de diez caligrafías sin resultado. Algunas las deseché al instante, otras me obligaron a merodear por algunas mesas. Al día siguiente iría a la zona de contabilidad, allí habría más posibilidades —más mujeres—, pensé.

Fiché y, sin mi boli de gel verde, volví, como cada día, a casa.

Beso y beso a Carlitos.
Cena sin apenas palabras.
Tele desde el sofá.
Sueño y cama.
Buenas noches y beso.

Miércoles 27 de marzo de 2002

Despertar, ¡tarde!, no recuerdo si hubo beso. Ducha, desayuno, dejar a Carlitos... Javi llegó a las 8.35 h. Me acerqué a la cafetera rodeando, de nuevo, el departamento, para mirar disimuladamente cada una de las mesas: nada, ni rastro de mi boli verde.

Volví a mi puesto.

Trabajé.

Almorzamos.

Volví a trabajar.

Bajamos a comer.

Subimos a trabajar.

En cada pequeña oportunidad aprovechaba para intentar identificar la letra que llevaba en mi bolsillo. Sin resultado. Visité varias veces la zona de contabilidad y facturación con excusas en la manga, por si acaso. Aproveché los momentos cafetera, los momentos almuerzo, los momentos vacíos para observar letras ajenas que, aunque se parecían, no eran iguales a la que buscaba. Tampoco obtuve resultados aquel día. Pensé de nuevo en Marta, en realidad fue la última, según Sara, que lo tuvo en sus manos, pero... ese *aún* con acento, extraño en ella, extraño...

Fiché y, sin mi boli de gel verde, volví, como cada día, a casa.

Jueves 28 de marzo de 2002

Despertar, ducha, desayuno, dejar a Carlitos...

Javi llegó a las 8.41 h.

Me acerqué a la cafetera, rodeando el departamento, para mirar disimuladamente cada uno de los cubículos: nada, ni rastro de mi boli verde.

Volví a mi puesto.

Marta fue mi objetivo aquel día.

Fue más difícil de lo que pensé en un principio. Acercarme a su mesa sin un pretexto no era factible —ella y yo no nos tratábamos casi nunca—, pero necesitaba ver algún papel con su letra. Pensé, y la miré desde lejos. ¿Qué hacer?

¿Qué hacer?, me estuve preguntando toda la tarde. ¿Cómo enfrentarme a esos ojos? ¿Cómo enfrentarme a una mirada que siempre se dirigía a mí con superioridad?

Finalmente, hice lo que hacía siempre: esperar. Esperé a las siete y media y, cuando ya no quedaba nadie, me acerqué a su mesa. Tuve suerte, encontré unas notas pegadas en la pantalla del ordenador. No, definitivamente, a pesar de que la letra era bonita, no era la suya. Comencé a rendirme.

Fiché y, sin mi boli de gel verde, volví, como cada día, a casa.

Beso y beso a Carlitos.

Viernes 29 de marzo de 2002

Aquel día, poco antes de las diez, justo antes de salir a almorzar, justo antes de volver a repetir los *ayeres*, sonó el teléfono de Sara. Fue una llamada breve, un descolgar y un asentir que transformó su expresión: una mueca a medio sonreír, a medio entristecer. Se levantó y, en silencio, se dirigió hacia el despacho de don Rafael.

La perseguí con la mirada hasta que entró, dejando la puerta cerrada. Al minuto salió Marta, dejándola entreabierta. Apenas unos centímetros por los que podían fluir, sin obstáculos, la autoridad, el poder y la humillación.

Un hilo de voz grave, pero aún suave, fue el preludio del escándalo. Rumores que, en breve, intensificaron su volumen mutando a gritos. Gritos que se escapaban por una puerta abierta adrede. Palabras que se atoraban, como siempre lo hacían cuando se enfadaba, en su boca. Lo vimos —porque no fui el único que miraba— gesticular exaltado, levantarse para volverse a sentar al instante, deambular por el despacho formando amenazas con los brazos, generando miedo con la boca, difundiendo temor con cada golpe sobre su mesa.

Permaneció, la silueta de Sara, sentada en un sillón incómodo esperando su sentencia, muda. Pasaron minutos de palabras demasiado altas, de cansinos paseos de lado a lado, de gesticulaciones pueriles, hasta que don Rafael dio por finalizada una conversación que había sido un monólogo.

Vimos salir a una Sara de cara desencajada, porte quebrado y alma confundida que, sin mediar palabra, escapó directamente a los mismos servicios en los que yo me sequé un día la camisa.

Don Rafael también salió de su despacho, cerrando una puerta que no debería haber estado abierta; sin mirar a nadie, sin despedirse, desapareció por el pasillo que daba al ascensor.

Silencio, eso es lo que recuerdo de aquel momento. Un silencio únicamente roto por el rumor de teclados, el sonido de teléfonos y el susurrar de curiosos.

Sara tardó en volver.

Lo hizo en silencio, con menos maquillaje y más tristeza.

Se sentó a mi lado, callada, evitando mis ojos, evitando yo los suyos: embarrados en vergüenza.

Sara, la enemiga de nadie, cordial, amable, la que hablaba con miedo por no molestar, la que de vez en cuando generaba sonrisas que te iluminaban la cara. Sara, puntual, eficaz, calmada… ¿Se había vuelto loco Rafa?

Con el pasar de los minutos, se recuperaron aquel día los sonidos habituales, que aliviaron la incomodidad de Sara.

Fue en la comida, en la intimidad de los compañeros, al abrigo de la confianza, cuando lo explicó todo; cuando me hundí en el rubor sin decirlo.

Mantuvimos, al principio, un silencio incómodo, artificial, expectante; un silencio que ninguno se atrevió a sobrepasar.

Sara no hablaba. Durante la comida fuimos comentando temas de trámite, teloneros de una historia que se demoraba.

Fue ya en los cafés cuando advertí en su cara, como lo hice aquella noche a solas en la que desnudó su historia, la necesidad de hablar. Tuve que ayudarla.

—Sara, ¿te encuentras mejor? —Hablé en nombre de todos.

Escondió su mirada en la taza y las lágrimas le cayeron dentro. Abrió su bolso y sacó un paquete de pañuelos.

Nadie habló, la ayudé de nuevo.

—Sara, tranquilízate, no te preocupes —le dije cogiéndole su mano aún temblorosa. Noté una sensación de inseguridad, parecida a la que tuve noches antes cuando le acaricié la mano a Carlitos.

Después de varios intentos en los que su boca se abría para comenzar una conversación que no llegaba a estrenar, finalmente consiguió calmarse lo suficiente para poder hablar. Habló y lo dijo todo de una vez, sin pausas, sin puntos... como si todas las palabras, almacenadas durante horas en su boca, luchasen por escapar. Habló, y cada una de sus frases se convertían en heridas al llegar a mi conciencia. Cobarde, sin duda esa palabra pudo resumir todo lo sucedido aquel día, cobarde yo.

Habló Sara, y nadie fue capaz de interrumpir sus palabras.

—Se lo indiqué claramente, se lo puse, estoy segura, tan claro como si lo viera ahora mismo... —decía una Sara nerviosa—. Lo dejé en la gaveta a última hora... como si lo viera ahora mismo...

»Lo escribí, y añadí un Muy iMporTAnTe en mayúsculas, en un pósit. Sólo tenían que esperarse hasta hoy, sólo tenían que esperar cuatro días para enviar la factura, sólo eso.

»Marta dice que no lo vio, que cuando se llevó a contabilidad la documentación no había ningún pósit suelto, ni en el suelo, ni en la mesa, que no había nada. Claro, mi palabra contra la suya...

Respiró, pero sólo fue un suspiro, eterno para mí.

—Yo, que intento hacer lo mejor para la empresa, que cumplo estrictamente con los horarios. —Javi agachó levemente la cabeza—. Yo, que me preocupo por cada pedido... y encima tenía que pasarme con el cliente más importante de la empresa... el cliente más importante... Lo indiqué claramente, como si lo viera ahora mismo...

Miré alrededor e intuí que nadie entendía lo que había pasado.

—¿Hablas de Constusisa? —preguntó Godo intentando seguir la conversación, intentando al menos que Sara no parase de hablar; intentando sacar algo en claro de aquella retahíla de frases, de palabras encadenadas.

Constusisa es una de las empresas más importantes de la zona; una constructora que opera en más de diez países, con sede en Madrid, Barcelona y Valencia. Una empresa que factura millones y de la cual somos —bueno, ahora son— prácticamente el único proveedor de software. Una empresa que paga muy bien, pero exige prioridad absoluta y un trato exquisito.

—Sí, Constusisa, Constusisa... Un veinte por ciento de lo que facturamos en esta oficina viene de Constusisa, ¿lo sabíais? —preguntó Sara mientras con un pañuelo se secaba los ojos—. Yo tampoco. Me lo ha dicho hoy don Rafael, bueno, me lo ha gritado.

»El director de la oficina más importante de Constusisa ha recibido una factura de más de quince mil euros por un trabajo que no estará funcionando hasta el lunes. Sólo había que esperarse a enviar la factura hoy para que le llegase la semana que viene, sólo eso. Pero claro, yo tenía que facturarlo antes de que acabara la semana. Las comisiones, las malditas comisiones...

»Pero el trabajo aún no está hecho. Les ha llegado una factura de quince mil euros por un trabajo que no está hecho. Se ve que el tipo le ha metido a don Rafael una bronca impresionante, además le ha amenazado con dejar de trabajar con nosotros. Dice que no somos gente seria... Imaginaos cómo se ha puesto...

—Bueno, no será para tanto, ya sabes que Rafa siempre exagera —decía un Javi acostumbrado ya a las broncas.

—¿Cómo es posible que Marta no lo haya visto? Si lo dejé allí mismo, no lo entiendo, no lo entiendo...

—Igual se ha despegado y la mujer de la limpieza... —decía Godo, utilizando el comodín que todos, alguna vez, hemos utilizado para explicar lo inexplicable: la mujer de la limpieza.

—¡Imposible! —casi gritó Sara—. Lo había grapado, estaba grapado... Se lo he dicho a don Rafael, le he dicho que lo revise y verá cómo hay una grapa. Sólo se me ocurre pensar que alguien lo ha hecho a propósito, pero no consigo adivinar el motivo. —Se quedó pensativa—. Don Rafael me ha dicho que si rescinden el contrato, no será lo único que se pierda, igual rueda alguna cabeza. Así, literalmente.

Pequeño, invisible, disimulado... Podría haber sido valiente, podría haber —allí, delante de todos— admitido mi culpa. Podría haber ido al día siguiente a hablar con Rafa y explicarle lo ocurrido; explicarle que todo era un malentendido. Podría haber hecho tantas cosas... pero no hice nada.

Mientras Sara se desahogaba, yo llevaba aquel pósit aún en el bolsillo de mi chaqueta.

Después del remordimiento, después del sentimiento de culpa, después de la lástima, vino el miedo. Vino el «¿me habrá visto alguien?». Y a partir de aquel momento fue lo único que me importó de la conversación, ese «¿me habrán visto?».

Sara me cogió del brazo.

Me dio un vuelco el corazón. Me asusté como hacía tiempo no me asustaba, di un pequeño salto sobre la silla. Me miró extrañada. Una ligera presión, un pequeño interrogatorio en aquel momento y lo hubiera confesado todo, me habría desahogado delante de todos como lo hizo ella, pero afortunadamente no fue así.

—¿Te acuerdas cuando la semana pasada te cogí el boli verde, ese nuevo que te habías comprado? El que no he vuelto a buscar ahora que lo pienso... —me dijo mirándome a los ojos—. Pues fue para escribir el pósit. No encontraba ningún boli a mano y se me ocurrió la idea de coger el tuyo, el verde. —Asentí—. Después me fui a contabilidad, supongo que el boli se quedaría por allí. Fui adrede a poner la maldita nota. Y encima perdí tu boli... lo siento.

Lo siento. Fue duro escucharlo así.

Lo siento, por haber perdido un boli que deseaba perder. Lo siento, y acepté, cobarde, ese perdón.

¿Cómo no se me había ocurrido comparar la letra de Sara? Demasiado obvio, demasiado fácil, tan cerca, a mi izquierda.

Sara se acabó el café aún pensativa.

Cuidado, fue la nueva palabra.

«¿Me habrá visto alguien?».

Fui yo el primero, aquel día, en fichar para irme. «¿Me habrá visto alguien?».

Me palpé el bolsillo: todavía estaba allí.

Llegué pasadas las nueve de la noche, y una Rebe agotada me dio otro de esos besos de rigor.

Cenamos a solas, pero solos. «¿Me habrá visto alguien?».

Nos acostamos, también, Rebe y yo.

Mientras ella dormía, mientras yo lo intentaba, no pude dejar de oír aquella frase. La misma frase que ahora, por otras circunstancias, sigo oyendo en el exilio.

«¿Me habrá visto alguien?».

Sábado 30 de marzo de 2002

Rebe se fue a las nueve.

Eran, normalmente, los sábados, mañanas de compras y colas, pero aquella fue también de centro comercial. Fue una mañana de inicio de un plan que se demoraba demasiado; de cambio, al fin y al cabo.

Llegamos, a pesar de las otras vidas, relativamente pronto: las diez y media, y el coche ya estaba aparcado junto a otros cientos.

Comenzamos a recorrer las arterias del consumo —como dos células perdidas en un flujo de precios, prendas y ofertas—, en busca de tiendas especializadas en huidas, cambios y escapes. Leí el directorio y por el nombre sólo detecté una, y aun así no supe ubicarla. Decidimos —yo— explorar.

Finalmente encontré cuatro, en todas entré.

En la última compré, ante los halagos del dependiente, casi todo lo necesario para, en secreto, comenzar una nueva vida.

El tiempo pasó rápido.

Llegamos a casa a las 13.45 h; muy justo, demasiado justo. Entré en el garaje y, afortunadamente, el coche de Rebe aún no estaba. Me dirigí al trastero e hice hueco detrás de las bicicletas de ruedas deshinchadas para colocar todo lo que había comprado. Allí se quedaron los cimientos de mi nueva vida, a escondidas.

Salimos del garaje y, tras quince minutos de vueltas, en un ajustado espacio, aparqué el coche.

Descargué a Carlitos y nos dirigimos hacia casa. Subí, entré y Rebe ya había llegado.

—¿Dónde estabais? —nos preguntó extrañada.

No me esperaba encontrarla allí, no esperaba tener que esforzarme por inventar mentiras. Desaproveché la mejor ocasión para explicarle la verdad, para confesarle que deseaba huir, con ella. No me atreví.

—En el centro comercial, es que me hace falta una taladradora nueva... la que tenemos se encasquilla demasiado... —mentí con lo primero que se me ocurrió.

—¡Ah! —contestó incrédula—. ¿Y la has encontrado?

—Sí, pero era muy cara, miraré en otros sitios.

—¡Ah! —Y cogió a Carlitos, y dándole un beso se marchó a la habitación, y se duchó, y se cambió, y regresó a la cocina. Y por la tarde nos tocó ir al supermercado; y entre el tráfico, las colas y la descarga se nos hizo de noche. Cenamos; primero él, después nosotros.

Vimos la tele; ella en su esquina del sofá, yo en la mía. Dormimos hasta el domingo.

Domingo de parque, de comida con sus padres, de cena en casa; de espera, tumbados en una cama que ya no era testigo de nada, al lunes.

No hubo sorpresas, ni siquiera un beso de más, ni siquiera uno de menos.

Lunes 1 de abril de 2002

Sara llegó temprano, yo antes. Nos saludamos y analicé, en aquel saludo suyo, cada gesto, cada palabra, cada mirada. Parecía ya recuperada de lo del viernes, yo no. La noté, y sé que fue sólo a través de mis ojos, distante con todos, pero especialmente conmigo. Tuve a partir de entonces la duda acechándome en cada esquina, la impresión de que ella sabía algo que se me escapaba.

Aun así, aun a pesar de Sara, decidí volver a jugar: encontrar un boli cuya pérdida no me traía más que problemas.

Esperé a las siete y media para quedarme a solas, para descubrir en la curiosidad mi opio durante aquellos días.

Esperé.

Esperé, y las siete y media se presentaron con mucho retardo, eternas. Miré, dando excusas, cómo todos se iban —o volvían— a sus casas. Noté en aquellos momentos un cosquilleo en el cuerpo más típico de enamorado que de un hombre a la espera de quedarse solo en la oficina.

Cuando ya pasaban diez minutos de la hora de salida sólo quedábamos dos personas en la planta: una chica de contabilidad y yo. Ella trabajando, yo fingiendo hacerlo mientras miraba desesperado el reloj que restaba minutos a las nueve, momento en que el vigilante hacía la última ronda, cerraba todas las puertas y conectaba las alarmas.

Vi movimientos de salida. Se levantó, cogió la chaqueta y yéndose hacia el ascensor me dirigió un pequeño saludo con la mano, ¡por fin!

Me faltó tiempo para levantarme de la silla y salir disparado hacia todos los sitios; tanta espera y no había sido capaz de trazar un itinerario. Comencé a husmear a discreción: miré alrededor, sobre las mesas, por encima de las papeleras… hasta que di con un objetivo claro: la zona de contabilidad.

Miré intranquilo hacia atrás mientras giraba el pomo de la puerta de cristal que la chica había dejado cerrada.

Me adentré en el paraíso de la curiosidad: varias mesas aún por descubrir, varios cajones por abrir… Empecé con timidez a mirar sobre las mesas, sin tocar nada, para acabar sentado en una silla dispuesto a diseccionar los secretos de una vida ajena: cualquiera.

Me senté, de espaldas a la entrada, para comenzar mi búsqueda.

Primera mesa. Una superficie prácticamente vacía me ofrecía pocas esperanzas. El ratón, el teclado, una foto de una chica junto al que supuse su novio por como se rozaban las bocas y un cubilete idéntico al mío, con dos bolígrafos: uno azul y otro negro. Nada más, una mesa limpia, demasiado limpia para alguien que debería estar trabajando. Probé a abrir el cajón y lo hice a la primera, sin apenas esfuerzo. Sólo encontré, además de un paquete de chicles, unos caramelos de esos sin azúcar y un calendario de bolsillo… la desilusión. Hundí mi mano hasta el fondo y de pronto toqué algo: un paquete pequeño, de plástico, blando… sólo eran pañuelos de papel. Miré el resto de cajones: una revista de moda, unos cuantos CD, folios y… nada más. Con resignación lo volví a dejar todo en su sitio, más o menos.

Me desplacé hacia el siguiente cubículo sin mirar atrás, hacia la puerta. Una mesa muy parecida a la anterior: sin interés. Fui a abrir los cajones, pero, para mi sorpresa, estaban cerrados.

Me disponía a abandonar aquel puesto para ir a por el siguiente cuando oí el ascensor: alguien subía.

Desperté. Esa fue la sensación: despertar en el interior del bochorno.

Me desperté vacío de excusas, carente de explicaciones. Fui consciente, en aquel momento, de lo que estaba haciendo, de ese hurgar en vidas ajenas al que había llegado sin pretenderlo. Me encontré de pronto en el lugar equivocado, no vi el coche, ni la calle, ni los atascos; no vi, en definitiva, nada de lo que se suponía que a esas horas debería estar viendo.

Se abrió el ascensor. Unos pasos salieron.

Me moví rápido pero sin desplazarme del sitio; en realidad, me desplazaba entero, pero no lograba recorrer ni un solo centímetro. Se movían mis piernas, se movían mis manos, se movían mis dedos; todo mi cuerpo temblaba de puro miedo.

Reaccioné de la única forma que supe: escondiéndome debajo de mi último registro. Y así, agazapado bajo una mesa que no era la mía, acumulé un temblor frío en el calor del miedo, un temblor en plena equivocación.

Los pasos se acercaban.

Evalué tantas posibilidades en aquella cueva: un empleado que había vuelto a recoger algo, uno de los jefes que venía a acabar asuntos pendientes o incluso el vigilante de seguridad en su ronda habitual.

El sonido de cada paso era más cercano que el anterior, casi a mi alcance. Escondí la cabeza y me acuclillé aún más, haciendo apretar mi barriga contra mis rodillas.

Silencio.

Los pasos ya habían llegado.

El silencio fue ocupado por el tararear de una canción bajo una voz de mujer, por el leve desvestir y vestir de ropa, por el crujir de unas piernas, las mías, que ya no aguantaban más mi peso. Me dolían los gemelos, las rodillas, la barriga… Comencé a realizar pequeños movimientos para poder llegar a sentarme en el suelo, hasta que mis rodillas cedieron, y con ellas todo el cuerpo. Caí al suelo arrastrando la silla a la que me sujetaba, que también cayó conmigo.

—¡Ah! —Un grito dejó todo en silencio.

—¡Señora Luisa! ¡Señora Luisa! ¡Soy yo! —le grité para que bajase una escoba que iba directa a mi cabeza.

Temblamos ambos, de miedo.

Nos miramos y tardamos en reconocernos.

—¡Menudo susto me ha dado! —me dijo, con la voz entrecortada por la impresión, mientras se acercaba a mí con la intención, imposible, de levantarme—. ¿Pero qué hace escondido ahí abajo? —me preguntó mientras me ayudaba a recoger la silla que había arrastrado con mi caída.

—Nada, es que se me ha perdido un boli esta mañana y creía que me lo había dejado por aquí… Estaba mirando debajo de la mesa por si se había caído… —mentí lo mejor que pude—. Lamento haberla asustado. De todas formas, ya me voy, se me ha hecho muy tarde.

—No, tranquilo, por mí no lo haga. Yo voy a empezar por el otro extremo, si me dice cómo es ese boli, igual entre los dos podemos encontrarlo.

Me llegó, así, una ayuda inesperada.

—Pues verá, es un boli como estos. —Le mostré un bolígrafo negro de gel . Pero verde. Es el que utilizo siempre —le mentí— y lo he perdido esta misma mañana —otra vez—. Si lo encuentra, me haría un gran favor.

—No se preocupe, yo le ayudaré a buscarlo. Si está en alguna papelera, seguro que lo veo.

Vi la ilusión en sus ojos, una ilusión reflejada en una mujer de, supuse, más de sesenta años. Más tarde averigüé que apenas tenía cincuenta y cuatro. Una ilusión de poder, por un día, variar en algo su trabajo. Continuó tarareando la misma canción que había traído desde el ascensor.

Me demoré unos diez minutos más, por si acaso, y finalmente me despedí de Luisa.

—No se preocupe, que si lo encuentro, se lo dejo en su mesa —me dijo con una sonrisa.

—Muchas gracias, hasta mañana.

—Hasta mañana… —Y continuó tarareando una canción que yo no me sabía.

Se me hizo tarde aquel día, demasiado.

Llegué a casa y Carlitos ya dormía. Rebe no me quiso recibir. Intenté ofrecerle explicaciones, mintiendo, como ya sólo últimamente hacía: demasiado trabajo, me exigen tanto, y un largo etcétera plagado de mentiras. A pesar de su enfado, y justamente por eso, me sentí reconfortado. Me alegré al pensar que aún se preocupaba por mí, que aún me echaba de menos; me alegré al encontrar en aquel enfado restos de un amor que no intuía.

Me senté en el sofá junto a ella. Me acerqué, a pesar de su rechazo. Me acurruqué a su lado a la espera de algo, de una reacción. La tuvo, pero no fue la que yo esperaba.

—¡Me ha tocado hacerlo todo a mí! Cambiarlo, ducharlo, hacerle la cena, acostarlo… —me gritó, mirándome con rabia a los ojos.

Me derrumbé, me desacurruqué de su lado.

No supe contestar a aquella verdad tan objetiva. No estaba preocupada por mí, no estaba enfadada por no haber podido verme antes, por echarme de menos, por ese amor que no me había podido demostrar... no. Su malestar nacía de un exceso de trabajo, debido a una ayuda que no había tenido. Ni afecto, ni consuelo, ni amor... sólo ayuda.

Nos separamos ambos, no recuerdo quién fue el primero. Nos distanciamos en los extremos opuestos de un sofá de dos plazas. Separados por apenas veinte centímetros, pero tan lejos uno del otro que no fui capaz, al girar la cabeza, de ver a la Rebe de la que me enamoré hace tantos años.

La televisión salvó aquel día, como tantos otros, el incómodo silencio que se había sentado junto a nosotros. Nos ofreció aquella noche, como tantas otras, los reversos del ser humano: varias personas en círculo intentaban despellejarse con palabras, gritos e insultos.

—Hoy tenemos como invitada a la periodista... —Aplausos.

Salió al escenario bajo un vestido berenjena y sobre unos tacones de infarto. Se dirigió hacia un sillón blanco. Me la imaginé de tal guisa andando por Basora o corriendo por Kabul. Me la imaginé también, cámara en mano, investigando si en Guantánamo la sopa se sirve demasiado caliente o en los centros de detención rusos demasiado fría. Así me la imaginé al oír la palabra periodista.

De pronto, un grito proveniente de una discusión entre otro invitado y la periodista me llamó la atención. El tema era, cuando menos, curioso:

—¿Te dejaste los calzoncillos olvidados en su casa el día en que su marido volvió del viaje? ¿Sí o no?

—Bueno, la verdad es que...

—Sí o no. La pregunta es muy fácil. ¿Te dejaste aquella noche los calzoncillos olvidados en su cama?

—Los dejé allí, sí, pero es que... —Y los aplausos de un público guiado irrumpieron la narración.

—¿Sí? Pues ya está todo dicho —contestó la reportera.

Continuó el programa entre nuevas preguntas, nuevas discusiones acompañadas de gritos, insultos y amenazas.

Rebe se levantó y, sin decirme nada, se fue a dormir. Apagué la tele.

Estuve unos minutos en silencio.

Más silencio.

¿Dónde está el límite entre la tranquilidad y el aburrimiento?

Martes 2 de abril de 2002

Me quedé de nuevo en el trabajo, y comenzó a convertirse en hábito, hasta última hora para, de nuevo también, hurgar un poco más en las vidas ajenas. Creo, ahora, que este boli no ha sido más que una excusa para llenar de algo una vida vacía.

Me quedaban aún, del día anterior, dos cubículos de la sección de contabilidad por revisar.

Nada interesante: una chica tenía tabaco escondido y a la otra le gustaban demasiado los caramelos. No saqué mucho más de aquellas dos incursiones.

Estaba a punto de abandonar la oficina cuando Luisa y yo nos volvimos a cruzar: ella volvía a su trabajo, yo no me acababa de ir del mío. Le ofrecí un café que aceptó encantada. Le vi alegrar el rostro, los ojos, la nariz, incluso las orejas creo que se le alegraron. Se alegró su escoba, se alegró también su bata, sus zapatos blancos y sus sortijas doradas, que no de oro. Se alegró, y no fue por la invitación, sino por caer en la cuenta de que existía.

Permanecimos muchos minutos —más de los que yo debía, menos de los que ella esperaba— hablando sobre temas muy diversos, tanteándonos ambos. En el interior de aquellas conversaciones —que empezaron siendo de trámite y acabaron siendo de interés—, descubrí a una mujer encantadora, inocente y sorprendentemente culta, a pesar de sus posibilidades, a pesar de su pasado, a pesar de su presente y, sobre todo, a pesar de su futuro.

Me comentó, aquella tarde que ya era noche, aquella noche que al final se me hizo tarde, que en su edad de estudiante llegó a sacarse el bachillerato; algo realmente extraordinario en una época en que las mujeres no tenían asignadas esas funciones en los libros.

Siguió una charla amigable e interesante a la que me aferré, como hacía años no me aferraba a nada. Disfruté de algo tan sencillo como el simple intercambio de palabras, frases y opiniones entre dos personas. Y disfruté, simplemente porque conseguí tiempo para hacerlo, nada más.

—Pero después de tanto estudiar, al final no me sirvió de mucho. Así que me casé y me dediqué —y así lo dijo, y así lo pensaba— a tener hijos, seis: tres chicos y tres chicas, paridad exacta, oiga.

Paridad exacta, jamás hubiese apostado por oír aquellas dos palabras de su boca.

—Ahora todos son mayores. —Y utilizó mayores porque no se atrevió a decir adultos.

Permanecimos de pie, junto a la cafetera, mucho tiempo. Siguió contándome a grandes rasgos su vida, y también la de sus hijos. De todos, sólo dos, las dos chicas mayores, se habían emancipado; y dijo emancipado y me sorprendió también. Los demás, de entre veinticinco y treinta y cinco años, seguían viviendo con ella, con mamá.

Me pedí, nos pedimos, y la invité, porque insistí y ella aceptó, a un segundo café. Me fijé en su cara al dárselo.

Una mirada que me llevó a su infancia. La vi joven, delgada, con una melena morena, con sus libros bajo el brazo, sentada en primera fila mientras los garrulos de la última se dedicaban a molestar. La vi sola, única, extraña en un mundo de hombres, con falda a cuadros, camisa blanca y cara atenta. Vi también al resto, a los de atrás, con más posibilidades y menos cabeza, con más futuro y menos neuronas, protegidos por un machismo excluyente.

—Pero, mujer, ¿seis no le parecen demasiados? —le pregunté después de ofrecerle el nuevo café.

—Pues sí. Si usted me hubiese visto a los veinte años, qué tipito tenía y ahora... —Y se señalaba a sí misma dándose una vuelta para que pudiera observar su figura de caderas anchas, culo inmenso y pechos abultados—. Ahora parezco una vaca lechera. —Sonreía a la sombra de la tristeza.

Volví a verla con veinte años, con toda una vida por delante, con una inteligencia desaprovechada, con un saber que sabía que no le iba a servir de nada, con futuro, pero sin esperanza de cambiarlo. Sin comprender que tendría que haber nacido treinta años más tarde, cuando la diferencia entre sexos no fuera tan acusada, cuando esa cabeza, esa inteligencia le hubiesen permitido acabar de otra manera.

La miré y sentí pena; la miré y se dio cuenta; nos miramos como pocas veces me había mirado con nadie. Nos miramos tanto que en ese momento nos conocimos, nos acabábamos de ver por dentro.

Nos llevamos el vaso a la boca.

—Mi marido —continuó— ha estado toda la vida trabajando, pero ahora que ya está jubilado, con su paga y mi sueldo apenas nos llega; y los niños... —Esa última palabra sobró; los dos lo supimos.

Se produjo un silencio incómodo, resultado de dos mentes que se habían distanciado en sus pensamientos: ella hacia su familia, yo hacia la mía.

Fue un instante, fue un momento porque necesitaba seguir hablando. Era lo único que ya le quedaba, lo único que no estaba programado para aquel día.

—¿Sabe usted que nunca he salido de España? —me dijo intentando no dar por zanjada la conversación—. ¿Sabe que nunca he subido a un avión? —me decía mientras sorbía el café a través de unos labios que la edad había arrugado sin piedad—. Nunca, y la verdad es que no sé cómo se sentirá uno ahí arriba. —Alzó la mirada hacia el techo.

—Pero, mujer, eso tiene fácil arreglo, cualquier día se cogen ustedes un avión a París y se pasan un fin de semana romántico —le dije mientras ella reía con una sonrisa forzada, insípida, derrotada.

—¡Ay, chiquillo, dígale usted eso a mi marido! Mire, la verdad es que yo, a mi edad, a lo único que aspiro es a descansar.

A descansar, sólo aspiraba a descansar. Sin quererlo pensé en la Rebe de los dieciocho años que no conocía las palabras siesta, tranquilidad o descanso.

La miré de nuevo, pero ya había desaparecido como desaparece el rocío cuando asoma el sol. La imagen de aquella chica con sus libros, su falda a cuadros y su camisa blanca se fue. Desperté para encontrarme con una señora de cincuenta y tantos años, de figura *botera*, con bata azul y zuecos blancos, de cara arrugada y esperanza perdida. Todo lo anterior quedó, irremediablemente, atrás.

Vi reflejado en ella nuestro fracaso. Detesté la imagen de aquella mujer, por estar demasiado próxima a mis últimos días. Me encontré en un futuro hablando, como hablaba ella, de lo que pude haber sido y no fui. Me encontré frente a alguien quejándome de mi mala suerte, de mis esperanzas, de que el mundo —y no yo— había enterrado mi futuro, pero sin la excusa de haber nacido en una época equivocada.

—¡Eh! —me asustó.

—Perdón, estaba pensando… y… ¿no ha vuelto a retomar los estudios? —intenté salir del atolladero—. ¿No pensó en algún momento en cambiar esa situación?

—Bueno, hace unos años estuve a punto de matricularme en un cursillo de esos de los ordenadores, más que nada por curiosidad, no se crea. Pero, justamente en esa época, mi marido enfermó y tuve que dedicarme por completo a la casa y a la familia. Fueron unos años duros… finalmente salimos adelante. Ahora limpio desde las ocho de la mañana hasta las nueve de la noche y no tengo tiempo para nada.

Luisa continuó hablando durante un buen rato, pero, mientras simulaba escucharla, me puse a repasar mi vida, y la vida que me quedaba por vivir. Y comparé. Comparar siempre se me ha dado bien, es gratis y a veces recompensa; siempre me ha servido para averiguar en qué punto de los extremos estoy.

Después de unos minutos en los que ella hablaba y yo asentía sin prestar atención, miré el reloj.

—Bueno, se me está haciendo tarde —me dijo.

Me agradeció los cafés y se fue.

Volví a mi sitio, a pensar. Tuve miedo de regresar a casa. Miedo a encontrarme lo de siempre. Miedo a verme con cincuenta y pico años. Miedo a ver a Rebe sobre unos zuecos blancos.

Se hicieron las nueve y yo aún seguía en la empresa. Sentado en mi silla, fingiendo trabajar y no haciendo nada.

Su voz me sorprendió de nuevo.

—Ahora mismo vendrá el vigilante a cerrar, yo me voy a casa... que ya es hora —me dijo mientras se llevaba hacia un pequeño armario varios utensilios de limpieza.

—No se preocupe, que yo también me voy, por hoy ya es bastante —le dije con resignación mientras apagaba mi ordenador.

—Sí que es usted trabajador —me gritó desde lejos. Esperé su vuelta.

—Bueno, ¿nos vamos ya entonces?

—Espere que tire estos papeles que tengo en los bolsillos.

—Y con un cansado movimiento metió su mano en el gran bolsillo de su bata, agarró un puñado de papelillos y los tiró a una bolsa de basura. Cuando ya se disponía a atarla se lo impedí con un grito.

—¡Espere un momento! —La pobre mujer paró al instante, sorprendida.

Vi un pequeño papel escrito en tinta verde. Una letra grande, irregular, más bien fea, una letra que no había visto nunca. Lo cogí para leerlo mejor.

Dr. Jaume Calabuig
Av. Ciprés, 46, 5º C

Me lo guardé en el bolsillo ante la atónita mirada de la señora Luisa. Era un paso más, alguien había vuelto a utilizar mi boli verde: nuevas esperanzas.

Pregunté a Luisa si se acordaba dónde había encontrado aquel papel, pero no supo darme una pista válida. Creía haberlo visto en alguno de los despachos de contabilidad. Le expliqué lo de la tinta verde, mi boli y mi búsqueda.

Bajamos juntos en el ascensor, saludamos al vigilante de seguridad y salimos a la calle. Nos despedimos.

Mientras me alejaba, me giré y la vi dirigirse a la parada del bus. Una parada vacía, donde sólo estaba ella: una persona que acababa su jornada a las nueve, con un marido jubilado que no era capaz de venir a recogerla. Una persona que llegaría a casa para hacer la cena y seguir limpiando.

Pensé, al verla allí sentada sobre un banco de metal, en llevarla a casa, en acercarla al menos. Muy tarde. El enfado de Rebe podía ser terrible. No me había llamado al móvil; yo tampoco a ella.

Me alejé dejando a la señora Luisa sentada, con las manos sobre su bolso, mirando hacia un autobús que aún no llegaba. Alcancé la esquina y allí, escondido, esperé unos minutos, vigilándola, protegiéndola. Sola, sentada sobre un asiento frío, con las piernas juntas pero no cruzadas, con una falda marrón hasta las rodillas, con su bolso entre las manos, apoyado en su barriga.

A pesar del frío, continué inmóvil en aquella esquina cercana, mirándola atónito, hasta que, por fin, a las nueve y diez un autobús vacío llegó a por ella.

Se levantó lentamente, con la mano en alto.

Subió, y esperé a que el autobús se marchara.

Se marchó, y esperé a ver la parada vacía.

Me imaginé su viaje a casa, en soledad, como lo sería el mío.

Llegué a la puerta a las diez.

Metí la llave en la cerradura, sin hacer apenas ruido. Me detuve.

Dudé. No supe si quería entrar en casa.

Después de casi catorce horas fuera, después de haber mantenido una conversación con la señora Luisa más larga que cualquiera de los intercambios de palabras entre Rebe y yo, después de haber disfrutado de su compañía olvidando que tenía una familia... con la llave dentro, me detuve.

Me detuve porque sabía lo que no me esperaba dentro. No me esperaba un beso, no me esperaba un abrazo, no me esperaba un «¡cuánto te he echado de menos!». Sólo la indiferencia. No nos habíamos llamado, ni siquiera nos habíamos acordado el uno del otro en catorce horas.

Sabía, sin verlo, lo que había detrás de aquella puerta.

Me senté en el rellano, en mi puerta, junto a mi casa. Estuve aquel día más de quince minutos con la luz apagada, con las manos apretadas, sentado en el suelo del rellano de mi propia vida.

Finalmente, oí un ruido: alguien bajaba. Me levanté avergonzado y abrí la puerta.

Todo estaba a oscuras, como si, por fin, me hubiesen abandonado. Pero las llaves estaban en la mesa y uno de los bolsos de Rebe colgado junto a su chaqueta negra, la que le encantó, la que se compró ella sola. Me pidió, me suplicó que la acompañase y me negué. No quise formar parte de aquello. Hace años que ya no compartíamos ni siquiera esos detalles.

Entré, junto a la duda, de puntillas. Caminé en silencio, sobre el borde de su alcance. Me acerqué a su habitación, la nuestra también. Rebe dormía o lo simulaba, no quise descubrirlo.

Me acerqué aún más a su piel, lo suficiente para notar que sus ojos habían estado llorando, como los míos, a escondidas.

No fui capaz de despertarla. No fui capaz de darle un beso y pedirle perdón por llegar tarde y no avisar, por olvidarme de que existía.

Salí.

Carlitos también dormía. Le di un beso.

Salí y me fui al sofá.

Pensé allí en las mismas cosas en las que pensaba últimamente. Rebe seguía en la habitación sin saber, sin sospechar, que aquella noche había tardado demasiado tiempo en abrir la puerta. Sin saber que cada día me costaba más girar la llave y entrar en casa. Sin saber que en aquella casa cada día hacía más frío.

Yo seguía en el sofá sin saber si había alguien más en su vida, sin entender todos sus silencios. Sospeché de nuevo, temí que otra persona ocupara alguna parcela de su corazón. A partir de aquel día comencé a buscar indicios de engaño en cada uno de sus movimientos.

Allí me dormí, a la espera de un despertar también frío, cargado de reproches.

Miércoles 3 de abril de 2002

Amaneció frío, en un sofá frío.

Me dirigí a nuestra habitación: Rebe aún dormía.

Con las sábanas hasta el borde de la nariz, sólo le asomaban unos ojos cerrados, tranquilos. Aquella imagen me recordó los primeros días que dormimos juntos en aquel piso. Cuando me convertía en el dueño de su despertar al enganchar su nariz con mis dientes, manteniéndola así durante varios minutos. Ella gruñía y gruñía, pero cuanto más se esforzaba por escapar más daño se hacía con mis dientes. Después de jugar un rato, soltaba mi boca para engancharla a la suya y así pasábamos eternidades comiéndonos las lenguas, luchando bajo las sábanas, mirándonos a la cara y diciéndonos, sin palabras, que nos queríamos.

Eran otros despertares, otras maneras de amar en las que cada roce se convertía en caricia. El tiempo, también entonces, se nos echaba encima, pero conseguíamos esquivarlo de mil maneras: nos duchábamos juntos; mientras uno se peinaba —ella—, el otro preparaba el desayuno; mientras una se iba hacia la ducha, el otro le miraba el culo; mientras uno se iba por la puerta, la otra lo enganchaba de los labios. Días en que aún imaginábamos un futuro juntos.

Pero llegó un momento, indistinguible en el tiempo, en el que todo eso se acabó. No se truncó de repente, no existió un instante que, como la muerte, separa todo lo anterior; fue simplemente un descuido paulatino.

Me alejé sin intención de acercar mi boca a su nariz. Me duché, solo.

Cuando salí, Rebe ya se había despertado. Ya se había levantado. Ya no estaba allí. Ya estaba en la cocina. Ya estaba todo olvidado.

Ni un saludo, ni siquiera un reproche.

Me senté junto a su café con leche. Me rehusó dirigiendo su mirada al pequeño televisor que tenemos en la cocina. Otro más.

—¿Estás enfadada? —le pregunté.

No contestó. Insistí.

—¿Rebe?

No contestó. Insistí de nuevo.

—No, no pasa nada —me mintió mientras se tomaba su café de un solo trago, demasiado caliente… pero no lo dijo.

Se levantó y huyó hacia la habitación de Carlitos.

No había nada que hacer, me disfracé y partí.

La abandoné allí, junto a una tristeza que la acompañaba desde hacía semanas, meses… Una tristeza que un día se instaló en su cuerpo para quedarse. Nunca supe de dónde vino, tampoco si llegó sola o la traje conmigo.

Cuántos recuerdos…

El tren comienza a aminorar la marcha. Miro a través del cristal: estoy llegando al lugar donde debo continuar hacia adelante.

Bajo, junto al resto de pasajeros, al andén de una estación desconocida. Observo besos y abrazos de personas que se esperan, que se quieren. A mí no me espera nadie porque nadie sabe que he venido.

—Perdone, ¿la estación de autobuses? —le pregunto a una pareja mayor que se aferra a las manos de una joven.

—Sí, siga recto por el andén hasta aquella caseta. Allí pregunte y le indicarán los horarios.

—Muchas gracias.

Llego.

Consulto los horarios.

Compro un billete de ida. Y, como hacía Luisa cada noche, me siento a la espera del autobús.

No tarda demasiado. Subo.

Arranca y de nuevo estoy en marcha, sentado de nuevo, y mirando de nuevo hacia la ventana: el mediodía.

Vuelvo a pensar en aquella mañana de miércoles…

Las llaves en un bolsillo, la cartera en el otro; la camisa con todos sus botones abrochados, siempre empezando por abajo; la corbata aferrada al cuello; el reloj en la muñeca izquierda; el anillo en el anular derecho, todo correctamente situado.

Sólo hubo aquel día una nota discordante dentro del estribillo diario, la que se escondía, escrita en verde, en mi bolsillo.

Llegué nervioso, aquella mañana, al trabajo. Me senté en mi sitio sin otro horizonte que encontrar el momento adecuado para consultar en internet aquel nombre.

Una hora trabajando fue suficiente para fatigar la paciencia de un hombre que se quedaba sin ilusiones. Saqué la nota e introduje el nombre en Google: Jaume Calabuig. Pulsé buscar.

Ocho mil resultados, aproximadamente; pero no me hizo falta mirarlos todos. En quinto lugar aparecía su nombre junto al de la Clínica Gusterg, una de las más caras y, por tanto, prestigiosas de la ciudad. Y en la línea inferior un dato que me llamó la atención: oncólogo.

Cáncer: muerte. Dos palabras terriblemente unidas en nuestras conciencias, dos palabras a la espera de que el tiempo y el hombre sean capaces de romper los vínculos que las atan.

Comencé, como hice al día siguiente de mi unión frustrada con Rebe, a analizar a cada uno de mis compañeros, ¿quién sería, en aquel caso, el desgraciado? No pensé en una revisión, no pensé en una amistad, no. No pensé en otra opción, pensé en lo peor.

Preocupado, los observé. No fueron, y me avergüenzo de ello, los mismos ojos los que miraron a Sara que los que miraron, desde lejos, a don Rafael; no fueron los mismos ojos los que miraron a Javi y a Marta; no fueron iguales, fueron ligeramente distintos.

No tuve derecho a saber un secreto que no me concernía, y aun así, continué la búsqueda. Analicé, miré, dudé y sospeché de cada uno de ellos. El más mínimo gesto de dolor fue, a partir de aquel día, motivo de íntimas conjeturas.

Cáncer, fin.

Plan, comienzo.

Dos frases sin verbo, sin nexo, sin adjetivos.

Cinco minutos para salir; ellos, no yo.

Me dirigí al baño del fondo. Aproveché aquella distancia para revisar, suavemente, cada una de las mesas por las que pasaba. Ni rastro de mi boli, ni rastro de potenciales enfermos. Dejé atrás todos los puestos de trabajo para llegar a los despachos. Tres despachos ajenos, memorizados en intenciones, pero vírgenes en batidas.

El más cercano a mi cubículo, el de don Rafael: responsable de recursos humanos. El único que veíamos desde nuestros puestos de trabajo, el único que nos infundía, cuando dejaba el paso entreabierto, miedo; nunca respeto.

A su lado, pared con pared, más amable, más acogedor, el del responsable de marketing: Jorge. Un despacho en una planta que no le correspondía, pero que, por razones de espacio, estaba allí.

Y enfrente, justo al lado de los lavabos, el de José Antonio: el responsable del departamento de desarrollo de aplicaciones, mi superior directo. Uno, como otros tantos en la empresa, de los amigos de infancia. Pero él fue, en cierta forma, especial. Después de casi quince años parece que el pasado sólo es pasado, que desapareció como lo hace una flor en invierno. Nos perdimos, como perdimos a tantos otros. Aún a veces, en nuestros ojos, en el ascensor, a solas, intentamos ver lo que tuvimos, los dos, pero que no supimos mantener. Otra amistad, y hubo tantas, que se perdió en el pasado.

Tres despachos, tres posibilidades de tropezar con mi boli. Doña Luisa, ella era la llave.

La esperé, aunque siempre supe que nos esperábamos mutuamente.

Llegó a su hora, puntual, repetida, saludándome desde su lejanía. Esperé. Se puso la bata, cogió sus utensilios y entró, dejando la puerta abierta, al despacho de José Antonio. Me inquieté. Necesitaba una excusa para quedarme allí, junto a ella.

Me aproveché de la adicción de Luisa a los cafés, sobre todo a los que llevan conversación como edulcorante.

—¡Luisa! —me asomé por la puerta, sorprendiéndola quitando el polvo a las estanterías—. ¿Le apetece un cafecito?

—Sí, ahora mismo voy —me dijo girando la cabeza, sin dejar de mover el plumero.

—No se preocupe, no tenga prisa.

Corrí hacia la cafetera e introduje las monedas. Luisa seguía en el despacho silbando alguna canción. Decidí, con los dos cafés en la mano, entrar para acercarle el suyo, para acercarme también yo.

—Luisa, aquí tiene su cafecito.

—¡Pero hombre de Dios! ¿Por qué se ha molestado? Si ya estaba acabando aquí —me comentó mientras yo ya había elegido el sillón donde sentarme.

—No se preocupe, lo dejamos aquí en la mesa y mientras se enfría usted acaba.

Escudriñé con la mirada cada porción de un despacho desconocido, en busca de un verde demasiado joven —apenas lo había utilizado— mientras Luisa me hablaba. Me contaba algo relacionado con un tío suyo que un día le advirtió que acabaría fregando suelos...

Me levanté varias veces para simular ayudarla y así revisar, con más detalle, cada detalle. No encontré nada...

Me despedí dejando a Luisa hablando de temas que no recuerdo.

Aquel día llegué a casa más pronto.

Jueves 4 y viernes 5 de abril de 2002

Creo que no pasó nada extraordinario, de lo contrario, lo recordaría.

Yo seguiría buscando mi boli, intuyendo enfermos en cada silla, llegando a casa tarde, menguando mi relación con Rebe... Pero sí recuerdo, en cambio, el viaje al bochorno que comenzó el viernes por la noche, ¿cómo olvidarlo?

Aún cenábamos cuando sonó el teléfono: demasiado tarde para que fueran buenas noticias.

Rebe y yo nos miramos, ambos intuimos la desgracia en aquella llamada. Ninguno de los dos quiso levantarse para cogerlo, fue un duelo de apatía. Después de cinco tonos me levanté yo.

—¿Diga?

—Buenas noches, ¿me puedes...? ¿Me puedes pasar con Rebe? Es importante... —sonó al otro lado la voz nerviosa de su madre.

Supe que era importante por la hora de la llamada, por su tartamudeo y sobre todo por la forma en que le di el teléfono a Rebe.

—Es tu madre, es importante.

Rebe abrió los ojos más de lo habitual y se levantó de la silla.

—¿Dime? —se apretó el auricular.

Durante unos minutos se mantuvo a la escucha sin alterar una expresión seria. Sólo instantes antes de hablar ella, percibí una leve sonrisa, no de alegría, sino de venganza, de placer. Después de tanto tiempo soy capaz de reconocer cada gesto de una cara que, durante los años de besos, miradas y celos, me aprendí de memoria.

—Pues bueno, uno menos —contestó una Rebe enfurecida, dolida, pero sobre todo desafiante.

Bajé el volumen del televisor, me acerqué a ellas e intenté interpretar una conversación que no entendía.

—Y yo, ¿por qué tengo que ir, mamá? A mí me da igual, ya lo sabes, hace años que no le veo vivo, ¿para qué verlo ahora en un ataúd?

Conforme avanzaba la conversación, la rabia de sus palabras se fue diluyendo en una discusión que parecía decantarse hacia un lado. Las negaciones de Rebe perdían intensidad ante la insistencia de su madre.

—NO, NO, No, No, no, que no, n… —Y al final, simplemente, un gesto con la cabeza.

Rebe calló: su madre había ganado.

—Bueno… ya veré lo que hacemos… perder un día para eso… Además, está Carlitos, a ver con quién lo dejo. No sé, ya veremos, mañana te digo. —Y Rebe colgó sabiéndose vencida. Rebe, o no cede o cuando cede un poco, ya lo ha cedido todo.

Rebe volvió a la silla. Le di un poco más de volumen a la tele, a la espera de que fuera ella la que hablase. Cogió el tenedor y continuó cenando. Ante la perspectiva de una cena en silencio, fui yo quien, finalmente, hizo las preguntas.

—¿Qué ha pasado, Rebe?

—...

—¿Qué quería tu madre? ¿Por qué te has puesto tan borde con ella? —Y supe que me había equivocado de adjetivo.

—¡¿Borde?! —me gritó. Pero calló al instante.

Me miró con un suspiro, dejó el tenedor sobre la mesa e inició una tregua.

—¿Sabes quién, por fin, se ha muerto? —me preguntó sin esperarse a la respuesta—. El hijo de puta de mi tío Rogelio —explotó con restos de rabia en las encías.

—¿Rogelio? ¿El hermano de tu madre?

—Sí, el cabrón de Rogelio —contestó Rebe cogiendo el tenedor con la intención de clavarlo sobre la mesa.

Rogelio, el tío de Rebe por parte de madre, era una persona que se llevaba bien con la familia; era la familia —al completo— la que no quería saber nada de él, especialmente Rebe.

Yo sólo tuve ocasión de verlo una vez: hace unos tres años, ya viudo, en una Nochebuena en casa de los padres de Rebe. Trajo, aquel día, como presente, tres botellas de vino: dos se las acabó él mismo en apenas una hora.

Rogelio era un hombre normal hasta que bebía; después de unas copas se volvía violento. Y esa violencia marcó la vida de su mujer para siempre. Pero las palizas se iniciaron mucho antes, apenas comenzaron a vivir juntos. Él encontró, entre las paredes de su casa, el refugio donde dar rienda suelta a su ira sin ser descubierto. Ella, en cambio, se metió en una celda de la que no supo salir a tiempo. En los primeros años, la materialización de su violencia venía acompañada de inmediatas disculpas por su parte y de resignados indultos por la de ella. Con el paso de los días se acostumbró a tolerar pequeños empujones, insultos y golpes que aprendió a disimular con maquillaje permanente, cuello alto en verano y gafas de sol en invierno.

Pero aquella violencia fue en aumento, algo difícil de ocultar en un pequeño pueblo. Todos acabaron por conocer la situación y, sin embargo, todos optaron por parecer no conocerla.

Llegó el día en el que el maquillaje ya no sirvió de nada. Una noche fría de sábado, Rogelio entró en casa demasiado caliente y, en la intimidad del dormitorio, ella opuso demasiada resistencia. Entre gritos, amenazas y golpes, la hebilla de un cinturón, que actuó a modo de látigo, impactó contra uno de los ojos de Susana: un grito seco en plena noche, unas manos que se cubrían el ojo y un hilo de sangre que le resbalaba por la mejilla acabaron con la discusión. Aquella noche Susana salió corriendo de casa, pidiendo ayuda, gritando en la oscuridad. Acabó en la cama de un hospital, acabó aquella noche perdiendo la vista de un ojo.

Rogelio y Susana sólo tuvieron un hijo. Él aportó su semen y ella todo lo demás: las caricias, el amor, la educación y la venda para que no fuera consciente de lo que pasaba en su ausencia.

Rogelio trabajaba de sol a sol en la obra, pero el dinero casi nunca llegaba a casa. Se perdía en los bares de la zona, en las cartas, en las máquinas de luces llamativas, en las casas de luces llamativas...

Susana tuvo que buscar trabajos adicionales, trabajos en otras casas; trabajos que le duraban hasta que se ponía enferma, y se ponía tantas veces...

Susana, después de cinco días de hospital durante los que su hijo no se separó de ella y su marido no se atrevió a acercarse, se fue a vivir con él, con su hijo.

Pero ya fue tarde. Se la llevó viva por fuera y muerta por dentro, apenas duró tres semanas. Murió con cuarenta y ocho años. Susana murió en sus brazos, una noche fría de enero.

Cuando aquel día él entró en casa, la notó demasiado cansada, tumbada en el sofá sin ganas de levantarse. Se sentó con la cabeza en su regazo. Estuvieron durante horas recordando cada uno de los momentos en que fueron felices. No se escuchó aquella noche reproche alguno: él no se atrevió a recriminarle que no lo hubiese abandonado antes, ella no se atrevió a decirle que podría haber ido a rescatarla hace tiempo. Aferrados de la mano, mirándose con lágrimas en los ojos, estuvieron juntos toda la noche, queriéndose como sólo pueden quererse madre e hijo en la víspera de una despedida definitiva.

Durante la madrugada, cuando ambos dormían, Susana murió. Murió porque llevaba años muerta. Murió porque había recibido demasiadas palizas. Murió agotada, murió de tristeza, pero murió feliz. Murió tranquila, sin miedo a ser de nuevo golpeada, a ser de nuevo insultada, sin miedo a nada. Murió junto a su propia sangre. Murió junto a lo que más quiso en su vida.

Su hijo se quedó junto a ella en el sofá hasta que amaneció. Llorando sobre su frente, aferrado a unas manos acartonadas, besando cada punto de su cara.

Después del funeral, al que no asistió Rogelio —nadie se lo permitió—, el primo de Rebe desapareció. Nunca se ha vuelto a saber nada más de él. Dicen que se fue a Francia a vivir, a olvidarse de que tenía un padre.

Rogelio, en cambio, se quedó en la casa del pueblo, sobreviviendo con una mínima pensión y con lo que le daban en los bares. Rogelio se dedicó a molestar, a robar cuando podía, a engañar a quien podía. Rogelio pasó sus últimos años vagando borracho por las calles.

Y aquel viernes —el día de la llamada—, un coche había acabado con su vida. Rogelio deambulaba, con una botella de vino en la mano, por una carretera en las afueras del pueblo. Una curva, la más cercana al cementerio, fue el lugar del impacto. Brutal. Murió en el acto, ni siquiera le dio tiempo a sufrir, ni siquiera esa justicia hubo.

El funeral y posterior entierro eran al día siguiente por la tarde: sábado.

La familia de Rebe, todo lo contrario que ella, ha sido siempre de guardar las formas. Así que, aun a pesar de ser un asesino, había que enterrarlo como Dios manda. Rebe cedió y el sábado fuimos al pueblo.

Nunca imaginé que pasaría lo que pasó. Nunca había visto a Rebe así. Nunca.

El autobús ya ha llegado a su destino.

Bajo en una ciudad nueva: calles nuevas, personas nuevas, paisaje nuevo. Toda una vida a estrenar.

El frío me hace encoger mi cuerpo y apretar mis manos.

Me siento en un pequeño banco de madera y saco un plano de la mochila. Me quedan unas tres horas hasta mi próximo destino. Decido hacerlas andando.

Tres horas y llegaré afuera.

Tres horas en las que voy a intentar no pensar en el pasado.

Imposible, vuelvo a recordar...

Sábado 6 de abril de 2002

Rebe llamó al trabajo y les explicó la situación. Previo compromiso de recuperar las horas, le dieron el día libre.

Después de desayunar, cogimos todo lo necesario para llegar, estar e irnos. Tras dejar a Carlitos con mis padres, iniciamos el viaje por autopista. A las dos horas y media nos incorporamos a una carretera secundaria que llevaba directamente al pueblo, al pequeño pueblo donde todos se conocen, donde los forasteros son la única atracción del fin de semana. El tipo de pueblos donde un entierro se convierte en todo un acontecimiento.

Apenas eran las once de la mañana cuando llegamos. Aparcamos, alejados de una casa cuya puerta estaba inusualmente atestada de coches: recién lavados, brillantes, puestos a punto para presumir de vida ante el resto.

Estaba allí toda la familia de Rebe, al completo. Familiares que apenas conoces y que sólo ves cuando alguien nace, se casa o muere: gente de bodas y entierros.

Allí estaban las dos tías de Rebe; la abuela que, aún con vida, pero carente de entusiasmo, se sentaba junto al féretro sin saber muy bien de qué iba la cosa; la hermana de Rebe; su hermano pequeño; los sobrinos...

También estaban las beatas de la familia que, con lágrimas en los ojos, hacían la vez de plañideras. Unas lágrimas muy distintas a las que Susana dejaba escapar cuando su marido, cinturón en mano, le cruzaba la cara o le pegaba en la espalda hasta que caía al suelo.

Después de todos los convencionalismos, después de todos los «te acompaño en el sentimiento», después de las caras apenadas, después de la conmoción que se apoderaba de las viejas y de un luto que cada día es menos oscuro; después de todo aquello comenzó la incomodidad: llegó el momento en el que, como era costumbre en el pueblo, se decidía quiénes iban a llevar al muerto hasta la iglesia, a hombros.

Eché un vistazo y no me gustó el panorama: la media de edad de los hombres presentes —las mujeres se excluían por tradición masculina— rondaba los sesenta años. Menores de cincuenta apenas cuatro. En medio de aquel cuadro me temí lo peor.

—Perdone, joven —oí detrás de mí.

No quise girarme, simulé no haber oído nada.

Me olvidé, me escondí, me quise colar entre la gente, quise desaparecer porque sabía lo que significaba aquel «perdone, joven». Busqué a Rebe con la mirada a modo de salvavidas, pero se encontraba demasiado lejos. No podía llegar a ella sin que aquel «perdone, joven» volviera a abordarme.

—Perdone, joven, ¿podría ayudarnos? —«Perdone, joven» otra vez.

Comencé a sudar, no fui capaz de inventar una excusa válida. Me giré y supe al instante que acababa de cometer un error.

Qué extraño se me hace recordar aquellos momentos ahora que camino junto al arcén de una carretera que no conozco, hacia un lugar del que tengo referencias, pero que nunca he visto. Ando solo, con mi mochila a cuestas, hacia la soledad. Pude haber huido entonces como lo hago ahora, pero me giré.

Un hombre de unos cincuenta y tantos años, corpulento, con traje negro y pelo cano, me alistó. Le acompañaban otros dos, sólo faltaba uno: yo. Me giré y miré alrededor en busca de un sustituto. No fui capaz de encontrar a nadie, ni siquiera a Rebe.

Entre los tres me empujaron hasta el ataúd.

—Una, dos y... ¡tres! —Elevamos los cuatro, al unísono, a Rogelio.

Dejé de buscar a Rebe para comenzar a hacer todo lo contrario: esconderme. Esconderme bajo el ataúd, esconderme de las miradas, sobre todo de la suya. Salimos de la casa, recorrimos unos metros y cuando, ya en plena calle, nos dirigimos hacia la iglesia, la vi. Y me vio, y por su mirada supe que me había estado buscando. Noté en sus pies además de venir a parar los míos, a arrancarme del sitio, a dejar cojo el ataúd.

Su madre le agarró fuertemente del brazo y fue capaz de contenerla. Pero más tarde ya no podría, más tarde nadie hubiese podido contenerla... cada vez que recuerdo aquel momento...

Caminé aquel día como camino ahora: solo, con un peso muerto sobre mi espalda, con un caminar pausado y triste, arrastrando unos pies que no tienen ánimo para levantarse.

No pude aquella tarde separar los ojos del suelo, recorrí decenas de metros sin reconocerlos. Simplemente me dejé llevar. La iglesia parecía estar tan lejos... mi cabeza tan sola...

Supe que nos acercábamos por el susurro de la gente, por

los cuchicheos apagados. Todo el pueblo estaba allí, reunido frente a la iglesia: las alcahuetas, los abuelos de domingo, las *luteras* permanentemente enfundadas en piel negra, la familia cercana y la lejana, los niños corriendo, el ladrido de algún perro... y el cura. El otro protagonista, el centro —con permiso del muerto— de todas las miradas.

Entramos, y tras nosotros los familiares.

Silencio.

Entramos los cuatro —bueno, los cinco; bueno, los cuatro—, rodeados de gente puesta en pie, hasta las primeras filas de la iglesia para depositarlo sobre una mesa para ataúdes.

Busqué entre el silencio a Rebe. La localicé sentada en las últimas filas, mirándome desde lejos, directamente a los ojos. Fui hacia ella por el pasillo lateral. Me senté a su lado. No hubo reproches.

Silencio.

El cura se situó detrás del atril, levantó lentamente la cabeza, miró a los presentes y se dispuso a hablar.

—Una vez más, la muerte de un familiar, de un amigo, nos ha reunido para orar y darle el último adiós.

»La pérdida de un ser querido es un duro golpe en la vida... no quisiéramos tener que separarnos de él, por eso este adiós es triste y doloroso...

»Para nosotros, los creyentes, ante la muerte siempre existe una luz de esperanza y de consuelo. Y es porque creemos en un Dios que ha sufrido y ha muerto, pero sobre todo creemos en un Dios que ha resucitado, y que ahora vive junto a nosotros...

Continuó durante unos minutos hasta que con un «hermanos, poneos en pie» hizo que Rebe, los padres de Rebe, la pobre señora que ya no podía con su artrosis, los creyentes, los no creyentes, el anciano con el bastón y un servidor que tenía la espalda machacada por el peso del ataúd nos levantásemos para, instantes después, volver a sentarnos.

Continuó hablando.

—El señor no nos ofrece explicaciones sobre el porqué de la muerte, no sabemos casi nada, pero, en cambio, sí ha hecho mucho por nosotros. Él mismo quiso morir como morimos nosotros... Y esa es la mejor lección que nos podía dar para disipar nuestros temores ante la triste realidad de la muerte...

Continuó hablando y yo, como la mayoría de los allí presentes —a excepción de Rebe, y ese fue el problema—, me abstraje.

Me dediqué a analizar cabezas, cuerpos, rostros, a pensar en mis cosas y sólo de vez en cuando prestaba atención a su monólogo.

—La luz lo guiará por el camino de la esperanza... El cristiano es un peregrino que camina hacia una meta definitiva... El que quiera salvar su vida, la perderá; pero el que pierda su vida, por mí, la encontrará...

Después de unos interminables arriba, abajo, arriba, abajo que hacían resquebrajar aún más los huesos de los allí presentes; después de oír —que no escuchar— palabras y palabras repetidas por los tiempos de los tiempos; después de todo aquello, un refunfuño me despertó. Me incorporé y comencé a sentir la tormenta. Le cogí la mano y me la apartó, miré sus ojos y encontré fuego. Tuve miedo.

Y aun a pesar de todo, no la culpo. La culpa la tuvieron ellos: él y Él, ambos. Uno por creer saber lo que piensa un Él que no conoce, y Él por no estar nunca, por no decir nunca nada, por no visitar ni siquiera a los suyos. Ambos culpables y no Rebe. Fueron unos irresponsables, lo reconozco. Rebe se alteró demasiado, lo reconozco.

El párroco comenzó a aplicar generalidades cristianas sin razonar, sin fundamento, sin conocimiento alguno, sin haberse informado antes del tipo de persona que ocupaba aquel ataúd. Y finalmente, después de leer varias citas evangélicas, llegó la sucesión de frases que desencadenó el desastre.

—… murió y resucitó por nosotros, te pedimos señor… por Jesucristo Nuestro Señor. No temas, Rogelio, Cristo murió por ti y en su resurrección fuiste salvado. El Señor te protegió durante tu vida, por eso… Oremos… A ti, Padre, te encomendamos el alma de nuestro hermano Rogelio, con la firme esperanza de que… Te damos gracias por todos los dones con que lo enriqueciste a lo largo de su vida.

»Pero Dios no ha dicho la última palabra. O, por el contrario, podemos decir que su última palabra no es "Ha muerto", sino "¡Vive, vive para siempre!". La muerte sólo es un hasta luego. Él está esperando a nuestro hermano Rogelio con los brazos abiertos para continuar allí en el paraíso una vida feliz junto a sus familiares, esposa y amigos.

—¡No! ¡Junto a su esposa, no!

La iglesia quedó en el más intenso de los silencios. Todo calló. Callaron las sillas, callaron los trozos de madera con forma de santos, callaron los adornos de oro que engalanaban una iglesia que pedía limosnas a los pobres ancianos, callaron también las vidrieras de colores, todo calló para oír a una Rebe que, en pie, comenzó a escupir todo lo que llevaba dentro, sin apenas comas, sin apenas descansos.

—¡Ese hombre al que usted se refiere no era más que un cabrón que maltrataba a mi tía! ¡Mi tía muerta, enterrada con un solo ojo porque el otro se lo arrancó él con un cinturón!

»Ese hombre dedicó su vida a gastar el dinero en alcohol, tabaco y putas para después volver a casa y pegarle otra paliza más a mi tía. ¿Sabía usted eso, señor cura? ¿Sabía usted eso? —Paró y un eco recorrió toda la iglesia: "¿Sabía usted eso? ¿Sabía usted eso? ¿Sabía usted eso?…".

Durante unos segundos que se me antojaron minutos nadie dijo nada: los niños dejaron de llorar, los ancianos no se atrevieron a toser, incluso me pareció ver a Cristo bajar la cabeza avergonzado...

Todo el mundo dirigía sus ojos hacia nosotros, bueno, todos no, el cura miraba hacia el suelo sin saber dónde esconderse.

—¿A este hijo de puta es al que su dios va a recibir con los brazos abiertos? —le preguntó con la mano amenazante al cura—. ¡Pues dígale que a mi tía ni se acerque!

Y ahí acabó, se desahogó por completo.

Bajó la cabeza, me agarró la mano y huimos de allí.

«Ni se acerque», resonó su voz por toda la iglesia mientras salíamos.

Abandonamos uno de los silencios más oscuros de toda mi vida. Allí dejamos una iglesia repleta de gente estupefacta, un cura que no sabía qué decir y algo de lo que hablar en el pueblo.

Entramos en el coche y nos pusimos en marcha, de vuelta. Apenas salimos del pueblo Rebe explotó. Comenzó a llorar como pocas veces la había visto. Nerviosa, temblando como una niña, se aferró a su propia tristeza. De aquellos ojos tormenta brotaron miles de lágrimas: de victoria, de tristeza, de rabia y de desahogo, que a la vez la ahogaban.

Detuve el coche en un pequeño camino saliente, en las afueras.

Levantó la cabeza y, con los ojos envueltos en agua, me abrazó como pocas veces nos habíamos abrazado. Allí, entre mis brazos, volvió a ser la niña que hace muchos años conocí. Le acaricié el pelo, le besé el cuello, nos apretamos mutuamente; noté su cuerpo en mis manos, noté sus manos en mi cuerpo. Nos volvimos a querer como ya no nos queríamos.

La vuelta fue silenciosa.

Rebe se durmió —derrotada— a los pocos minutos.

Mi mano acarició la suya, también dormida. Noté su latir en mi pecho y su dolor en mis ojos. Y a pesar de estar tan cerca, me sentí muy lejos.

¿Cuánto tardaría en perderla?

De vuelta a casa lo vi todo tan fácil... Fue uno de esos momentos optimistas en los que todo parece plausible, sencillo. Irnos y dejarlo todo, empezar de cero y no poner parches a una vida que no funciona. Ya habíamos superado otras crisis. Pero ¿qué hacer cuando la indiferencia es permanente, cuando no hay motivos para estar tan distanciados?

—Te quiero —le dije mientras conducía.

Conecté la radio y durante dos horas no tuve a nadie con quien hablar.

Vi sirenas a lo lejos: decenas de intermitentes advertían de una retención.

Dos coches, que parecían uno, se habían empotrado. Pasé lentamente, observando, sintiendo esa curiosidad morbosa, sintiendo ese alivio de no haber sido yo.

Me acordé de Sara, de todo lo que perdió en la carretera. Volví a pensar de nuevo en mi plan. Un plan difícil, valiente. Imaginar otra vida, lejos. Una vida donde poder ver la luna desde la cama, donde poder saludar al sol por las mañanas, donde poder ocultarme de la lluvia bajo un árbol.

Rebe se había despertado como se despiertan los niños cuando reduces la velocidad.

Miró de reojo el accidente.

¿Era el momento de contarle el plan?

—Rebe... —le dije lentamente, sin apartar la vista de la carretera.

—Sí... —contestó sin fuerzas.

—¿Te gustaría cambiar de vida?

—No te entiendo —me susurró girando su cabeza hacia mí.

—Me refiero a si… si te gusta la vida que llevamos… si te gusta este matrimonio en el que apenas nos vemos… si te gusta vivir conmigo… —Y al final se lo pregunté—: ¿Eres feliz?

Rebe calló, y de pronto cayó.

Bajó la cabeza. Miró hacia sus piernas mientras una mano apretaba la otra. Lloró de nuevo. Tembló de nuevo.

—Te quiero, pero… —me dijo, y miró a través de la ventanilla.

Un «te quiero» real, pero con miedo.

Un «pero» también real que lo paró todo.

No hablamos más durante el viaje. No me atreví a decirle que tenía un plan, no me atreví a decirle nada porque aquel «pero» podría echarlo todo atrás.

Nos costó cincuenta minutos entrar en la ciudad. Cincuenta minutos que podríamos haber aprovechado para pasear por nuestra nueva casa, para jugar con Carlitos en la montaña, para recorrer los senderos, para hablar con los vecinos, para sentarnos en un banco y ver las estrellas del cielo. Cincuenta minutos para besarnos, para ver cómo se escondía el sol entre las montañas, para ver cómo Carlitos crecía junto a nosotros.

Llegamos tarde aquel día, y después todos los restantes.

Al día siguiente, el domingo pasó como pasaba siempre un domingo.

Lunes 8 de abril de 2002

Aquella tarde entramos —Luisa y yo— en el despacho de don Rafael.

Como en cada una de mis invitaciones a café, mientras ella limpiaba, yo investigaba. Analicé, a grandes rasgos, la estancia: amplia, ordenada, con varios cuadros en las paredes, con una mesa en la que no había fotos de la familia, con un cubilete metálico repleto de plumas y bolígrafos plateados. No encontré nada destacable hasta que miré la pequeña papelera que había bajo la gran mesa. Un objeto me llamó la atención: un vaso de plástico blanco, de los que están junto al dispensador de agua, un vaso que intuí fuera de lugar. Lo cogí para descubrir restos de carmín morado en el borde. Extraño.

Era lunes, y eso fue lo más importante; más importante incluso que el propio vaso. Fue importante también que aquel lunes don Rafael no hubiese aparecido por allí, que en todo el día nadie hubiese entrado en el despacho.

—Luisa, ¿usted vacía las papeleras de los despachos todos los días, verdad? —le pregunté.

—Sí, claro, las papeleras todos los días —me contestó un tanto extrañada—. ¿Por qué me lo pregunta?

—No, nada, simple curiosidad; gracias.

Alguien había estado allí durante el fin de semana, una mujer.
Una mujer. Pero no su esposa, decidí.
 Una mujer. Pero no familia, decidí.
 Una mujer. ¿Marta? Marta, decidí.
 Me acostumbré a decidir yo solo tantas cosas que, cuando
sucedió todo, no pude culpar a nadie. Sólo supe esconderme, huir.

Mantuve el vaso en la mano durante un buen rato, demasiado.
Pude no haberlo cogido nunca, no haberlo mirado; pude no
haber entrado aquel lunes en aquel despacho. De no haber hecho todo aquello, no estaría ahora andando por una carretera
que no conozco hacia un lugar del que sólo he oído hablar.
 Pude haberme ido, pero me quedé allí, sentado en su sillón,
imaginándome a un don Rafael entrando un sábado por la tarde
con la complicidad del portero, al que nunca le viene mal una
pequeña propina. Me lo imaginé junto a una Marta atractiva
—la antítesis de su esposa—, en aquel mismo sofá de cuero negro, dedicándose a follar mientras su mujer seguía esperando en
casa.
 En apenas unos minutos conseguí cimentar una perfecta
trama en mi cabeza a partir de un vaso con carmín morado.
 Miré de nuevo el vaso y miré de nuevo a doña Luisa. Podría
haber sido ella misma la que hubiera cogido el vaso, tan fácil.
Pero no, doña Luisa ya no usaba violetas en su vida, sólo rojos
antiguos.
 Un boli que seguía perdido, un enfermo que no quería ser
descubierto, el plan y una mancha morada en un vaso de plástico. Fueron, sin lugar a dudas, los días más excitantes de mi vida.

—¿Ese vaso es suyo o lo tiro? —me despertó.

—No, no, tírelo, tírelo. —Lo aplastó con sus rechonchas manos y lo lanzó dentro de la bolsa de basura.

Nos fuimos de allí, ambos perdidos en el desconocimiento. Doña Luisa, ignorando las razones por las que yo la acompañaba cada tarde. Yo, ignorando que sobre la puerta del despacho había un piloto rojo que parpadeaba. Imbécil.

Martes 9 de abril, 2002

Martes, otro más.

La mañana pasó como pasaban todas las mañanas: esperando la hora de la comida.

Rafa vino aquella tarde, y fue extraño, porque no solía hacerlo a menudo. Rafa vino a echar una bronca, pero no una más. Fue una bronca de las que no se olvidan. También, como siempre, dejó la puerta abierta; dejando que la vergüenza doliera más al acusado.

—¡La última vez! ¿Me oye, señor Gómez? No habrá más oportunidades. ¡La última vez! —se oía claramente desde fuera—. ¡Estoy hasta los mismísimos de que se pase por el forro todo lo que le digo! La última vez, se lo advierto. —Y acompañó aquel «se lo advierto» con un sonoro golpe en su mesa—. ¿Qué ejemplo da usted a sus compañeros? Ellos vienen todos los días puntuales.

Javi apenas contestó porque no se le oyó.

—La última vez, se lo juro.

Y después de unos cuantos gritos más, acabó aquel monólogo.

Javi salió acongojado, sin nervio. Suave, se volvió a sentar en su silla, a mi lado. Javi quiso luchar de tú a tú y no pudo.

Un joven con una hipoteca recién estrenada que sin su trabajo tendría pocas posibilidades de salir adelante. Un joven arriesgado que se lo jugaba todo cada día por unos cuantos minutos. Una persona con muchas virtudes y un gran defecto.

Aquella tarde esperé ansioso a las siete y media para comenzar a investigar los cajones de mi propia zona. Quizá para buscar el boli, quizá para no volver a casa tan pronto.

Se fueron todos y nos quedamos allí los de siempre: Luisa y yo.

Llegó, me saludó y se fue directamente a limpiar la zona de contabilidad. Yo empecé por Estrella. Busqué, por encima de una mesa limpia y reluciente, mi boli, sin resultado. Debí haber seguido con la siguiente mesa, pero decidí dar un paso más y mirar en los cajones. Pensé, en un principio, que estarían cerrados. Pero no, los tres abiertos: un tesoro.

Me sorprendió el desorden interior de aquel primer cajón. El registro me iba a llevar un tiempo. Miré hacia la puerta y Luisa seguía a lo suyo. Lo abrí completamente y aquello parecía no tener fondo: varios paquetes de pañuelos de papel; un boli, dos bolis, tres bolis, todos nuevos, sin usar, todos negros, alguno de gel, alguno podría haber sido mío, seguro; un pequeño neceser, una caja de plástico de maquillaje; varias entradas de cine y un cúmulo de papeles que se acurrucaban en el fondo del cajón.

Lo cerré para abrir el siguiente: tarjetas de peluquerías, tiendas de ropa y restaurantes; unas gafas de sol, varios tiques, una virgen de metal y varias estampitas de santos; un lápiz sin punta y otro montón de papeles entre los que encontré varias nóminas.

No pude dejar pasar la oportunidad. Dudé, pero no demasiado. Cogí una y la miré.

Estrella Gálvez García, nacida el 12 de marzo de 1956 en Madrid. Me sorprendió aquel dato: Madrid. Pero más me sorprendió cuando descubrí el montante de su nómina: 3.546 euros, netos.

La sorpresa inicial se convirtió en indignación: 3.546 euros por no estar más de dos horas sentada en su sitio, haciendo nada. Inspiré profundamente, intenté calmarme y volví a analizar, detenidamente, aquella nómina. Intenté descubrir el origen de aquella injusticia.

Leí de nuevo: Gálvez, Gálvez, Gálvez... ¿dónde había oído yo aquel apellido?

Volví momentáneamente a mi puesto para acceder a internet. Entré en la página web de mi propia empresa y encontré lo que ya sospechaba. Busqué la delegación de Madrid, busqué en el organigrama y encontré la respuesta entre los gerentes: Ramón Ruiz Gálvez. Podría ser una casualidad, pero mi intuición me lo negaba. Todo comenzaba a encajar.

Volví de nuevo al cajón que me dejé abierto para seguir escarbando en su vida. Junto a la nómina encontré decenas de autorizaciones médicas, casi todas de la misma persona. No entendí la necesidad, seguramente para posibles justificaciones ante alguien. También encontré, entre otras cosas, diplomas de cursos que jamás había hecho y viajes al extranjero. Todo una patraña, todo una miserable mentira. Sentí, con aquellos papeles entre mis manos, unas ganas irrefrenables de gritarlo todo. De contarles a mis compañeros que mientras nosotros nos partíamos la espalda allí durante casi diez horas, ella ganaba más de tres mil euros por ser familia de un pez gordo.

Llegué aquel día a casa excitado, contrariado. No me importó el beso que Rebe no me dio, ni que Carlitos ya estuviera acostado, ni que apenas hablásemos; no me importó prácticamente nada. Me olvidé aquella noche de mi plan abandonado.

Me acosté sin apenas intercambiar palabras, sin ni siquiera sospechar que aquel día empezaba nuestra despedida. No lo supe entonces, no supe que el beso que aquella noche no nos dimos iba a ser de los últimos.

A partir de aquel martes, todo se precipitó. Todo pasó tan rápido...

Miércoles 10 y jueves 11 de abril de 2002

Vinieron tan juntos que casi no pude distinguirlos, los vi pasear de la mano, sin intermedios ni espacios. Aquellos últimos días se arrastraron tan rápido que aún ahora confundo momentos.

Javi llegó puntual, los dos días.

Rafa encontró la grapa. Le pidió disculpas a Sara. Fue una reunión mucho más amable que la primera, una reunión donde no hubo gritos, ni broncas, ni golpes sobre la mesa; hubo, en cambio, risas, palabras amables y disculpas por parte de don Rafael.

Sara salió contenta del despacho de Rafa, salió aliviada. —Me ha dicho que investigará lo que ha pasado —me dijo—, que tiene pruebas de quién ha podido ser. No es tan malo como lo pintan, la verdad es que hoy ha estado de lo más amable conmigo.

—Estupendo —contesté, mientras temblaba por dentro.

Viernes 12 de abril de 2002

Adicto, drogado, me hundí en el opio de mi propia curiosidad. Escondido en mi cubículo pensé en Rebe, en mi boli verde, en el plan a medio hacer, en el pósit con grapa que arranqué, en tantas cosas...

Mientras deambulaba, divagaba, vagaba también, inocente, no pensé en que al final me tenían que descubrir. La señora Luisa, Sara, Javi, Estrella, el vigilante... cualquiera podría haberlo hecho.

Llegó el día. Fue apenas dos horas antes de acabar la jornada. Don Rafael entró por la puerta. Tan tarde, extraño. Un viernes, extrañísimo.

Sonó mi teléfono.

—¿Sí? —contesté.

—Me ha dicho don Rafael que pases a su despacho —me dijo la voz de una Marta seria.

Mis piernas, mis manos, hasta mis pensamientos, temblaron. Pasaron por mi cabeza todos los cajones abiertos, los papeles levantados, todos los objetos ajenos.

—Ahora mismo voy.

Colgué, lentamente.

Me quedé inmóvil, mirando la pantalla sin ver nada. Con las manos en el teclado sin escribir nada. Con los ojos bajados, con el miedo subido. Intenté templarme, intenté esperar el tiempo justo para reposar y no ser descortés. El tiempo justo. Pero se me hacía tarde.

Me levanté ayudándome con las manos. Noté el sudor resbalando por mi barriga, por mis axilas, incluso por mis ingles. Miré a Sara y mi cara debió sacrificarme. Me miró con miedo.

No dijo una palabra. No dije una palabra. Recordé las llamadas a Javi, recordé las llamadas a Sara. Nos miramos y me fui.

Llamé a una puerta abierta. Dos golpes secos, con los nudillos. Me asomé lentamente.

Me indicó con la mano, mientras hablaba por el móvil recostado en su sillón de cuero, que pasase. Pasé y cerré la puerta.

Me indicó, mientras reía con su interlocutor, también con la mano, que me sentase. Me senté en silencio.

Pasaron unos minutos y colgó.

Nos miramos a los ojos y creo que fue la primera vez que me fijé en sus rasgos. Lo había visto miles de veces, pero creo que hasta aquel momento nunca lo había mirado. Vi, allí sentado, a un hombre cuyo único mérito era haber pegado un buen braguetazo. Vi, allí, a un don nadie con dinero. Un hombre recostado sobre un sillón que le venía grande, un sillón que podría haber sido —¿por qué no?— mío.

Nos llegamos a incomodar con aquella mirada hasta el punto de desafiarnos. Finalmente, a la vez, nos apartamos. Colocó unos papeles, abrió un cajón y comenzó.

No dio rodeos y atacó como sólo ataca quien está acostumbrado a ganar.

—Me han dicho que últimamente te quedas hasta muy tarde a trabajar —empezó con un tono que simulaba preocupación—. ¿Tienes algún problema?

Por un momento, estuve a punto de caer en la trampa, pero finalmente no quise pensar ni en Luisa, ni en Marta, ni en José Antonio, ni en Estrella. No; estuve a punto, pero no.

—No, no, no —tartajeé—, no me pasa nada, es que últimamente se me ha quedado trabajo por hacer y voy un poco retrasado —mentí como pude ante una pregunta que me pilló por sorpresa.

—Si te pasa algo, ya sabes que puedes contármelo, que para eso estoy, para intentar solucionar cualquier problema —seguía insistiendo, calculando hasta dónde podía llegar.

—No, de verdad, simplemente es eso. —Mis axilas comenzaban a chorrear y un ligero picor en el cuero cabelludo se apoderó de mí. Me rasqué dos veces y él lo notó. Sonrió.

Se creció, quiso seguir tensando la cuerda: lo necesario para él, lo suficiente para mí. Y lo hizo. Abrió su cajón y rebuscó. Temblé sin conocer aún la sorpresa.

—Vaya, la señora de la limpieza siempre se deja sus cosas por aquí —me sonrió mientras sacaba un vaso de plástico blanco, nuevo, sin carmín, del cajón.

Lo cogió entre sus manos, jugueteó con él unos segundos para dejarlo, boca abajo sobre la mesa, a medio metro de mí. Me miró y nos miramos.

Volvió a meter la mano en el cajón y sacó un paquete de cigarrillos.

—¿Quieres uno? —me dijo con la autoridad que le permitía fumar en un despacho en el que no se podía.

—No, no fumo.

Nada más, no quise entrar en aquel juego.

Le dio dos o tres caladas lanzando el humo hacia el aire, recostándose en el sillón.

—Espero que esto quede entre nosotros —me guiñó un ojo. Y supe que no se refería al tabaco.

—Sí, no se preocupe —le contesté.

—Verás... —continuó mientras volvía a dar otra calada más, pausada—, hay placeres que no pueden prohibirse. Nadie tiene por qué enterarse... Además, no es bueno adentrarse en lugares ajenos... porque uno nunca sabe lo que se puede encontrar... ¿me entiendes?

—Sí, no se preocupe.

—Perfecto, entonces no tenemos nada más que decirnos, ¿verdad? —Le dio la última calada al cigarrillo. Lo apagó dentro del vaso de plástico.

—No.

—Perfecto, perfecto. ¡Ah! Recuerde que no me gusta que nuestros trabajadores se queden tanto tiempo por aquí. Todos tenemos familia, vida social... —Aplastó el vaso y lo tiró a la papelera.

—No se preocupe, intentaré quedarme lo menos posible. —Tres, dos, uno, KO, pensó él, pero en realidad yo ya estaba fuera del cuadrilátero; había conseguido esquivar el combate, estaba intacto.

Lunes 15 de abril de 2002

Durante el fin de semana Rebe y yo apenas nos habíamos mirado, apenas nos habíamos encontrado. Fuimos independientes dentro de un lugar que cada vez era más casa y menos hogar.

Las seis de la tarde de un lunes clonado. No tenía ganas de trabajar; en realidad, no tenía ganas de nada. Así que me dediqué a mi pasatiempo favorito desde niño: a jugar con los números. Cogí un folio, limpio, blanco.

Cogí un boli, negro porque el verde aún no lo había encontrado, y me puse a hurgar en el esqueleto de mi vida. Apunté:

Dormir: desde las doce hasta las siete: 420 minutos.
Despertar, desayunar, vestir, duchar, llevar a Carlitos, llegar al trabajo: desde las siete hasta las ocho y media: 90 minutos.
Trabajar hasta comer: desde las ocho y media hasta la una y media: 300 minutos.
Comida: desde la una y media hasta las tres: 90 minutos.
Trabajar hasta partir: de tres a siete y media: 270 minutos.

Regreso: desde las siete y media hasta las ocho y media: 60 minutos.

Casa: bañar, dar de cenar, acostar, cenar, recoger, café: de ocho y media a once: 150 minutos.

El resto: desde las once hasta las doce: 60 minutos.

El resto, eso fue lo que me quedó. El resto, para hablar de vez en cuando, para tumbarnos en el sofá, para poner lavadoras, lavavajillas, secadoras. El resto, para ver la tele. El resto, eso es lo que tenía cada día, el resto, el residuo de una vida.

El resto: una hora. Una hora arrinconada en la noche, sin opciones, sin uso. Una hora inútil para pasear, para ir al cine o para hacer algo de deporte.

Aquel *resto* fue la justificación de un plan que se demoraba.

El plan: correr juntos por la montaña, bañarnos en un río, mojarnos en el interior de una tormenta; dibujar casas en el aire y nubes en la tierra; vender la vida usada, comprar la esperanza soñada; utilizar la boca para más cosas; envejecer a propósito y no de casualidad como hasta ahora; cenar en un restaurante donde el camarero sepa nuestros nombres, donde la gente nos pregunte por Carlitos cuando esté enfermo, donde poder invitar a alguien a casa a merendar; recorrer lugares distintos a la oficina, distintos a un piso que conocíamos de memoria.

Tiré el folio.

Miré alrededor y volví a pensar en el oncólogo, y no distinguí a nadie especialmente enfermo.

Esperé aburrido.

19.30 h.

Martes 16 de abril de 2002

Cometí el error que ya tardaba en cometer.

Luisa entró en el despacho de don Rafael y yo también. Me olvidé de la conversación del viernes.

Ella no tenía por costumbre abrir los cajones, yo sí. Pero aquello fue casual, fue sin querer; ocurrió, en realidad, de forma fortuita.

Mientras ella limpiaba, yo me senté en el sillón de Rafa y aproveché para abrir el primer cajón de una mesa que no era mía. Vi una pequeña caja de madera. La saqué y la cogí entre mis manos. Aquel tesoro me hizo olvidar que no estaba solo…

—¿Me permite un momento? —me asustó Luisa.

Y ese susto consiguió aflorar mi torpeza. Una torpeza que me hizo aflojar las manos. Un aflojar de manos que permitió que la caja de madera, aún cerrada, cayese al suelo.

Se abrió. Por fortuna, no llegó a romperse. Ambos nos miramos, ambos nos asustamos.

Una vez desparramado su contenido en el suelo, me agaché para recogerlo todo: papeles, unas tijeras, unos cigarrillos, un boli y un paquete de condones, abierto y casi vacío. Luisa lo vio y se sonrojó.

Ella no sospechó nada; yo sí.

Una esposa rubia, embarazada desde hacía varios meses y un paquete de condones con algún que otro pelo, largo y moreno.

Busqué con la mirada una cámara, sospeché que era la única forma de que hubiese averiguado lo del vaso. Finalmente, la encontré sobre el marco de la puerta: un piloto rojo parpadeaba. La miré y sonreí: supe que nos estábamos mirando.

Miércoles 17 de abril de 2002

No pasó nada, y fue extraño, porque lo esperaba.

Busqué un boli ya casi olvidado, busqué un enfermo disimulado.

Jueves 18 de abril de 2002

No pasó nada, y fue extraño.

Bajé la guardia.

Comencé a estudiar las posibilidades: quizá la cámara no estaba conectada aquel día, quizá no había visto aún la grabación, quizá se había acabado la cinta, quizá...

Viernes 19 de abril de 2002

Diez de la mañana. Sonó mi teléfono.

Podría haber sido cualquiera: un cliente, un compañero..., pero supe al instante que era la llamada que se había estado demorando demasiado tiempo.

Descolgué sin prisa, sin miedo, sin nervios, porque, al contrario que la primera vez, quería jugar.

—Don Rafael dice que vayas a su despacho. —Y colgó.

Permanecí con el auricular en la oreja, imaginándome a una Marta sentada sobre un sofá negro de cuero, abierta de piernas. Me la imaginé así, con una nómina tan abultada como el pantalón de Rafa en aquellos momentos.

¿Estaría ella al tanto de mis investigaciones? ¿Le habría dicho algo Rafa? ¿Sabría que estaba siendo grabada? ¿Quién tenía esas cintas? ¿Lo veía todo el vigilante?

Llamé a la puerta y entré. Don Rafael hablaba por teléfono. Me senté.

Vi la mueca de desaprobación en su cara, noté —al contrario que la anterior vez— las ganas de deshacerse de su interlocutor.

Colgó y me vio ya sentado, sin invitación.

Aquella fue una partida sin peones, cara a cara.

—¿Qué es lo que hace usted exactamente aquí después de las siete y media? —me preguntó a bocajarro.

Pero en aquella pregunta fui capaz de encontrar una debilidad que se le escapó, un matiz que debía aprovechar: usted.

—No entiendo a qué se refiere —contesté, también de usted.

Y se hizo, durante unos segundos, el silencio.

—No lo repetiré más veces. ¿Qué es lo que hace usted después de las siete y media?

—Ya se lo dije la semana pasada. Acabar trabajo acumulado.

—¿Y cómo es posible que se le quede tanto trabajo acumulado? —Respiró, se relajó y eso me asustó—. ¿No rinde lo suficiente durante el día? —Respiró de nuevo y añadió—: Porque si es así, igual tendríamos que revisar su sueldo.

Descubrí su estrategia: el dinero. Ni me inmuté.

—Nunca he tenido ningún problema con nadie. Siempre he realizado mi trabajo correctamente, no entiendo a qué viene todo esto.

—Sólo le digo que he estado repasando su nómina y cobra un porcentaje por productividad. Y eso de la productividad es tan relativo, tan subjetivo… igual resulta que ahora ya no es usted tan productivo.

—Si cree que es así, haga lo que quiera, pediré una reunión con el… —estuve a punto de decir con el padre de su esposa— con el gerente y hablaremos… —Le ataqué como jamás se hubiera esperado.

Y es que aquel *hablaremos* implicaba poder hablar de tantas cosas. De cosas del trabajo, de cosas que sucedían en los despachos… Pude notar el miedo en su cara. Me crecí tanto en aquel momento…

Se puso nervioso y vi cómo sus ojos parpadeaban demasiado. Abrió su cajón y se puso a buscar…

—¿No irá a encenderse un cigarro ahora, verdad? —le pregunté, sorprendiéndolo con el mechero en una mano y el cigarro entre los dedos.

Se quedó quieto, en silencio, a la espera de mis siguientes palabras.

—Se lo comento porque me molesta muchísimo el humo y tendrá que hablar con los sindicatos y explicarles la situación, pues con las leyes actuales... —Y en aquel momento pude ver el auténtico odio en los ojos de un ser humano.

Guardó los cigarros en el cajón y el mechero en el bolsillo, pero el odio no supo dónde esconderlo. Por eso atacó, y atacó por donde nunca pensé que atacaría.

—¿Sabe su esposa a qué se dedica usted por las tardes? ¿Sabe que se queda hablando con la mujer de la limpieza, investigando vidas ajenas? ¿Sabe ella que usted y Sara, la morenita, están demasiado tiempo juntos, demasiadas tardes juntos? —Me descolocó.

Era un farol, lo supe. Era la última salida que le quedaba: mentir. Seguí atacando.

—Claro que lo sabe, pero lo importante es... ¿cómo lo sabe usted? Yo nunca le he visto por aquí, ninguna tarde, ¿cómo sabe todo eso? —le contesté, esperando que se descubriera, que los nervios le hicieran confesar que había cámaras —ilegales— que nos vigilaban, que grababan en su propio despacho, pero no lo hizo.

—Bueno, tengo mis fuentes, hay gente que se queda... la señora de la limpieza, por ejemplo.

Pero ahí volvió a fallar: la señora de la limpieza, ni siquiera sabía su nombre. Si me hubiese dicho: «Luisa, la señora de la limpieza», entonces le habría creído, pero no, ni siquiera sabía su nombre. No había hablado con ella.

—Además —prosiguió el ataque—, mucha gente dice que entre Sara y usted hay algo más que amistad, son rumores que circulan...

¿Sara? ¿Sara y yo? ¿A qué venía aquello? Aprendí que la mentira es la última oportunidad de un desesperado. Bien es cierto que, en las épocas de mucho trabajo, Sara y yo solíamos quedarnos a solas por la tarde, después de las siete y media, para acabar algunos proyectos, pero nada más.

—Le agradezco su preocupación por mi familia, pero no es necesario que continúe porque yo soy sincero con mi mujer. ¿Y usted? —fue la estocada.

Ahí se paralizó la partida, y ninguno de los dos quiso seguir atacando. Los dos tocados pero aún vivos.

Silencio.

Pero cuando pensé que aquello acabaría en tablas, me sorprendió con una última jugada. Tuve que abandonar la partida.

—¡Ah! Hablando de otra cosa. Javi está llegando tarde otra vez, si usted no es capaz de arreglarlo, lo haré yo.

Paramos porque ambos teníamos mucho que perder y poco que ganar.

Pero fui consciente de que a partir de aquel viernes todo iba a ser distinto. Supe que sería o él o yo.

Al final fuimos los dos, pero hubo demasiados efectos colaterales.

Demasiados.

Sábado 20 y domingo 21 de abril de 2002

El fin de semana pasó como pasaba cualquier fin de semana.

Rebe y yo apenas nos dirigimos la palabra.

No supe hablarle del plan.

Nuestra relación se había deteriorado tanto que ni siquiera tuvimos ganas de comentarlo.

Y mientras ella se quedaba en casa, yo me iba al parque.

Y mientras ella se iba a comprar, yo me quedaba en casa.

Y mientras yo cenaba, ella jugaba con Carlitos en otra habitación.

Y mientras ella cenaba, yo ya dormía.

Aun así, aproveché el sábado para llenar el trastero con más objetos de un plan que, de momento, era sólo mío.

Lunes 22 de abril de 2002

La tregua apenas duró el fin de semana.

Aquella tarde ninguno se quiso enfrentar, así que la partida continuó en otro lugar. No fue directamente a por mí.

Aquella tarde me quedé un poco más acabando algo de trabajo. Saludé a Luisa, pero no entablé la ya cotidiana conversación.

Salí solo, a eso de las ocho y media. En la calle me fijé en un coche parado a unos metros. Me fijé porque dentro, en el asiento del conductor, distinguí una cara que miraba hacia mí: José Antonio.

Había cambiado de táctica. Pensé, en un primer momento, en huir, pero, al darme cuenta de que no tenía mucho que perder, cambié de opinión. Me acerqué a él.

Crucé la calle y descubrí, en el movimiento de su cabeza, la sorpresa. Quiso esconderse y no pudo. Quiso evitarme, pero yo ya estaba allí. Me abrió la ventanilla.

—Hola, José Antonio —le dije con la mejor de mis sonrisas.

—Hola —me dijo tímidamente, acongojado.

—¿Qué haces por aquí? —le pregunté.

—Na... nada... es que... estoy esperando a un amigo —

Sólo pudo inventarse, en apenas un segundo, aquella respuesta—. ¿Y tú? —Pasó rápidamente a la defensiva.

—Estropearle la noche a alguien, ¿verdad? —No se me ocurrió otra cosa.

Nos quedamos en silencio. Sé que me entendió.

—Bueno, yo me voy a casa y creo que si tu amigo no viene deberías hacer lo mismo. —Disfruté.

—Sí, claro… buenas noches —me contestó.

Me alejé, en dirección al aparcamiento, sin girar la cabeza. Llegué a la esquina y, ya fuera de su alcance, esperé. Aproveché un espejo convexo para continuar observándole. No tardó ni dos minutos en arrancar. Evidentemente estaba espiándome, evidentemente se lo habían ordenado.

Llegué a casa tarde. Tan tarde que Rebe y yo ya no hablamos. Había que ejecutar el plan rápido, antes de que nuestra relación, ya agonizante, muriera.

Martes 23 de abril de 2002

No tuve noticias de Rafa.

Se hicieron las siete y media y en apenas unos minutos se fueron todos.

Debería haberme ido a casa yo también, a comentarle a Rebe mi plan, pero tenía miedo. Fui tan cobarde que preferí quedarme y volver tarde, lo suficiente para encontrarla durmiendo. Quizá allí, en la intimidad de la cama, encontrase el valor para explicarle que quería cambiar nuestra vida.

Me quedé un rato más en la oficina.

Y un poco más.

Llegó doña Luisa y nos saludamos.

Se fue a limpiar.

Me quedé solo.

Me volvió a cizañar la curiosidad: ¿cómo podía cobrar tanto Estrella?

Me acerqué de nuevo a su mesa, me faltaba el tercer cajón. Y así, mientras doña Luisa seguía a lo suyo, yo seguía a lo mío: introducirme en intimidades. Abrí el tercer cajón y saqué de allí varias revistas de moda, catálogos, más resguardos de tiendas, varios pintalabios, un pequeño espejo… Me disponía a registrar el fondo, con la esperanza de encontrar algún tesoro más, cuando una mano se posó en mi hombro.

Una mano ligera, no muy grande; una mano que no apretaba, simplemente se apoyaba. Supe al instante que no era la de don Rafael, eso me alivió. Me giré y vi la cara de Sara. Mi corazón volvió a su sitio.

—¿Qué haces husmeando en la mesa de Estrella? —me preguntó sorprendida.

—Nada, nada, sólo es que… —inventaba mientras hablaba—, es que pensé que ella podría tener mi boli… el verde, ¿recuerdas?

—¿Ella? —me miró extrañada Sara.

No supe qué más decir, así que mi única salida fue cambiar de conversación, le pregunté yo.

—Y tú, ¿qué haces aquí a estas horas?

—Me he dejado las llaves del coche en el cajón, espero. Me he dado cuenta cuando he llegado al garaje.

—¡Ah! —contesté.

Permanecimos callados durante unos minutos.

Ella se fue hacia su mesa a buscar las llaves. Yo recogí todo lo que había sacado y cerré el cajón. Avergonzado, me fui a mi sitio, a su lado.

Sentados, uno al lado del otro, como tantos años lo habíamos estado, nos miramos. Acercó su cabeza a la mía y, con un hilo de voz, me hizo una pregunta.

—¿Tienes un momento?

—¿Qué? —No entendí.

—Me gustaría hablar contigo un momento, ¿tienes tiempo para un café? Abajo, fuera de aquí —me susurró.

Abajo, fuera, extraño. Miré el reloj y aún era pronto, ¿por qué no?

—Vale, espera un segundo.

Fui a buscar a la señora Luisa para decirle que ya me iba.

Con una mueca de decepción en su cara, nos despedimos hasta el día siguiente.

Volví y Sara seguía sentada en su silla, esperándome. Apagué el ordenador y recogí mi chaqueta. Nos encaminamos los dos hacia el ascensor. La noté nerviosa.

Qué inocente fui aquella noche, no supe ver nada. Sólo con haberlo sospechado habría cambiado todo, pero ni de eso fui capaz.

Salimos del edificio despidiéndonos del guardia de seguridad. Una vez en la calle volví a ver el coche de un José Antonio que debía —pero seguramente no deseaba— estar allí. Le miré y supe, aunque no lo viera, que tuvo que bajar la cabeza.

—¿Pasa algo? —me preguntó Sara.

—No, nada, nada.

Nos dirigimos a la cafetería de la esquina. Nos colocamos en una de las mesas del rincón, alejados, íntimos, sospechosos. A esas horas ya no quedaba prácticamente nadie: el camarero y dos ancianos más que se tomaban el último café de la tarde.

Pedimos dos cafés.

No dijimos nada hasta que no llegaron a la mesa, como si tuviéramos miedo de empezar una conversación y ser interrumpidos por el camarero.

—Tú dirás, ¿te ocurre algo? —le pregunté con curiosidad.

—No, no es nada importante —dijo de una forma tímida, suave y avergonzada. Por aquella frase supe que era importante.

Callamos entonces, nos mantuvimos en silencio. Era tan difícil descubrirle secretos.

Sara cogió la taza entre sus manos, se la llevó a la boca y, con los ojos agachados, comenzó a llorar. Eran sollozos suaves, tenues, limitados por la vergüenza de encontrarse en un lugar público.

Le ofrecí mi mano sobre la mesa. La apretó, me acarició los dedos, me la agarró hasta la muñeca, nos miramos y en aquel momento sentí algo que no debería haber sentido.

Nos mantuvimos en silencio con las manos aferradas. Mirándonos, como dos colegiales, como dos enamorados que en el fondo no lo estaban. Nuestras cabezas se acercaron. Fueron movimientos involuntarios. Nos miramos a menos de diez centímetros, con nuestras bocas separadas apenas unos segundos.

Respiramos hondo. No fuimos capaces de parpadear.

El sonido de la cafetera nos hizo despertar. Comprendimos que de aquel acercar de manos jamás saldría nada positivo.

Le solté la mano, y en aquel momento ambos nos soltamos. Tomamos un poco de café y volví a insistir.

—¿Qué te pasa, Sara? ¿Le ha ocurrido algo a Dani? —le pregunté para intentar salir de aquella incómoda situación.

Le costó, le costó muchísimo.

Ahora sé que aquellas palabras fueron demasiado personales. No nacieron de su corazón, ni siquiera de su mente, salieron de sus entrañas. Sé que cada una de las frases, al salir por su boca, rozaban las llagas de la culpabilidad. Pero no lo dijo, o quizá lo dijo y no supe entenderlo.

Fue una confesión. Sara no tenía a nadie, no tenía familia a la que acudir; estaban demasiado lejos. Apenas tenía amigos, pues su hijo le ocupaba todo el día. Sara necesitaba vivir, Sara necesitaba cosas, sensaciones, que todo el mundo necesita; cosas que se precisan pero no se dicen. Y en aquel momento de su vida, yo era la persona más cercana a ella; la persona que supo escuchar, hace tiempo, su historia.

—Hay momentos en los que… en los que… estoy tan sola… —intentaba explicarse—, estoy tan sola que me derrumbo. Acabo de cumplir treinta y dos años y estoy sola, y me siento sola, y cada día cuando llego a casa se me cae todo encima. La soledad, ¿sabes qué es la completa soledad? —me preguntó una Sara que volvía a sollozar.

Callé.

—Hay días, y son la mayoría, en que viajo de las cuatro paredes de mi casa a las cuatro paredes del trabajo y, de nuevo, a las cuatro paredes de mi casa. ¿Y sabes quién me espera? Nadie. Eso es la auténtica soledad. Estar solo porque se quiere estar solo nunca es soledad. Soledad es estar solo sin quererlo.

»Hace años que no estoy con nadie... con nadie. Claro que he tenido relaciones cortas, de las que cubren las necesidades primarias, de las más básicas, de las de días o incluso horas. Llevo más de cinco años intentando empezar relaciones que no tienen futuro. Relaciones vacías donde el compromiso acaba cuando saben de la existencia de Dani; donde el compromiso ni siquiera empieza. Cinco años oyendo frases del tipo: "Ya te llamaré, ya nos veremos, tengo tu teléfono". Y no vuelven a llamar, no los vuelvo a ver y sé que nunca les di mi teléfono. Relaciones que duran mientras dura lo que buscan. Pero yo busco algo más; yo busco poder hablar, saber que mañana, que al día siguiente, que al otro, habrá alguien esperándome en casa. Alguien al que le interese lo que me ha pasado durante el día, con el que poder hablar así, como lo hago ahora contigo. No busco a nadie perfecto, ni guapo, ni alto, ni moreno, ni rubio. Sólo busco a alguien que no se asuste al ver que tengo un niño que me necesita tanto como yo necesito a ese alguien.

Sara siguió hablando y sé que, por un momento, olvidó que yo seguía allí. Y Sara, en aquel olvido, dijo cosas que nunca debería haber dicho, al menos no a mí.

—Llevo unas semanas con alguien al que sólo le interesa el sexo, nada más. Sólo que esta vez es distinto. Sólo sexo, pero me da miedo, me da miedo equivocarme incluso en eso. Sólo sexo, pero ¿y yo? Quizá a mí me gustaría que fuera algo más. No lo sé.

Sé que no debería seguir con una relación así, pero es que... es que es tan difícil de explicar, y a la vez tan difícil de entender...

Distinto, aquella fue la palabra que no supe ver, que no supe interpretar. Distinto; fue el matiz que aquel día me hubiese ayudado a evitar el desastre. Distinto. Sí, pero ¿distinto a qué?, ¿qué era para ella distinto? Fue tan tenue, fue tan débil que no supe verlo y me avergüenzo ahora que ya es tarde.

—Sólo sexo —continuó—, sólo para acallar unas necesidades básicas; sé que me equivoco, pero ¿qué más da?, ¿qué más da equivocarse cuando nadie te castiga por ello? ¿Qué más da ya todo?

Sara paró, y noté que, en aquel momento, despertó.

Me miró con sorpresa, con extrañeza, pero, sobre todo, si algo vi en aquella mirada fue arrepentimiento.

Había hablado demasiado, había dejado demasiado desprotegidos sus sentimientos. Me había hablado como sólo le hablaría a su diario. Se había olvidado, en sus últimas palabras, de que yo estaba allí. Había dejado escapar palabras que sólo le pertenecían a sí misma.

Y yo, ante aquella mirada, me sentí vacío, perdido. No supe ver todo lo que me estaba contando sin contarme. Todo lo que quería decirme sin decírmelo. Por segunda vez en mi vida, en su vida, no supe ayudarla.

Aquella conversación, lejos de unirnos, nos acabó de separar. Acabábamos, aquella tarde, de romper nuestra amistad, de romper aquel vínculo que creamos la noche en que me contó la pérdida de sus dos Migueles.

Nadie es capaz de contar sus debilidades de tal forma y continuar como si nada hubiera pasado. Comenzó, a partir de aquel día, nuestro distanciamiento. Nos evitamos, nos separamos, seguimos siendo amigos, pero sin intensidad.

Sara por confesarse, y yo por no interrumpir su confesión, acabábamos de romper nuestra amistad, de una forma sutil, sin enfados ni reproches.

—Me tengo que ir —me dijo una voz débil.

—¿Te espera alguien? —le pregunté.

—¿Importa eso? —No me contestó ni un sí ni un no.

Fue una pregunta abierta, condicionada a mi reacción.

Creo ahora que aquella noche ambos pudimos haber perdido mucho más, ambos pudimos haber variado nuestra relación. Ambos pudimos haber acabado juntos en su habitación. Sara buscaba amor y yo... yo no sabía lo que buscaba.

—No, no —contesté avergonzado.

Callamos, nos miramos y, por segunda vez, nos acercamos. Nos cogimos de la mano, acercó su boca a la mía y, en un susurro, me besó.

Duró un instante, intenso.

—No, Sara, no... —le dije separando mi boca.

—Lo siento.

Nos acabamos los cafés en silencio.

No fuimos capaces de mirarnos.

Salimos a la calle en silencio y nos despedimos, casi para siempre.

—Por favor, no me juzgues, no lo pienses. Olvida todo lo que ha pasado.

—Sara... —pero salió corriendo, huyó y sé que aquel día la perdí también a ella.

«Olvida todo lo que ha pasado». Pero es imposible, nunca he sido capaz de olvidar aquella conversación que modificó nuestra relación.

Miércoles 24 de abril de 2002

Despidieron a Javi.

No hubo bronca, ni diálogo, ni siquiera monólogo.

Javi llegó unos veinte minutos tarde. Fue el día oportuno, el día adecuado para él, fue el día del aviso para mí.

Quise ver en aquel despido una amenaza, indirecta, pero amenaza al fin y al cabo.

No fue escandaloso, pero sí cruel en el modo.

Dejó que llegase tarde y riese. Le dejó hacer, le dejó incluso almorzar aquella mañana, le dejó disfrutar de todo para, a las dos horas, tumbarlo de un único golpe.

Apenas habíamos vuelto de almorzar cuando sonó el teléfono de Javi. Sonó como sólo suena un teléfono cuando anuncia desgracias.

Javi descolgó y, en un par de segundos, se le heló la cara.

Colgó, tragó saliva y se hundió en su mesa. Cruzó los brazos y metió allí su cabeza. Se derrumbó.

«Está usted despedido; por favor, recoja sus cosas».

Nada más, directo y breve. A partir de aquel momento, Javi ya no estaba en la empresa.

Se marchó, recogió su cabeza y, con un «más tarde hablaremos», abandonó su sitio, su empresa y su sustento.

Javi ya no volvió por allí, no dio señales de vida. Él no llamó, nosotros tampoco. Él no llamó y quizá no lo hizo por vergüenza, quizá no lo hizo porque no sabía hacerlo, quizá no supo afrontarlo. Quizá no lo hizo porque esperaba que fuéramos nosotros los que diéramos el primer paso. Nosotros no le llamamos, quizá por no molestarle, quizá por no hacerle sentir incómodo; quizá porque no sabíamos qué decirle. Quizá porque esperábamos que fuese él quien diera el primer paso.

A las doce y media de aquel miércoles sonó mi teléfono. Don Rafael, a través de Marta, me solicitaba.

Pero no me alteré, ya ni siquiera me asustaba. Me levanté y me dirigí, tranquilo, hacia su despacho.

—Pase, pase... —me indicaba una mano.

—Usted dirá —le contesté mientras me sentaba en la silla, sin su permiso.

—Como recoge el protocolo general de la empresa, relativo al departamento de recursos humanos, tengo que indicarle que uno de los empleados asignados a su grupo de trabajo ha causado baja en esta empresa —me decía mientras buscaba en los cajones.

Sacó un paquete de puros, un boli de gel negro y una caja de condones que apartó a un lado.

—¡Qué cosas aparecen a veces en los cajones! —me decía mirándome directamente a los ojos.

—Aquí está. —Sacó finalmente una carpeta azul con dos hojas.

—Bueno, veamos. Le resumiré: después de varios intentos

fallidos y advertencias referentes a la conducta de Javier Gómez, después de tres informes que denotan la falta de puntualidad y a su vez de compañerismo... —Después de más de tres minutos actuando, acabó con una pregunta—: ¿Quiere añadir algo?

—Simplemente que, a pesar de que llegaba tarde, siempre cumplía con la totalidad del horario, solía recuperar sus retrasos al mediodía.

—Eso me da igual. ¿Me comprende? Me da igual. Su impuntualidad continuada es una falta grave, muy grave, y en este caso además es reincidente. ¿Acaso sus compañeros no tienen el mismo derecho a llegar tarde? ¿Acaso es él mejor que usted, o mejor que cualquiera de ellos? —Y ahí, sin querer o queriendo, me gritó. Y en aquel momento me tuvo. No fueron los gritos, a eso estaba acostumbrado, fue su cara cargada de prepotencia. Hay veces que uno no puede evitarlo y pierde los nervios.

—¿Acaso Estrella es mejor? —le escupí la frase a la cara. Pero conforme salían las palabras de mi boca supe que me había equivocado.

El silencio fue la señal de mi tropiezo. Fue, sin duda, una derrota, pequeña, pero derrota al fin y al cabo. Él esperaba mi suicidio ante las cámaras, declarar lo que nunca tendría que haber sabido. Afortunadamente, me controlé y no dije nada más.

—Bueno, Estrella es un caso aparte, por eso ella tiene sus propias condiciones laborales, un sueldo distinto... —Y ahí se quedó con la palabra en la boca, esperando a que yo me lanzase. Pero no caí—. En fin, creo que son circunstancias que a usted ni le van ni le vienen.

—Entonces no compare, porque no todos somos iguales —le grité.

—Evidentemente. —Sonrisa prepotente—. Usted no se parece en nada a mí.

Me probó, tentó el ataque. Pero yo, en realidad, exceptuando unos condones, un vaso de plástico con restos de carmín morado y una secretaria atractiva, no tenía nada más. Me vio desarmado.

—No, afortunadamente, no todos somos iguales. —Me daba igual atacarle, me daba igual ya todo, me dolió tanto lo de Javi...

—¿Qué quiere decir? —entró al trapo.

—Nada, que no me gustaría parecerme a usted en absoluto. —Directo a la cara.

Quizá fue el despido de Javi, quizá su chulería, quizá que tuviera un paquete de condones y además me lo enseñase, quizá fue por su mujer, quizá por envidia, no lo sé, pero, por primera vez en mi vida, estaba disfrutando haciendo daño.

—¿Y se cree que yo a usted sí, mequetrefe? —Y por fin comenzaron los insultos. Lo saqué de sus casillas con la puerta entreabierta.

—¿Sabe usted el significado de mequetrefe? Mequetrefe significa hombre de poco provecho. ¿Sabe usted cómo se escribe provecho? Con uve. ¿Sabe usted, don Rafael, que cada vez que nos envía un email nos duelen los ojos de las faltas de ortografía que pone? ¿Cómo se puede ser tan incompetente y no darse cuenta? —Yo también sabía insultar—. ¡Ah!, por cierto, echar, de echar a alguien, como usted acaba de hacer, se escribe sin h. Eso lo aprenden los niños en la escuela.

Me suicidé, lo supe en el momento en que dejé de hablar, lo supe en el momento en que lo vi incapaz de articular palabra. En el momento en que descubrí a un toro con ganas de embestir, una persona violenta con ganas de pegarme, pero eso habría sido también su fin. Fuera había testigos, y no todos comprables.

Se contuvo, y soy consciente de que hizo un enorme esfuerzo. La cámara grababa, seguro. La puerta estaba abierta, casi tanto como sus heridas.

—¡Lárguese de aquí! —me gritó—. ¡Lárguese de aquí, imbécil!

—No esperaba menos de usted. —Y así, tratándonos de usted en plena batalla, me despedí.

Nos levantamos ambos a la vez, acercando nuestros cuerpos. Y en el equinoccio de nuestras cabezas, con su aliento impregnado en rabia, me amenazó en voz baja.

—¿Cuánto tiempo crees que durará tu matrimonio? —Y sonrió.

Me fui sin dejar de mirarle.

«¿Cuánto tiempo crees que durará tu matrimonio?». ¿Qué significaba aquello?

No me quedé, aquel miércoles, a ver a doña Luisa. Sólo quería, por una vez, llegar a casa pronto.

No hablé con Sara, no hablé con nadie, no llamé a Javi, me fui a mi hora, fiché y desaparecí. En cierto modo había ganado él.

En casa me esperaba lo que esperaba que me esperase.

Y en lugar de hablarle de mi plan, Rebe y yo tuvimos la enésima discusión.

Yo venía alterado y ella vivía triste. No supimos ni siquiera tolerarnos. Fue la de aquel miércoles una discusión grave, acalorada, sufrida, casi física. Se diferenciaba de las de enamorados en que no había arrepentimiento, en que no había miedo a perdernos; en que no esperábamos llorando sobre la cama una llamada, en que ya nunca admitíamos una parte de culpa. No, no fue una pelea de enamorados.

Se diferenciaba también en los motivos: simplemente, no los había. Ahora, entonces, cualquier tontería era capaz de separarnos. Discusiones generadas por un hastío que se incrustaba entre ambos, porque el choque de personalidades se hizo cada vez más feroz.

—¿No hay nada para cenar? —le pregunté mientras la veía abandonada en el sofá.

—No —me contestó sin girar la cara, sin hacerme caso.

—¿Y los canelones dónde están? Quedaban por lo menos cuatro —le volví a preguntar con malas formas.

—Me los he comido, como siempre llegas tan tarde... —me dijo mientras seguía viendo la tele sin apenas mirarme.

—¿No me has guardado nada? —le grité.

—¡No! ¡Déjame tranquila! —Y ese fue el detonante, no la frase, sino el tono.

—Te dejo tranquila si me da la gana —le grité.

—¡Cállate, que no me dejas oír la tele! —Y aquel «cállate» vino demasiado envenenado.

—¡Cállate tú, idiota! —El primer insulto.

—¡Idiota, tú! —Y siguió mirando la televisión.

Me acerqué a la mesa y cogí el mando. Apagué la televisión.

—¡Qué haces, gilipollas! —me gritó mientras se levantaba a quitármelo de la mano—. ¡Dame el mando!

—¡No me da la gana! —le grité.

—¡Dámelo! —me gritó de nuevo mientras apretaba con sus manos la mía, con fuerza, con rabia.

La aparté de un empujón. Se volvió sorprendida, quizá por ser una de las primeras veces que nos peleábamos así. Se revolvió con fuerza y vino de nuevo hacia mí. Me volvió a agarrar la mano, con más fuerza, arañándome, clavándome las uñas. La aparté de nuevo tirándola contra el sofá y el mando cayó al suelo rompiéndose en dos trozos.

—¡Cabrón, hijo de puta, algún día me lo pagarás todo! —Y se fue llorando a nuestra habitación.

Echó el cerrojo.

Me quedé en el sofá, intentando averiguar si lo que acababa de pasar había sido un sueño. Jamás me había hablado así, con ese desprecio que emanaba de cada poro de su piel. ¿Por qué aquella reacción? ¿Por qué aquella violencia en sus palabras?

Recogí las dos partes del mando. Las intenté volver a juntar y fue imposible, algo se había roto y ya no encajaban, como nosotros.

Cogí las llaves y escapé.

Busqué un restaurante, pedí mesa para uno y allí encontré la soledad de la que me habló Sara.

Apenas cené, sólo pensé en ella. Hacía tanto tiempo que no salíamos a comer, ni al cine, ni a pasear, ni a nada. Nos estuvimos destruyendo mutuamente durante demasiado tiempo. Deseé poder retroceder, pero no una noche, ni dos, sino miles.

Recuerdo haber estado allí, con mi té en la mano, hasta que cerraron el local.

Me fui a casa.

Abrí la puerta y sólo encontré silencio.

El mando roto seguía sobre la mesa, alejando la posibilidad de que todo hubiese sido una pesadilla.

Me tumbé en el sofá, y allí, desprotegido, me volvieron a atacar los fantasmas de los celos, de las dudas, de los engaños, de los miedos. ¿Y si estaba con otro?

Intenté dormir, pero no pude; intenté hacer cualquier cosa, pero no pude.

Las dos y aún seguía despierto.

No sé a qué hora conseguí dormir.

Jueves 25 de abril de 2002

Aquella mañana no hablamos, ya no hacía falta. Cada uno se dedicó a lo suyo: ella desayunó, yo desayuné, vestimos a Carlitos, yo me lo llevé y ella se quedó allí. Di un portazo y supe que dejaba atrás los restos de una relación que una vez fue nuestra.

Don Rafael no me molestó aquel día, pero aun así no pude trabajar. Cogí un folio y calculé; calculé mi vida, en distancias, en lugares, en superficies…

Escribí.

> SUPERFICIES DE VIDA
> *Casa: 89 m²*
> *Ascensor: 3 m²*
> *Garaje: lo tengo al lado del ascensor, 8 m²*
> *Empresa: la sala, unos 80 m²*
> *Restaurante: 50 m²*
> *Cafetería: 30 m²*
> *Casa de los padres de Rebe: 90 m²*

Casa de mis padres: 95 m²
Total: 445 m²

Total: 445. En 445 metros cuadrados transcurría el 95 por ciento de mi vida. Consulté en internet la superficie total de la Tierra. Fue rápido: 510.065.284,702 km².

Con casi cuarenta años vivía, estaba y era en 445 m². ¿Valía la pena seguir?

Los dos días anteriores a mi huida se desplazaron demasiado rápido. Pasaron tantas cosas que, a pesar del dolor, viví más en aquellas cuarenta y ocho horas que en los últimos años.

Se acercaron las siete y media del último jueves. Hacía varios días que no hablaba con Luisa, y hacía varios días también que no hablaba con Rebe. Decidí, y lo hice en favor de Luisa: me quedé allí aquel jueves. Todo se torció aquella tarde.

Las 19.30 h llegaron y no me quedé solo.

Las 20.00 h y llegó Luisa, pero José Antonio no se iba.

Las 20.10 h, José Antonio se cansó de disimular y comenzó a recoger.

Se cansó de espiarme, supuse; se cansó de seguir unas órdenes pueriles de un jefe estúpido. Me miró desde lejos, se puso el abrigo y se marchó. Y yo, que había decidido quedarme, salí tras él.

Le perseguí por la acera, escondiéndome en cada esquina; por el aparcamiento, escondiéndome en cada columna. Le seguí en mi coche, a varios metros de distancia.

Después de unos treinta minutos llegamos hasta el centro

comercial donde trabajaba Rebe. A esas horas, ella ya no estaría por allí. Se metió en el aparcamiento subterráneo y yo, a dos coches de distancia, le seguí.

Bajó, se dirigió al ascensor más cercano y subió. Supuse que a la tercera planta: la zona donde están ubicadas todas las franquicias de comida. Efectivamente, después de agotarme subiendo tres pisos por las escaleras, lo vi entrar en una cafetería.

Cogí aire, suspiré, me calmé para esperar desde fuera, en una heladería cercana, a que saliera. Ahora me tocaba vigilar a mí.

Esperé durante casi media hora, sentado a unos veinte metros. Vigilé y vigilé, como él me había estado vigilando a mí. Estuve, varias veces, a punto de abandonar aquello, ¿qué estaba haciendo?

Pensé en volver a casa a contarle a Rebe mi plan; volver para explicarle que ese beso que me daba en el recibidor duraba menos cada día; volver para intentar revivir algo que perdimos hace tiempo. Y, aun a pesar de todos esos pensamientos, continué allí, sentado sobre una silla, a la espera de la salida de José Antonio.

Y salió, finalmente salió; y salió con ella, con Rebe.

Salieron ambos con semblante serio; ambos solos, ambos con las manos entrelazadas. Mantuvieron sus bocas demasiado cerca mientras hablaban durante minutos que me parecieron horas. Él puso su mano sobre el hombro de ella, de mi ella —quizá de su ella—; ella escondió su cabeza en el pecho de él; yo me quedé sin hacer nada. Y así, abrazados, se marcharon en dirección al garaje... quizá al coche de ella, quizá al coche de él. Supe que la había perdido.

Me mantuve sentado, a la vista, pero no a la de sus ojos, que parecían mirar hacia otro lado, hacia otros lados. No tuve el valor de encararme con ellos, no pude aguzar ninguna venganza en aquel momento, me hundí en el escorial de mis sentimientos. Sólo pude ver, en aquel escenario, la esquela de una relación que se acababa de romper.

Esperé a que los actores del decorado desapareciesen completamente. Me quedé allí, con mi café solo, con mi café, solo.

La vuelta a casa estuvo plagada de preguntas, de dudas, de reproches. Fue quizá el camino más largo de mi vida. ¿Me engañaba o todo era un malentendido? ¿José Antonio me espiaba por Rafa o me vigilaba por él, por ellos? ¿Sabía ella algo de mis horas extraordinarias?

Llamé a casa de los padres de Rebe.

—Hola, ¿Carlitos está aún ahí? —pregunté a bocajarro, sin mediar saludo.

—Sí, sí. Rebe nos ha avisado de que vendrá a recogerlo un poco más tarde, tenía que hacer unas compras. ¿Es que no te ha dicho nada?

—Ah, sí, ahora que lo dices me lo ha comentado esta mañana... —mentí—. Vale, pues ya la veo en casa, buenas noches.

—Buenas noches.

Envié un mensaje a Rebe: «Hoy no iré a dormir».

No fui capaz de volver a casa aquella noche.

Apagué el móvil, y aquel apagar fue también el de mi vida. A partir de aquel momento el resto de acontecimientos fueron cayendo uno tras otro; no fui capaz de pararlos.

Me alejé con el coche hacia las afueras.

Salí de la ciudad, escapé lejos. Busqué un hotel y pasé allí la noche.

No pude dormir, pensé en todo y a la vez en nada.

Las once y media, ¿habría ido Rebe a por Carlitos? Enchufé el móvil.

Nadie me llamó en toda la noche.

Viernes 26 de abril de 2002

Viernes, el último de mi anterior vida.

Desperté en una cama extraña. Me puse la misma ropa del día anterior. Desayuné en la cafetería del hotel y me fui a trabajar.

Llegué con tanta rabia en la mirada, con tanta sed de venganza… que nadie se atrevió a decirme nada. Pregunté por José Antonio, pero me dijeron que no estaba, que tenía —aprovechando la festividad del 1 de mayo de la semana siguiente— quince días de vacaciones.

Me los imaginé juntos ya. Me los imaginé viviendo una vida que debería haber sido mía. Conocí aquel día, sobre mi mesa, la soledad a la que un día hizo referencia Sara: estaba completamente solo.

Llamé a Rebe varias veces, pero no me cogió el teléfono.

Me refugié, durante toda la mañana, en un dolor de cabeza que no tenía. Pero, que por mi rostro y por mi ánimo, todos lo creyeron, y todos me dejaron tranquilo.

Albergué allí, en mi sitio, una esperanza de que todo hubiese sido un malentendido.

A la hora de comer les dije a mis compañeros que me encontraba peor.

—No seas tonto y vete a casa —me dijo Godo.

—Claro que sí —añadió Ricardo.

Cogí mi chaqueta, revisé mis cajones y me fui. Supe, en aquel instante, que ya no volvería a verlos, que ya no volvería a sentarme allí, junto a ellos, nunca más.

Regresé a casa.

Abrí la puerta sabiendo que a esas horas no habría nadie, pero con la esperanza de que estuvieran las mismas cosas. Miré cada rincón de una casa que conocía de memoria y comencé a encontrar sospechas que me indicaban su ausencia. Me acerqué, nervioso, a nuestra habitación y allí encontré la prueba: una carta sobre la cama.

Una despedida, definitiva. Después de tantos años juntos, nos separábamos con una simple carta sobre una cama vacía.

Esta no es una carta de odio.

He sufrido el miedo, la vergüenza, la impotencia, los celos, la desesperación, la depresión, casi he rozado la locura y la culpabilidad. Hemos compartido muchos momentos, mejores y peores, pero juntos. Sé que una vida está formada por recuerdos y, afortunadamente, mi cabeza está llena de los tuyos.

Hace semanas, meses, que nuestra vida en común ya no es vida.

Hace tanto tiempo que no hacemos nada diferente, que no volvemos a ser como éramos cuando nos conocimos, hace tanto tiempo que hemos perdido la felicidad...

Por eso quiero que sepas que te comprendo; me duele, pero no soy capaz de hacer nada para impedirlo. No creo que sea justo echarle la culpa a nadie... Quizá más caricias, más tiempo juntos; quizá hacer las cosas que hacíamos antes.

Llegó un momento en el que pensé que con quererte, que con querernos, era suficiente; he descubierto que no. Y aunque no sé hacia dónde voy a llevar mi vida, al menos tengo claro dónde no quiero estar.

Últimamente me has encontrado rara, ausente, pero es que me has subestimado demasiado. Hace tiempo que lo sospechaba, y ahora lo sé todo. Deberías haber sido más valiente y confesarlo. Si hay algo que no puedo perdonar, son las mentiras; no, eso no podré perdonártelo.

No intentes buscarme, aunque supongo que no lo harás. Los dos tendremos que rehacer nuestra vida. Sé, ahora mismo, hacia dónde voy, pero desconozco cuánto tiempo estaré por allí.

Por mi parte, voy a intentar no volver a verte como a la persona por la que lo dejé todo. He encontrado, de momento, un apoyo, una persona especial que ha sido durante estas últimas semanas un verdadero amigo. Gracias a él he descubierto muchas cosas, me ha ayudado a seguir adelante, a tragarme el odio, a dejar de lado el rencor y a descubrir que aún puedo disfrutar de la vida sin ti.

Carlitos estará bien, no te preocupes. Evidentemente, tenemos algo que nos une, por lo que tendremos que acostumbrarnos a vernos, pero de otra forma. De momento, me lo llevo, no serán muchos días, a lo sumo unas semanas, hasta que todo se calme, hasta que asimile —asimilemos— esta nueva situación.

Sólo te pido un favor: no me busques, ya te llamaré yo. No os guardo rencor, ni a ti ni a ella.

REBECA

Caminé por la casa, me esforcé por no pensar en nada, releí la carta varias veces, pero no conseguí entenderla. Pensé en ellos dos juntos, pero tampoco la odié, simplemente buscó lo que yo no le daba.

«No os guardo rencor, ni a ti ni a ella», ¿de qué demonios estaba hablando? ¿Habría tenido Rafa algo que ver?

«¿Cuánto tiempo crees que durará tu matrimonio?».

No pude quitarme aquella frase de mi cabeza. Rafa había ganado, no supe cómo, pero di por supuesto que él era el causante de todo.

Me lo imaginé en su despacho escuchando con sorna a José Antonio, riendo entre ellos, presumiendo de haberme quitado a Rebe. Me enfurecí. Imaginé a un Rafa crecido, disfrutando a mi costa. A un Rafa conocedor de todas las aventuras existentes entre José Antonio y Rebe. Un Rafa que, cuando discutió conmigo el último día, lo sabía todo.

Seguramente hablaban entre ellos y, entre copa y copa, en cualquier bar, no dejaban de burlarse de mí. Lo vi en todas partes, en cualquier pared, en el cabecero de la cama, sonriendo. Se había cumplido su predicción. Sólo pensé en venganza, sólo eso. Toqué fondo, aquella tarde de viernes, como persona. Humillado, con los dientes mordiendo encías, destrozado, hundido en la vergüenza y con la venganza como guía, tomé la decisión que no debí tomar. La decisión que acabó por arruinar dos vidas.

Y fue curioso que mi venganza se cebara en Rafa y no en José Antonio. Quizá porque lo del segundo, tras mi apatía con Rebe, lo acabé entendiendo. Pero lo del primero, lo de disfrutar sólo por disfrutar del dolor ajeno, saberlo todo y no decir nada, disfrutar de mi sufrimiento… eso no pude perdonarlo.

A las cinco de aquel viernes, con los ojos apretados en sangre, encendidos, salí a la calle. Me dirigí directamente a la pequeña tienda de informática que había a tres manzanas de mi casa.

Pregunté y la compré. Era pequeña, negra, inalámbrica, en definitiva, discreta. Era posible controlarla remotamente, desde mi propia casa. Y volví a casa y me dediqué a averiguar todas las direcciones de correo electrónico de los compañeros, de los jefes, de los responsables de otras delegaciones... Decenas encontré. Di de alta una cuenta de correo anónima y les envié un mensaje a todos —menos a Rafa y a Marta, evidentemente—: «Esta noche, a partir de las 0.00 h, podrás descubrir el secreto mejor guardado de nuestra empresa».

Y junto a aquel texto adjunté un enlace a la página web que yo deseaba que vieran.

Esperé hasta las siete. Cogí el coche y me dirigí a mi empresa.

Aparqué a las ocho, ya no quedaba casi ningún coche.

Subí a las oficinas y Luisa se sorprendió al verme.

—¿Qué hace usted aquí? Pensé que hoy no había venido.

—Es que esta tarde no me encontraba muy bien y me he ido a casa. Pero me ha llamado don Rafael, que tenía un problema en su ordenador. Es importante —le mentí.

—Vaya, sí que trabaja usted.

—Pues ya ve, los jefes son los jefes. ¿Está abierto su despacho?

—Sí, acabo de vaciar la papelera.

—Gracias.

Se fue hacia los otros despachos mientras yo me quedaba allí, preparando mi venganza.

A las nueve ya había acabado el trabajo, apenas era distinguible entre los libros. La conecté, lo comprobé todo... perfecto.

Esperé a doña Luisa y, mientras ella se quitaba la bata, miré sorprendido hacia mi cubilete: alguien había encontrado mi boli, supuse que Sara. Lo cogí y me lo metí en el bolsillo.

Salimos juntos.

En el portal del edificio me despedí de ella.

—Ha sido un placer conocerla. —Y la abracé, y se asustó.

—¿Se va a algún sitio? —me preguntó sorprendida.

—Sí, de viaje, una buena temporada. —Y le sonreí.

La abracé de nuevo, en medio de la calle. Y ella se dejó abrazar y nos sentimos grandes amigos, casi como familia. Y pareció lo que era: un adiós definitivo.

Y allí nos mantuvimos unidos durante varios minutos.

Nos despedimos con lágrimas en los ojos.

Se fue hacia la parada del autobús.

Me fui hacia el aparcamiento.

Me quedé en la esquina, vigilándola, protegiéndola.

Llegó el autobús, se subió y se marchó.

—Adiós —le susurré desde lejos.

Llegué a las diez a casa. Me detuve durante unos segundos en el rellano, con la llave introducida en la cerradura, intentando escuchar la esperanza. Abrí la puerta: las luces estaban apagadas y el silencio encendido. Rebe se había ido, definitivamente.

Aun así, revisé de nuevo toda la casa por si había vuelto, por si había dejado una segunda nota. Nada.

Mis ganas de venganza se incrementaron. Me dirigí hacia el ordenador. Lo encendí y me conecté a la página web de la cámara. Me mantuve a la espera.

Apareció un despacho vacío y oscuro, no había ningún tipo de movimiento. Consulté el número de usuarios conectados: uno, yo. Aún eran las diez y media. Esperé.

La cámara estaba perfectamente escondida, automatizada de tal manera que sólo era posible desconectarla desde el propio despacho. Fue la única forma de controlar mi conciencia, no quería que me obligase a dar marcha atrás en cualquier momento.

Pasaron diez minutos, que en mi cabeza fueron horas, y el despacho continuaba igual: apagado. ¿Por qué tenía que ir allí los viernes? ¿Y si fuera los sábados? ¿Y si esa noche no iba? ¿Y si todo aquello no eran más que invenciones mías? Daba igual, era la única oportunidad que tenía, aposté todo a una carta.

Las once menos diez: nada.

Deambulé por casa nervioso, deseando que los viernes fueran los días en que Rafa visitaba su despacho para hacer otras gestiones.

Las once, nada.

Volví a dar una vuelta por casa, me dirigí al frigorífico, bebí agua, comí un trozo de chocolate, suspiré. Pensé en mi huida, en mi venganza. ¿Qué estaría haciendo en ese momento Rebe? Volví, de nuevo, al ordenador.

Las once y diez. De pronto, se encendió la luz del despacho. Miré los usuarios conectados: yo. Aún era un poco pronto, pero había acertado en la hora. Así, cuando se conectasen, ya estarían en plena faena.

Don Rafael, y a partir de ese momento de nuevo Rafa, entró en el despacho, se quitó el abrigo, cerró todas las ventanas y se sentó en su sillón de cuero negro. El mismo desde el que me amenazó tantas veces, el mismo desde el que ordenó el despido de Javi, el mismo desde el que yo vi un vaso de plástico con carmín violeta.

Las once y veinte: dos usuarios conectados, había alguien más.

Rafa cogió el móvil y fue breve, un «ya puedes subir», supuse. Apagó las luces del techo y encendió la más cercana a la mesa, la de pie. Y esperó, como esperábamos el resto. Tres usuarios conectados.

Al cabo de diez minutos —lo que puede tardar una Marta cualquiera en subir desde la calle hasta la oficina— entró alguien más en el despacho: una mujer.

De espaldas a la cámara, se quitó el bolso y el abrigo, los dejó sobre uno de los sillones. Era alta, delgada, con minifalda, medias negras y el cabello recogido.

Caminó hacia él dando la espalda a la cámara. Se sentó en la misma silla desde la que yo había recibido las últimas broncas.

Y de pronto, aquel caminar me fue familiar, y me puse nervioso. Deseé poder pararlo todo, deseé que no se diera la vuelta, que se fuera la luz, que se cerrara el mundo.

Pensé en mil formas de pararlo, pero fue imposible. Nunca estuvo en mis intenciones detener aquella venganza, nunca pensé que me arrepentiría o, mejor dicho, no quise que mi conciencia me dejase arrepentirme. Así que lo automaticé todo, para que ningún angelito sobre el hombro me influyese. Miré los usuarios conectados: diez. Me temblaron las manos, los brazos y el corazón, sobre todo el corazón.

Comencé, en mi cabeza, a preparar la maleta para mi huida. Lejos, muy lejos, donde nadie me conociera, donde nadie pudiera decir: «Aquel es el hijo de puta que le jodió, aún más, su vida».

Después de unos minutos en los que parecía que sólo estuvieran hablando, Rafa se levantó de su sillón para acercarse a ella. Se sentó sobre la mesa y se desabrochó lentamente el pantalón.

Ella introdujo la mano y su boca hizo el resto.

Estuvieron así durante demasiado tiempo: ella ocupada y él ofreciendo una enorme sonrisa a una cámara que le enfocaba directamente. Quince usuarios.

Rafa alargó sus manos para quitarle la camisa y desabrocharle el sujetador. La aferró por los brazos, la levantó y cambiaron de posición: él de espaldas y ella sentada sobre la mesa, mirando a la cámara, mirándome a mí sin saberlo. Y la vi, y le vimos la cara, y supe que me había equivocado en todo.

Comenzaron a moverse, a aferrarse el uno al otro.

Las doce: veintidós usuarios. Se había corrido la voz, a través del móvil supuse.

Rafa se quitó la camisa sin dejar de moverse, mostrándonos un torso completamente musculado. Las embestidas se prolongaron durante más de veinte minutos. No quise mirar, pero no podía dejar de verlo. Cambiaron varias veces de posición: él sobre ella, ella sobre él…

Después de más de media hora, Rafa, con esposa y dos hijos en casa, exheredero de una gran fortuna, se sentó sobre el sillón negro y allí comenzó a moverse bajo una Sara que quería olvidar la pérdida de sus dos Migueles, que quería olvidar la vida solitaria que le esperaba en casa. Una Sara que, tras las disculpas de Rafa días atrás, salió demasiado sonriente de su despacho; una Sara que no prestó atención al email que le había llegado aquella tarde.

Pasó el tiempo y, finalmente, la escena acabó.

Sara se vistió, se vistieron ambos.

No hubo besos, no hubo abrazos, no hubo nada más.

Sara salió del despacho.

Treinta y cinco usuarios conectados.

Rafa se quedó allí, recogiendo, colocando todo en su sitio, escondiendo cualquier prueba... sin saber que aquello no era necesario porque aquel sería el último día que iba a sentarse en su despacho; que iba a conducir su Jaguar; que iba a vivir en una mansión; el último día también que tendría que dormir con quien no quería dormir.

Me quedé inmóvil durante varios minutos en la silla desde la que había visto destrozarse dos vidas.

Finalmente, cogí las llaves y salí de casa.

Entré en el ascensor y bajé al trastero.

Allí, entre todos los recuerdos, cogí mi mochila, dejando la otra —la azul de Rebe— abandonada.

Subí de nuevo y metí en ella lo indispensable para hacer el viaje que íbamos a comenzar mi vergüenza y yo. Reservé, a través de internet, un billete de tren.

Sábado 27 de abril de 2002

Abandoné aquel viernes, ayer, mi vida.

Llevo ya tres horas caminando entre árboles, tierra y nubes; sin ser capaz de adivinar un final que creo que se acerca, pero no intuyo. La senda, que hasta ahora era apacible, se convierte en subida pronunciada; mi andar, que parecía decidido, se vuelve perezoso.

Comienzo a ascender con la esperanza de que arriba esté el primer lugar al que me dirijo, la primera etapa de un viaje sin desenlace. Y mientras subo, la noche me vigila en la soledad de un lugar que no conozco.

Qué lejos quedan ahora los ruidos de una ciudad demasiado grande; el humo que, soñando ser niebla, nos envolvía cada mañana; el tráfico de vehículos capaz de dejarnos en un segundo plano; la velocidad de una rutina disfrazada de vida; qué lejos todo y a la vez qué cerca en mis recuerdos.

He recordado una historia utilizando *fue, pasó, estuvo...* cuando debería haber utilizado *ha sido, ha pasado, ha estado...* He utilizado demasiados *aqueles* intentando olvidar que todo aquello —que todo esto— acabó ayer mismo. He intentado engañar a mi mente utilizando pasados, he intentado creer que todo ocurrió hace mucho tiempo, he intentado creer que no tuve otra vida que la que ahora recorro: subiendo, a través de árboles, tierra y nubes.

El despertar
de la esperanza
o la esperanza de despertar

2008

Hace ya seis años de todo aquello.

Quizá aún no ha pasado demasiado tiempo... quizá ya ha pasado el suficiente.

Llevo meses planeando escribir todo lo que ocurrió durante aquel 2002 en el que volví a nacer. Necesito escribir mi vida tras aquel despertar que se convirtió en el labio de dos vidas. No fue una arista, porque ya había tocado fondo, sino un valle. Un valle entre la decadencia y la esperanza. Un valle entre el vivir y el sentir. Un valle sin apenas historia, sin horizonte.

Empecé, de nuevo, mi historia aquel día en el que, tras coger un tren, tras coger un autobús, tras caminar horas por la montaña, llegué a un punto que supuso el renacer de una vida, la mía.

Al día siguiente, en un lugar extraño, desperté.

Sí, *Desperté* es un buen título para este diario.

Domingo 28 de abril de 2002, 6.00 h

Desperté —apenas un instante antes de abrir los ojos— junto a una extraña sensación de incertidumbre, junto a un estar sin saber bien dónde que supe que había permanecido conmigo toda la noche. Fui capaz de sentir cómo se dilataban mis pupilas al separar las pestañas; fui capaz de sentir una oscuridad opaca, intensa, violenta, que me abrazaba como ya no lo hacía nadie. Quedé inmóvil, sobre una cama que, al instante, intuí que no era la mía.

Mis sentidos —acomodados a tantos años de rutina— deambularon sobre un espacio físico irreconocible. Permanecí asustado, con el tacto rígido, con los sentimientos enmarañados, dejando pasar el tiempo sin reaccionar, sin acabar de distinguir en qué parte del sueño me encontraba: apenas dormido o suficientemente despierto.

Miré el reloj: las seis de la mañana en punto.

Dejé pasar los minutos, muchos, hasta que la espera me regaló una leve bruma de luz. Una claridad cabalgada por el miedo: la altura que me separaba del techo era errónea: demasiado escasa. Temblé, con la respiración entrecortada y el recuerdo entumecido.

Saqué, lentamente, el brazo derecho de la manta que me cubría y, con un rápido movimiento, lo alargué hacia arriba, sobre mi cabeza. Un golpe: madera. Ahogué un grito de dolor y volví a esconder la mano. Una distancia demasiado escasa. Me imaginé en el interior de un nicho, solo, olvidado, muerto. Como en mis más íntimas pesadillas: enterrado vivo. El paso del tiempo me permitió descubrir nuevos relieves, nuevas dimensiones, nuevos recuerdos. Aun así, seguí sin atreverme a mover un solo músculo; el miedo continuaba hospedado en mi piel.

Inmóvil, desubicado y confuso, asumiendo que la cantidad de luz que mis ojos podían absorber ya había llegado a su límite, intenté concentrarme en cualquier otro sentido.

Comencé a oír mi propia respiración: el paso acelerado del aire a través de mi nariz, el abrir y cerrar de cada conducto, la flexibilidad de mis pulmones... Y aquella succión de aire arrastró consigo un amasijo de olores a mi interior: a madera húmeda, cercana, con restos de barniz reciente; a ropa sucia, almacenada; a cansancio y a la vez a descanso; a dolor y a la vez a tranquilidad; a vida.

Despertó también mi oído: sonidos ajenos, sonidos perdidos en el interior de un silencio desproporcionado. Sonidos humanos: unos ir y venir de aire descompasados; respiraciones acumuladas, respiraciones lejanas; otras, en cambio, casi me tocaban; respiraciones suaves como las de un bebé, otras tan fuertes, tan forzadas, como las de un enfermo, como las de un anciano que lucha por acaparar oxígeno para poder alargar un poco más su vida.

Busqué explicación a lo inexplicable, analicé olores y ausculté sonidos: nada. Respiré notando demasiadas ausencias: prisas, ruidos, luces... ¿Había olvidado que los *ayeres* iban a ser demasiado distintos, a partir de ese día, a los *mañanas?*

Confuso, ese fue mi primer estado. Me mantuve aquel día —aquella noche— demasiado tiempo deambulando sobre la orilla de la vigilia, sobre el borde del sueño, sobre el alambre de mi infancia.

Asustado, fue el siguiente.

Me armé de valor y, con una lenta sucesión de movimientos, saqué mi mano para despertar a Rebe.

Pero Rebe no estaba.

Domingo 28 de abril de 2002, 6.19 h

Recordé.

Sé que, en aquel momento, comenzó el segundo despertar de una noche extraña.

Donde debía estar Rebe, no había nadie, no había nada. Ni manta, ni colchón, ni siquiera un suelo; sólo pude palpar el vacío. Moví el aire con la mano, sin ser capaz de tocar nada.

Por un momento me imaginé durmiendo en el borde de un precipicio, en el filo de un abismo. Recogí el brazo para adosarlo de nuevo a mi cuerpo, para permanecer de nuevo inmóvil. Me sumergí completamente bajo la manta y allí, temblando, sin apenas aire, con un calor que comenzaba a quemarme, me sentí como el niño que un día descubrió que su mejor amigo no estaba en la cama de al lado.

La memoria despertó.

Todos los recuerdos comenzaron a precipitarse en mi cabeza.

Me esforcé tanto para que aquella realidad se convirtiera en sueño que olvidé protegerme ante el dolor real: saber que ya no éramos tres, ni siquiera dos, que ya sólo éramos uno. Supe, y todo fue en el mismo instante, que había perdido lo que me sostenía, todo lo que sabía que estaba perdido desde hacía mucho tiempo.

Jamás podré expresar el dolor que llegué a sentir bajo aquella manta. Jamás podrá nadie comprender la dureza de la realidad en estado puro. Débil, abatido, derribado, dejé, sin oponer resistencia, que la tristeza comenzase a enraizarse en mi cuerpo. Unas raíces que, en su crecer, rozaron las partes más sensibles del recuerdo: la lucha por las sábanas en plena madrugada; las tres cucharadas de azúcar en el café; el primer beso del día bajo la puerta, antes de separarnos; el segundo al regresar a casa, de noche; el tercero, el que nos dábamos por rutina antes de cerrar los ojos; el yogur con trozos de chocolate; el disimular de unas lágrimas que le asomaban apenas aparecía una escena romántica en cualquier película; el correr por las mañanas para, de un salto, subirse en nuestra cama; su sonrisa incondicional al verme llegar por la noche; la lucha diaria para que se acabase de tragar la comida; sus primeras palabras; sus pequeños ojos mientras dormía, mientras dormían ambos...

Domingo 28 de abril de 2002, 6.31 h

No podía seguir allí, aquella manta no era coraza suficiente, los recuerdos acabarían por derribarme. Decidí, por segunda vez en dos días, escapar.

Me destapé lentamente, intentando dejar atrás a la memoria.

Me aproximé a lo que en un principio, a mi izquierda, había creído la nada. Me asomé al vacío, con las piernas colgando, con el corazón descolgado. Estuve tentado de saltar. Recordé lo que había abajo: la altura era excesiva. El ruido de la caída hubiese roto el silencio que aún me protegía. Preferí optar, a tientas, por la otra vía.

Bajé.

Apenas se pudo oír un apagado sonido contra el suelo.

El frío arañó sin piedad mis pies descalzos. No me importó, sólo necesitaba salir. Avancé asustado entre docenas de cuerpos, sin rozarlos, para dirigirme hacia el único poro de luz que distinguía en toda la estancia. Allí, supuse, estaba la salida.

Empujé con fuerza la pesada puerta hacia afuera y un terrible chirrido interrumpió, en plena madrugada, el acompasado vaivén de respiraciones.

Me quedé inmóvil.

Inmóvil, con la mano aún enganchada al picaporte. Afortunadamente, después de que el tiempo se parase, la sinfonía de respiraciones volvió a sonar. Escapé por aquella pequeña herida hecha al silencio, entre el marco y la puerta.

Una sala ligeramente más iluminada, más fría, intermedia, vacía: el recibidor del edificio. Frente a mí, la puerta principal, la que daba directamente al exterior.

La abrí, no hizo ruido, no opuso resistencia.

Salí, escapé.

Frío viento contra la cara, como sal en las heridas.

Frío, aún descalzo.

Busqué las botas fuera, frías.

Me refugié en el marco de la puerta, tiritando y con los brazos cruzados en el pecho. El helor de la noche me sorprendió en plena huida.

Con el sol aún ausente, miré alrededor: la luna hundida en un pequeño mar, cuyo reflejo era capaz de iluminar unas montañas divididas por un fino hilo de plata; unas montañas cuyas cumbres se confundían con la oscuridad del cielo; un cielo salpicado de estrellas, abundantes, relucientes, sin una nube que las enturbiase.

Aturdido aún, desubicado, pude distinguir a mi derecha un sendero que parecía adentrarse en un lago. Quizá aquel era mi camino: hundirme bajo el agua.

Me dirigí a él.

Me adentré dejando a mi izquierda una porción de mar encerrada entre montañas, a mi derecha, el vacío. Diez, veinte, treinta, no sé cuántos pasos y me detuve. En mitad del lago, solo, protegido únicamente por una valla oxidada; en medio del gran espejo, solo.

Con la cara sangrando de frío me senté, con las piernas apuntando al agua, con los brazos apoyados en uno de los travesaños de la valla y con la cabeza dormida.

Allí me derrumbé.

Apreté los dientes, apreté los puños y recuerdo haber intentado aquel día, con esos mismos puños, apretarme el corazón.

Nada me sirvió. El dolor se había hundido de tal forma que era incapaz de extraerlo. No era un dolor físico, era distinto, de los peores, de los que atacan al alma. De los dolores que te recuerdan, continuamente, que has perdido todo lo que le daba sentido a tu vida. De los que penetran hasta lo más hondo del tejido, de los intensos, crónicos; de los que se te quedan impregnados en la piel, de los que ya no se van por mucho que sonrías. De los que juegan con hacerte perder la conciencia, de los que te hacen mezclar incredulidad, rechazo, enojo y culpa.

Hasta aquel momento había conseguido evitarlo, había conseguido rodearlo, evadirlo, pensando en otras cosas o ni siquiera pensando. Pero allí, solo, en medio de aquel lago, supe que iba a derramarme.

Solo.

Dolor.

Ausencia.

Años de una vida construida con las mejores intenciones; con los cimientos del amor, del respeto y de la admiración; con los cimientos del cosquilleo en el estómago de las primeras citas; con los cimientos del «ojalá nunca me deje»; aquellos años habían desaparecido en apenas unos días.

Allí, sin luz, saqué de nuevo la carta que tantas veces había leído en mi huida. Era tan confusa… tanto como su actitud en los últimos días. Era, sin duda, una carta de despedida, definitiva. Una carta en la que escribió cosas que yo no entendía, una carta en la que intentó explicar cosas que no explicaba.

Ahora sé que fue escrita desde la desesperación y no desde la calma, como ella decía. Fue escrita desde el odio y no desde el afecto. Fue escrita, seguramente, desde la rabia y el rencor.

Allí me castigué con tantas preguntas: ¿cuál fue el momento exacto en el que no vio otra salida? ¿Nos habíamos querido tanto que agotamos el amor? ¿Nos habíamos querido tan poco? ¿Había sido culpa suya? ¿Había sido culpa mía?

Un salto.

Sólo un salto, y se acabó.

Calculé que había varios metros, los suficientes para no poder volver a subir.

Un salto.

Nadie me oiría caer; nadie me oiría gritar, porque gritaría.

Un salto.

Sólo un salto y se acabó todo. Pero gritaría.

Un salto.

¿Por qué, aun hundidos, nos aferramos tanto a la vida?

Un salto.

Pero no salté.

Nunca he sabido si en aquel momento fui demasiado cobarde o demasiado valiente.

Me derroté allí, sobre una pasarela de cemento, en un punto perdido donde cada pensamiento sabía a fracaso, donde cada recuerdo sabía a dolor.

Con el cuerpo aferrado a la valla me dormí. Quizá fue la única forma que encontré para olvidar el pasado.

Imposible.

Domingo 28 de abril de 2002, 7.15 h

Nos despertamos juntos.

Demasiado tiempo sin hacerlo. Nos pudimos mirar aquella mañana, por primera vez en tanto tiempo, fijamente.

Me secó las lágrimas, me ofreció su calor y supo arrastrar otros recuerdos.

Me ofreció una perspectiva distinta del alrededor: las montañas eran inmensas, el rumor del agua lo originaba una preciosa cascada cuyo principio no se adivinaba, y mi lecho había sido el muro de una presa. A un lado tenía el agua, al otro una caída de muchos metros. La muerte hubiese sido fácil allí.

Amanecimos, tanto tiempo sin hacerlo juntos, el sol y yo.

Un leve ruido me espabiló. Giré la cabeza hacia el edificio, alguien desaparecía tras una ventana. La gente comenzaba a despertar en el refugio. De la puerta principal salió una pareja joven que, acurrucados uno contra el otro, otro contra el uno, se besaban mientras descubrían cómo se estrenaba un día.

Seguí allí, sentado, observando otras vidas, sin tener esta vez que revolver en sus cajones. Pasaron unos minutos y un hombre mayor, de pelo canoso y figura triste salió del edificio. Con movimientos lentos se alejó, rodeó el lago para sentarse sobre una roca lejana. Observó alrededor hasta que reparó en mi presencia. Nos miramos, y fui yo el que al final evitó sus ojos.

Un escalofrío me recorrió el cuerpo. Volví a recordar todo lo que quería olvidar. Hasta aquel momento había intentado guardarlo en la alacena de mi mente, recluido, acechando pero sin poder asomarse. Y de pronto, aquel hombre mirándome a los ojos había despertado todos mis temores, mi peor miedo.

Aquella mirada me recordó que había huido destrozando dos vidas. Me recordó que don Rafael, con su orgullo, con su dinero y con su violencia, era capaz de todo, hasta de acabar conmigo.

¿Me habría seguido alguien?

Bajé la cabeza para evitar ser reconocido.

El hombre continuó, durante demasiado rato, allí, mirándome, sin asomo de disimulo, con los ojos cristalinos, como si los tuviera repletos de rabia. Me imaginé en su punto de mira. Pero ¿cómo me había encontrado?

Finalmente, volvió a entrar en el refugio. Me sentí un poco más aliviado.

El deambular de la gente por los alrededores fue en aumento. A pesar de que mi única intención era quedarme allí, en medio de la presa, simplemente viendo pasar el día, disfrutando del caer del agua por el borde de las montañas, el hecho de ser el centro de atención de todos los que salían del edificio me hizo sentir incómodo.

Desanduve el camino que aquella madrugada casi me llevó a tomar una decisión irrevocable. A cada paso la tristeza me seguía como una sombra, se había convertido en una losa que no lograba quitarme de encima. Durante las últimas horas había llorado más de lo que mis ojos eran capaces de aguantar y, a pesar de todo, la tristeza seguía ahí.

Quizá fue aquel el día más triste de mi vida y no el anterior. El anterior lo fue de imprevistos, de sorpresas, de infortunios, de decisiones tomadas desde la confusión, desde la irresponsabilidad. La tristeza quedó enterrada bajo todo ese amasijo de emociones.

Domingo 28 de abril de 2002, 7.25 h

Volví a entrar al refugio. Apenas reconocí el lugar por el que había escapado descalzo y en penumbra la primera noche de mi nueva vida. La puerta que chirriaba, abierta ahora de par en par, servía de paso de un vagar de personas entre sus camas y el baño, entre el baño y sus camas, entre sus camas y el mundo.

Intenté localizar mi litera.

—Buenos días —me saludó el hombre de pelo canoso mientras se dirigía, con su toalla colgada del brazo y una pequeña mochila roja, a los lavabos comunes.

—Buenos días —le contesté, tiritando por dentro y asándome de miedo por fuera. Seguro que me seguía, seguro que estaba allí para acabar conmigo. «Al final todo se paga», pensé.

Localicé mi litera, la de arriba, la más cercana al techo que la noche anterior se me caía encima. Al lado, dos jóvenes permanecían juntos, durmiendo, destapados, acurrucados, con el brazo de él rodeando su cintura, como hace años yo hacía con ella, como hace años ella hacía conmigo. En la parte de abajo, otro cuerpo continuaba tapado hasta la misma cabeza, sin ánimo de levantarse, como Rebe.

El dolor siempre intenta aferrarse a cualquier esperanza por ridícula que sea, por inexplicable que parezca. Pero no, allí, aquella mañana, nadie me había despertado, nadie había estado pendiente de que yo me levantase, en realidad, nadie me esperaba en ninguna parte. Y, evidentemente, a pesar de haberlo pensado, debajo de aquella manta no estaba Rebe; no me atreví a mirar.

Allí, a cientos de kilómetros de casa, los horarios eran meros espectadores de la vida. Me pregunté cuántos de los que estaban allí —una veintena, calculé— habían perdido, como yo, el rumbo de sus vidas.

Fuera, un grupo de unas cinco personas esperaba pacientemente el turno para entrar al baño. Me uní a una cola que sobrepasaba en minutos la espera por la que discutía con Rebe cada mañana.

Desistí de todo intento por dejar abierto el grifo hasta que el agua caliente hiciera su aparición, como a mis arrugas les gustaba. Y con lo que casi era hielo me salpiqué la cara. La primera vez se me paralizó, la segunda... no hubo segunda. No obstante, la sensación posterior fue inmensamente más agradable que cuando lo hacía, en mi casa, con agua ardiendo.

En la planta superior ya habían servido el desayuno: una jarra con café hirviendo, otra con leche aún más caliente, una cesta con tostadas y unos pequeños tarros con mermelada y mantequilla.

Desayuné sin mirar el reloj, olvidándome de esas prisas que estaban acabando con mi vida, que habían acabado definitivamente con ella. A mi alrededor, otras personas desayunaban conversando, riendo, comentando el tiempo, las rutas, las anécdotas del día anterior. Sólo el hombre de pelo blanco, sentado en el extremo contrario de la sala, desayunaba como yo, solo.

Me sentí vigilado. Dejó de importarme. Dejé de imaginar.

Mientras me untaba con mantequilla la segunda tostada, comencé a pensar en mi vida anterior: habría amanecido, habría despertado a Rebe, habría despertado a Carlitos —me esforcé por no desbordar de nuevo mis ojos—, habríamos corrido al baño, habríamos desayunado —ella café con leche, con tres cucharadas de azúcar—, habría cogido las llaves y habría recibido ese primer beso que entonces me sabía a tan poco y por el que en ese momento daría tanto, lo daría todo.

Mi plan salió a medias. Mi plan salió mal.

Me fui como tenía previsto. Hice lo difícil, lo impensable, fui valiente, pero sólo me acompañó una tercera parte de mi vida, el resto ya no estaba allí. En realidad, no había conseguido cambiar de vida, en realidad había huido de ella. Supe que la tristeza iba a ser el tatuaje que nunca me quise hacer de por vida.

Entre toda aquella confusión de sensaciones descubrí una en desuso desde hace años: la incertidumbre. A partir de entonces sería ella la sustituta de la monotonía, de lo previsible. Y aun así, con intención de acogerla como una invitada, aun dejándola pasar, dejando que me acompañase, la traicioné, porque en cierta manera añoraba esa repetitiva cotidianidad.

Los había perdido.

Me quedé, con la taza ya vacía en mis manos, mirando a través del cristal de la ventana, hacia las montañas. La bruma aún no dejaba ver las cumbres, pero se adivinaban enormes. Entre la niebla se podían distinguir grandes manchas blancas: nieve.

Tuve miedo a cerrar los ojos.

Permanecí allí, estancado, con la taza inmóvil en mis manos, mirando a través de la ventana un paisaje muy distinto al que estaba acostumbrado.

Pasó el tiempo y no lo supe.

Pasaron todos, me quedé solo y no lo supe.

—¿Quieres más café? —me sobresaltó una voz femenina. Sólo quedaba ella: una chiquilla que, con dos jarras en la mano, se había acercado a mi mesa. Una chiquilla que, a pesar de mi edad, no me trató de usted y eso me gustó. Una chiquilla pelirroja con dos coletas adornándole la cabeza, con más de cinco aros plateados atravesándole cada oreja, con una perla en la nariz, con un color de ojos muy parecido al de las nubes de tormenta y con un perro enano que no dejaba de morderle unos calcetines color arco iris.

—Sí, sí —balbuceé—, gracias.

Mientras me servía el café no pude dejar de analizarla. Me hizo recordar que en el mundo existen otros tipos de indumentaria aparte de los trajes de chaqueta, zapatos negros y corbata. Su voz me pilló por sorpresa: una voz dulce, adulta y joven, pero sobre todo una voz, al contrario que la mía, feliz.

—Hace frío, ¿verdad? —me dijo al observar que no dejaba de utilizar la taza para calentarme las manos.

—Sí —le contesté sin apartarlas.

—Ya, eso es lo primero que sorprende a los de la ciudad. La gente piensa que porque se acerque el verano… —me dijo a medio sonreír, con el prejuicio de que era yo alguien que había decidido tomarse un descanso de la apasionante y vertiginosa vida de las grandes urbes.

Ambos nos quedamos en silencio.

Sin pedirme permiso —seguramente sin necesitarlo—, se sentó a mi lado, mientras el perro hacía lo suyo al suyo. Con una mano en la que llevaba al menos cuatro anillos, me señaló la montaña más alta.

—Por ahí aparecen los primeros rayos de sol... los que has visto esta mañana.

Sentí, de nuevo, un escalofrío. Comencé a temblar ante la amenaza de otra cámara de seguridad, pensé de nuevo en mi secreto, ¿había dejado alguna pista? Volví a recordar.

Ella notó algo, se quedó callada, creo que a la expectativa de mi reacción: si me levantaba y me iba o si, por el contrario, le permitía estar más rato a mi lado.

En realidad era yo quien deseaba seguir al suyo.

Al rato reanudó la conversación.

—¿Sabes?, hay pocas cosas comparables, jamás te cansas de ver amanecer.

Me volví a relajar.

—¿Tú también lo has visto?

—Claro, lo veo todos los días, me despierto demasiado pronto. Yo trabajo aquí, bueno más bien puedo decir que vivo aquí, y todos los días, desde mi ventana, me quedo embobada viendo cómo resurge un nuevo amanecer. Cada día es único, cada día hay que vivirlo como si fuera el último. —Miró hacia el sol—. Esta mañana he visto cómo salíais los dos —me dijo con una sonrisa que me recordaba demasiado a la de Rebe cuando era niña—, tú y el sol. —Y se echó a reír. Me consiguió sacar una pequeña sonrisa, la primera en varios días.

—¡Ah, pero no sólo me dedico a espiar! —Me guiñó un ojo—. Después ayudo a preparar el desayuno, a limpiar, a recoger... en fin, a todo lo que hay que hacer aquí.

Cogió ella también una de las tazas limpias que había boca abajo, esparcidas sobre la mesa. Se puso leche con un poco de café. Le añadió una cucharada de azúcar, dos, tres…

—Es que me gusta muy dulce —se justificó al observar mi mirada.

Giré la cabeza hacia las montañas.

El cielo, de nuevo, me vio llorar.

Durante unos segundos permanecimos callados ambos.

Escuché, sin dejar de mirar hacia la ventana, cómo bebía a pequeños sorbos.

Silencio.

—Oye, ¿estás bien?

No me moví, permanecí mirando la nada.

—Perdona si te he molestado… —Y noté en sus movimientos que se levantaba, que me dejaba de nuevo solo.

Me giré hacia ella con las lágrimas aún resbalando por mi cara, sin reparo, sabiendo que no quedaba nadie más en la sala.

—No, por favor, no te vayas…

Nos miramos sin conocernos, volvió a sentarse y, con sus dedos de uñas de colores, limpió el rocío de mis mejillas.

No se sorprendió, no se sintió incómoda, no me hizo sentir incómodo.

—No te vayas, cuéntame cosas de este lugar, cuéntame cosas de ahí afuera, cuéntame lo que sea, pero no te vayas…

Y aquella chiquilla, lejos de asustarse, lejos de abandonarme allí, comenzó a contarme mil cosas sobre la montaña, sobre la historia de aquel refugio, sobre el invierno y el verano, sobre su perro, sobre su vida…

Estuvimos hablando durante más de una hora sobre tantas cosas… suyas y mías.

Supo más de mí aquel día que Rebe en los últimos meses.

Después de muchos, muchísimos minutos; después de repetir café, de repetir tostadas; después de mirarnos y sonreír... con un «hasta luego» se fue hacia la cocina.

Un «hasta luego» real, no de los que se dicen aunque el «luego» nunca venga. Yo supe, en aquel momento, que luego era después, que luego era antes de abandonar aquel lugar.

Se marchó mientras, por detrás, le seguía un sonido de cascabel y un perro tan pequeño que apenas le llegaba a los tobillos.

Pensé en las hadas.

Me había acostumbrado tanto a los gritos, a las discusiones, a las prisas, a los ruidos, a intentar ocultar los sentimientos, a los nervios... que aquel perro minúsculo y aquella chica de calcetines multicolores me resultaron irreales.

Me terminé, solo, el café.

La ventana, cruel, me dejó ver cómo la mayoría de personas comenzaba otra jornada: grandes mochilas a cuestas, palos telescópicos, gorros de lana y todo lo necesario para retomar su camino.

¿Cuál era el mío?

Bajé a por mi equipaje. Un equipaje mutilado, formado únicamente por unas botas, una mochila cuya réplica se había quedado en el trastero de nuestro piso, un palo telescópico último modelo y un vacío que se había arraigado a mis bolsillos.

Me dirigí, arrastrando los pies, hacia la puerta.

Allí me quedé intentando decidir qué dirección tomar.

Alguien se me acercó por detrás.

No me dio tiempo a girarme. Ella —el hada del perro enano— habló antes.

—¿Hacia dónde te diriges? —Me sorprendió con una de esas preguntas para las que uno no tiene respuesta.

—No lo sé, hacia donde sea.

—Entiendo... —dijo de nuevo, ¿cómo me iba a entender?—. Bueno, a unas siete u ocho horas hay otro refugio en el que podrás hacer noche. El camino es precioso, quizá en algún rincón encuentres lo que buscas.

¡Siete u ocho horas! Debió de notar cómo se me debilitaban las piernas de sólo pensarlo. Debió de ver en mi rostro la angustia, la congoja y la incapacidad, todas juntas. Incluso, sin querer, sé que miró hacia mi barriga. Vi el arrepentimiento en su cara.

—Intentaré llegar hasta allí —le dije en un alarde de valentía, de optimismo.

—De todas formas —no cabía duda de que se había dado cuenta—, a unas tres horas pasarás por otro refugio, allí también puedes quedarte. Recuerda que debes seguir las estacas amarillas o, en su defecto, los mojones que hay por casi todo el recorrido.

—¿Mojones? —le pregunté mientras pensaba en montones de mierda.

—Los mojones son montoncitos de piedras que sirven para señalar el camino. Recuerda que desde un mojón siempre se debe ver el siguiente; si no lo ves, es que te has perdido y debes retroceder.

Le di las gracias por todo.

Cuando apenas pasaban unos minutos de las diez de la mañana, con un «¡que tengas mucha suerte!» y dos besos —alzándose de puntillas— se despidió de mí Pippi Langstrumpf.

Fue un cálido adiós de una persona a la que apenas conocía, de una persona a la que me encontré unido durante un pequeño fragmento del destino. Una persona a la que, seguramente, no volvería a ver.

Mientras me alejaba por el sendero que ella misma me había indicado, me iba girando para ver cómo me saludaba, apoyada en la barandilla sobre la que yo quería saltar. Con un gesto continuo de su pequeña mano, como si jugase con el viento, se despedía de mí. Apenas había estado con ella unos minutos y ya sentía que había formado parte de mi vida.

Hay relaciones especiales con personas y también hay relaciones con personas especiales. No hay diferencias, ambas te dejan huella, ambas te dejan un recuerdo para toda la vida.

Y en cambio otras, normalmente las más cotidianas, las más reincidentes, se quedan allí abajo, en el poso de los recuerdos. «Nunca te olvidaré», pensé en mi interior. Y ahora sé que, después de seis años, no la he olvidado.

Mientras me alejaba de allí, cuando ya el refugio apenas era una mancha perdida entre montañas, comencé a pensar en mí. Cómo era posible que yo, que tenía un piso en propiedad, un BMW que sólo usaba para ir a trabajar, unos cuantos trajes de marca, varias cuentas bancarias en buen estado, una mujer o exmujer preciosa y un niño en la flor de la vida, no hubiera sido capaz de mantener la felicidad. En cambio, una chiquilla con un cascabel cosido en la ropa, un perro que la seguía a todas partes y unos calcetines de colores parecía que se tropezase con ella a cada instante.

Las primeras horas pasaron más rápido de lo esperado. Me ayudó, sin duda, el entorno. Un entorno que me ofrecía a cada paso nuevos descubrimientos. Me sentí, a mis casi cuarenta años, un completo ignorante, un ser arrinconado en su pequeña parcela de mundo.

Tardé en acostumbrarme a llevar el peso de una mochila a la espalda. La de delante ya no era ni siquiera una molestia, sólo el recuerdo de mi decadencia. Tardé en ajustarme correctamente todas las correas, en repartir los bultos y apoyar bien el peso. Finalmente, cuando conseguí dar pequeños pasos sin desequilibrarme, cuando conseguí acelerar el paso en las bajadas e inclinarme hacia adelante lo suficiente en las subidas, las mochilas dejaron de ser un problema.

Anduve solo.

Solo, minúsculo, un pequeño trozo de vida en la inmensidad de la montaña.

Caminé y no miré atrás.

Caminé y no pensé —al principio— en lo que ascendía; fue suave.

Llegué a un collado, un punto alto. Paré.

Miré hacia adelante: una gran cresta de rocas, valles completamente mojados, árboles acomodados en las partes más bajas junto al agua; otros, con menos suerte, los que habían nacido más alto, intentando crecer entre las piedras, aferrados a ellas mientras la gravedad los empujaba hacia el precipicio, sobreviviendo.

Retomé el camino.

Fue un caminar pausado, fue un caminar de viejo, al abrigo de la desgana. Caminé por no quedarme quieto, caminé porque al fijarme en el camino me distraje del pasado. Durante una hora, quizá dos, pude evitarlo, pero al final supe que estaban demasiado dentro, que estaba todo demasiado reciente.

Carlitos… y me imaginé un beso suyo, y lo sentí en la espalda, y lo miré en mi mente, y lo vi en el agua.

Rebe… y me imaginé tres besos suyos, y la sentí en el pecho, y la miré en mi mente, y la vi en brazos de otro.

Caminé y no pude dejarlo atrás. En cada mirada, en cada recuerdo, en cada sensación, allí estaba él: el dolor.

Caminé.

Y el sol, aun a pesar de mi mirada, fue capaz de hacer los verdes más verdes, los ríos más azules y las piedras más blancas.

Caminé, pero fue inevitable pensar, de nuevo, en ellos, en los tres.

Me los imaginé juntos, mezclados en la cama, como ya hacía tiempo nosotros no estábamos. Me los imaginé aferrados los dos, uniendo bocas y rozando cuerpos, compartiendo una piel que estuvo a mi alcance y no supe guardar. Compartiendo saliva, aliento y caricias. Compartiendo fluidos bajo las sábanas.

Extrañado, me di cuenta de que aquello no me dolía. No me dolía pensar en ella encima de él, en él sobre ella, en ellos gimiendo sobre una cama que no era la mía, que no era la nuestra. No, aquello no fue la simiente de un dolor que, lejos de menguar, florecía.

En aquel momento, perdido en el camino, fui consciente por fin del origen de un dolor que, a cada paso, se hacía más insoportable. Que fuera él quien le mostrase todo lo que yo no le había enseñado; que fuera él con quien, algún día, recorriera estas mismas montañas; que fuera él quien le explicase que de pequeños nos perdíamos por bosques parecidos; que fuera él quien la abrazase bajo un árbol en luna llena; que fuera él quien la besase bajo la lluvia de julio; no poder ser yo quien le regalase su primera gota de rocío. Todo eso fue lo que realmente me estaba destruyendo; lo del sexo no me importaba en absoluto.

Tres horas y ni rastro del refugio; del primero, según Pippi.

Caminé. Quizá —pensé— el tiempo se relativizaba en la montaña. Caminé y, de vez en cuando, me fue alcanzando gente. Un saludo y desaparecían por delante. Una hora suya no era una hora mía.

Seguí caminando.

Al rato pude distinguir, por fin, una casa: lejana, de tejado negro, de pequeñas ventanas, adornada con banderas que no dejaban de ondear. Aceleré el paso.

Media hora más y llegué al refugio. Cuatro horas.

Miré el reloj de nuevo: las dos de la tarde.

Arrojé la mochila junto a la pared exterior del refugio. Bebí agua, me sequé la frente y noté el hambre. Entré y pedí un bocadillo.

Me separé unos metros y, junto a un pequeño prado, me senté a comer: un bocadillo de jamón y una botella de agua: sin duda, la mejor comida de mi vida. El viento soplaba con fuerza diluyendo el calor de un sol que amenazaba, la hierba estaba fresca como el amanecer y el mundo se veía, allí, de otra manera.

Aun así, la felicidad apenas llegó a rozarme: pensé de nuevo en ellos.

Acabé de comer y dudé: pasar allí la noche o seguir adelante.

Quedarme significaba parar de caminar; significaba permanecer sentado sobre el mismo trozo de hierba pensando en ellos, pensando en que no estaban conmigo, significaba decepcionar a Pippi.

Seguir adelante significaba continuar caminando, al menos cinco horas; significaba levantarme de allí sacudiendo su recuerdo; significaba hacer lo que había venido a hacer: alejarme del pasado.

Fue, finalmente, el viento el que, en aumento, me invitó a seguir, me empujó adelante.

Caminé de nuevo. Caminé pensando que no sería mucho más difícil que lo ya recorrido.

Me equivoqué.

Domingo 28 de abril de 2002, 15.10 h

Apenas había transcurrido media hora desde que salí del último refugio cuando distinguí, a lo lejos, un reguero de personas: pequeñas hormigas de colores que enfilaban hacia la blanca cumbre de una inmensa montaña. Pensé que ese no era el camino que yo debía seguir, que en algún momento se desviaría hacia otra dirección.

Pero no se desvió. Mi sendero, terco, iba directo a la montaña que yo no quería subir.

Dudé.

Volver era sencillo, era lo que sabía hacer. Volver al mismo sitio de siempre, volver a lo conocido, volver a repetir lo que ya había vivido; dichosa costumbre. Pensé en Pippi.

Apoyado sobre uno de tantos pedruscos gigantes, le eché un vistazo al mapa que llevaba en el bolsillo. Confirmado, el camino pasaba por allí arriba: Collado de Contraix, 2.745 metros.

Miré de nuevo hacia la cumbre, con los ojos entreabiertos o entrecerrados, no sabría decir. Dudé. Un paso y volví a dudar. Otro y volví a dudar. Otro, al que le siguió otro, y otro, y otro, y otro, y sin levantar la cabeza, arranqué de nuevo.

El sendero comenzó a levantarse. Los pasos se hicieron más cortos y duros.

Después de una hora ascendiendo, con la ayuda de un palo que hacía las veces de tercera pierna, y sin apenas haber levantado la mirada del suelo, me detuve. El camino se desdibujaba, se había difuminado entre piedras gigantes. Los pasos comenzaron a convertirse en saltos, en esquivos, en zancadas unas veces y en impulsos otras. Comencé a tener que usar las manos para apoyarme en los pasillos de roca que se formaban a mi alrededor. Aun así, aun a pesar de que apenas avanzaba, de que se me escapaba la vida a cada metro —no pude distinguir en aquel momento una muerte en el lago de una muerte entre las rocas—, seguí ascendiendo.

El camino desapareció totalmente.

Fue entonces cuando me percaté de pequeños montones de piedras dispuestos cuidadosamente sobre las rocas: los mojones.

El cansancio se iba llevando, como lo hace una ola, los restos de entusiasmo, valentía e ilusión. Cada vez era más pequeño el tiempo que caminaba y más grande el que descansaba.

Cincuenta pasos —pactaba con mi mente— y descanso. Cincuenta pasos más y descanso.

Cuarenta pasos. Los contaba y descansaba.

Treinta pasos.

Veinte, diez, paré.

Durante mis íntimas cuentas fueron varias las personas que me adelantaron. Entre ellas el hombre del pelo canoso que, con un semblante triste, me saludó.

—Buenos días.

—Buenos días —o algo así le dije, apenas me salían ya las palabras—. Dispáreme aquí mismo —susurré. Creo que no me oyó.

Otros me pasaban con un ritmo liviano, fresco, abusón.

Todos me saludaron, todos me animaban.

—¡Va, que ya está ahí! ¡Ya queda menos! ¿Necesita algo? ¿Se encuentra bien?

Se preocuparon por mí, aquel día, más personas que en mis diez últimos años en la ciudad.

Veinte pasos, descanso. Veinte pasos, descanso. Veinte pasos, ese era ya mi límite.

En uno de mis reposos me superó una pareja joven. Eran los que dormían abrazados cerca de mi cama. Me saludaron y prosiguieron su camino, que en ese momento era también el mío, mientras ella le reprochaba lo duro del ascenso.

Quince pasos, descanso. Quince pasos, descanso.

Llevaba dos horas caminando desde el anterior refugio, seis en total. Jamás me había sentido tan cansado.

Pero lo peor aún estaba por llegar. Y llegó enseguida.

El sendero —por delimitar de alguna manera el camino— se complicó demasiado. Los restos de nieve hacían que mis pies resbalasen a cada paso. Cada resbalón provocaba que pequeñas piedras rodasen hacia abajo, hacia el abismo. La mochila pesaba cada vez más. Estuve a punto de caer tres veces, caí dos.

Comencé a sudar como nunca había sudado, me acordé del día que me sequé la camisa en el baño. Notaba el latido de mi vetusto corazón en cualquier esquina de mi cuerpo: en la sien, en las muñecas, en mis piernas, en el cuello...

Cuando ya sólo me quedaban unos cien metros para llegar a la cima, cuando pensé que el suplicio se acababa, la pendiente se endureció aún más. Mi corazón estuvo a punto de darme un susto, de pararse por completo; por un momento me olvidé de respirar.

Caí, lentamente, al suelo. Me quedé inmóvil, aferrado a una roca, intentando recuperar todo el aire que había perdido. Descansé. Me levanté de nuevo, arrastré unas pequeñas piedras que cayeron… y no pararon. Miré hacia abajo y sentí pánico: la pendiente era prácticamente vertical; un paso en falso y no pararía de caer.

Comencé a temblar y el miedo fue, a partir de ese momento, quien tomó el control. Me quedé allí, aferrado con las uñas a la roca, en la única posición que creí segura. No pude moverme. Jamás me había encontrado en una situación en la que mi cuerpo no respondía. Sentí miedo, mucho miedo, más miedo del que jamás había sentido en mi vida.

Permanecí inmóvil, aturdido, aterrado, implorando ayuda sin poder abrir la boca.

Imaginé una noche a solas, una noche fría, en la que mis manos se soltarían y mi cuerpo caería como ya había caído mi vida.

Esperé.

Vi a lo lejos la esperanza: subían tres personas.

Cuando apenas estuvieron a unos metros intenté pedirles ayuda; no pude. No pude hablar, no pude decirles nada con las manos, pues las tenía aferradas a la roca; sólo supe llorar. Por suerte, pararon.

—Buenas tardes, ¿se encuentra bien? —me dijo el hombre que encabezaba el grupo mientras se agachaba para intentar verme la cara.

—…

No contesté, no pude abrir la boca, todos mis músculos estaban tan tensos que no supe ni mover los labios.

—¿Se ha caído? ¿Se encuentra bien? —me repitió el segundo.

Observaron mis manos soldadas a la piedra, observaron mis piernas temblando como flanes, observaron las lágrimas resbalando por mis mejillas, observaron mi mirada, seguramente perdida.

—¿Puede moverse?

—...

Continué sin contestar.

Y ahí empezaron, ellos también, a preocuparse. Lo noté en sus caras, lo intuí en sus conversaciones.

Todos fuimos conscientes de que a 2.700 metros de altura había un hombre de ciudad fuera de lugar. Aterrado, hundido en el más absoluto pánico. Un hombre que no encontraba su sofá, su mando a distancia y su cerveza. Un hombre que se había perdido en la montaña, que se había perdido en un mundo que no era el suyo, un hombre que lo había perdido todo.

—A ver, Nacho, quítale la mochila. —Y el que debía de ser Nacho me obligó a pasar mi brazo por detrás de la mochila para quitármela.

No se lo puse fácil. Forcejeamos ambos, la piedra no me soltaba, yo no quería soltarla. Al final, entre dos, lo consiguieron.

Me quitaron la mochila y lograron levantarme. Me aferré a ellos como me aferré a la roca: clavándoles las uñas; como se aferra quien se ahoga a su salvador: ahogándolo.

—Ahora me pondré yo delante... Vosotros atadle la cuerda alrededor de la cintura y me dais un extremo, ¿vale?

—Sí —contestó alguien.

Jugaron conmigo. Me ataron a la cintura una cuerda. El que encabezaba el grupo se puso delante de mí tirando de ella.

—Detrás de ti irán ellos dos, así que, si te resbalas, no te preocupes, porque te cogerán, ¿entiendes?

—...

—Tú sólo intenta hacer fuerza con las piernas y, sobre todo, no te sueltes de esta cuerda. ¿Me entiendes?

—Sí... —comenzó a salir un hilo de voz—. No me dejéis caer —supliqué—, no me dejéis caer, por favor...

—Nadie te va a dejar caer, no te preocupes.

—No me dejéis caer, por favor —supliqué.

En aquel momento supe que lo del lago nunca habría funcionado.

Y así, el primero fue tirando de la cuerda a la que yo estaba agarrado. De vez en cuando, los de atrás hacían fuerza con sus manos para empujarme hacia arriba.

Avanzamos muy lentamente. Cada paso era un esfuerzo sobrehumano para mí. Creo que tardamos veinte minutos en recorrer apenas cincuenta metros. Pero poco a poco iba diluyéndose el miedo, la cara me fue cambiando y el ataque parecía haber remitido.

Sin saber exactamente cómo, llegamos a una pequeña explanada. Había pasado lo más duro.

Miré hacia abajo y vi que lo habíamos conseguido. Sólo me separaban unos cuantos escalones de la cima. Pensé que en unos segundos estaríamos arriba. Pero ahí me la jugaron.

Paramos, me quitaron la cuerda de la cintura y se fueron hacia arriba con mi mochila. Me abandonaron a pocos metros de la cumbre.

—¡Este último tramo tienes que hacerlo solo, tienes que coronar tú! —me gritaron desde arriba.

—¡Venga, ánimo! —se oían las voces de otros senderistas que estaban descansando en la cumbre y se habían quedado a ver el espectáculo.

Sentí, allí arriba, más vergüenza que miedo.

Quedé inmóvil de nuevo. Me costó arrancar.

Finalmente, con paso lento, arrastrando los pies, sin mirar abajo, subiendo escalones de más de medio metro: uno, dos, tres, cuatro… cinco… seis… y el último… conseguí llegar a la cima.

Algo en mi mundo había cambiado.

La vida y yo nos miramos frente a frente. Sonreí desde allí arriba a Pippi.

Domingo 28 de abril de 2002, 17.35 h

Los espectadores que permanecían en la cima, entre ellos mis tres salvadores, comenzaron a aplaudir. Un abrazo a cada uno fue mi única manera de agradecerles su ayuda.

Y allí, sobre el techo —y no bajo él— de mi mundo, me sentí vivo. Allí, en el lugar más alto en el que había estado nunca, comprendí a todos los que dan su vida por la montaña, a todos los que son incapaces de dejar de escalar aunque se les vaya algún dedo en el intento. Allí comprendí que las distancias existen para que el hombre las recorra, por placer, simplemente por eso.

Me senté, abatido, en un rincón, con el cuerpo destrozado, con las piernas acalambradas, con el corazón fuera. Pero, pese a haber estado a punto de tirar la toalla, me sentí ganador. Ganador, allí, en la esquina del ring de mi vida.

Bebí, respiré y vi; y además miré.

Un valle inundado de piedras, enormes, afiladas; un valle salpicado a veces de verde, a veces de marrón, de plata en las zonas más bajas, donde el agua se remansaba, donde apenas se veían puntos de colores; una sierra en lo alto, dentada, grisácea, unida con el cielo a través de una niebla que comenzaba a descender.

Vivo, me sentí.

Después de más de media hora disfrutando en soledad comencé el descenso, que, exceptuando la primera parte de pronunciada pendiente, fue más agradable.

Dejé, aún, paso a otros caminantes. Todos me animaban.

—¡Vamos, ya queda menos! —¿Menos para qué? ¿Para llegar a dónde?

Lo había perdido todo, hasta el destino. Cuando uno no sabe hacia dónde se dirige, difícilmente sabe cuánto le queda. Me adelantaron cinco o seis personas más.

El resto del camino hasta el refugio lo recorrí en soledad.

En mi descenso me acompañaron decenas de cascadas que florecían a mi alrededor. El ruido del agua era constante, recordando que en cada segundo, en aquel lugar, la vida fluía. Cada cierto tiempo descubría nuevos lagos: unos gigantes, otros más pequeños, lagos vivos que durante el año son capaces de crecer o menguar.

Me detuve más de veinte minutos en la orilla de uno. Veinte minutos mirando nubes, con mis pies en el agua, al abrigo de las montañas, formando parte de algo.

Los recuerdos volvieron: ellos. Escapé.

Continué mi marcha.

El sol se marchaba para dejar paso a una luna creciente.

Me inquieté. Hacía más de dos horas que no había vuelto a ver a nadie. Me temí lo peor: haberme perdido en un lugar perdido.

Seguí caminando; tampoco tenía más opciones.

Pronto llegué a un cruce en el que una placa me indicaba la dirección y el tiempo restante hasta el refugio: treinta minutos.

Aprendí a multiplicar los tiempos por dos: una hora para mí. Justo, muy justo. La luz era cada vez más vergonzosa y la noche, más insolente.

Caminé.

Caminé durante una hora. Apenas ya había luz.
Caminé.

Las ocho y media, a lo lejos una casa.
Caminé más rápido. Era el refugio. Era de noche. Era feliz.

Después de casi once horas caminando sobre una ruta de siete u ocho —siete u ocho... aún oía la voz de Pippi— me encontré a pocos pasos de la meta, en la puerta.

Me paré. Me sentí, de pronto, un extraño, un exiliado. Me sentí fuera de lugar. No había coches, no había ascensores, ni ordenadores, ni gritos.

Después de tantas horas, de tantos combates, de no haber tirado la toalla, dudaba. Dudaba como dudé aquellos días en el rellano de mi —de nuestra— casa.

Me detuve frente a la puerta, a dos metros de abrirla, a dos segundos de huir.

Finalmente, mi estómago pudo más que mi vergüenza, el frío más que la incomodidad, la luz interior más que la noche.

Empujé, abrí la puerta y, con más miedo que esperanza, entré.
Allí me encontré con algo que jamás hubiese imaginado.

Silencio.

Aplausos.

Todos ellos: la pareja que aquella mañana me encontré acurrucada en la cama; una familia al completo con dos niños pequeños, ellos también, por imitación, aplaudían; los tres hombres —con efusividad— que me habían aupado hasta la cumbre; un grupo de jóvenes que me habían adelantado en el último tramo del recorrido; todos comenzaron a aplaudir a un gordo de ciudad que había subido una montaña.

Sólo una persona se mantuvo sentada en un sofá, en un rincón: el hombre del pelo cano que me había desafiado con la mirada aquella mañana. Aferrado a una pequeña mochila roja, me miró y sonrió. Fue una sonrisa sincera, breve y a la vez triste. Le perdí miedo, le gané lástima.

Fue un aplauso largo, eterno se me antojó entonces. Mi ego se regocijó entre aquellos sonidos.

Volví a pensar en ellos.

Hubiese preferido, aquella noche, ser yo quien, junto a mi familia, aplaudiese a un gordo de ciudad que entrara por la puerta.

Me dirigí hacia el trío de ángeles que me habían encumbrado. Les di la mano, ellos me abrazaron. Un abrazo emotivo, un abrazo extraño, de persona a persona, sin dinero de por medio, sin segundas intenciones, extraño.

—¿Ves como al final lo has conseguido? —me dijo uno de ellos con satisfacción mientras los demás afirmaban con la cabeza.

—Claro que sí —contestó otro.

—Gracias, gracias por todo —les respondí confundido entre tantos sentimientos.

—Te hemos guardado un poco de cena —me volvió a decir el chico más joven.

En unos minutos tuve la mesa preparada.

De primero: un cuenco de sopa ardiendo. Me la tragué de un solo mordisco.

De segundo: un buen trozo de carne con patatas fritas y algunas verduras asadas. Me lo comí de un solo trago.

Un vinito y, de postre, una manzana.

Cené, aun a pesar de todos, a solas.

—Perdone, creo que había que reservar, pero... ¿queda alguna cama libre? —pregunté al camarero.

—No se preocupe, ya tiene la reserva hecha.

Me dio un vuelco el corazón: ella sabía que iba a llegar.

Se fue hacia el teléfono, marcó y esperó, y esperamos.

—Para usted —me dijo mientras por encima del mostrador que daba a la cocina me pasaba el teléfono.

Lo cogí temblando y me acerqué al auricular con satisfacción.

—Sabía que lo conseguirías. —Oí su voz con el cascabel de fondo.

—Gracias… gracias por todo… —Y recordé que no sabía su nombre, tampoco ella el mío.

—Sigue adelante, ya has dado un paso muy importante… bueno, varios. —Oí su risa—. Olvídate para siempre de las vallas que protegen los lagos, ¿de acuerdo?

Me había visto; sin duda, aquella mañana en la que había pensado en acabar con el pasado, y de paso con el futuro, ella lo había visto todo.

—De acuerdo, gracias.

—Un beso.

—Gracias.

Y con un «que te vaya bonito» se despidió Pippi de mí.

Preferimos ambos no tener nombre, simplemente conocernos. Para mí siempre sería Pippi, y para ella, yo sería una persona más a la que había ayudado.

Después de cenar pedí un té y, de nuevo, en un rincón, vi cómo las luces de la estancia se apagaban. Ya sólo quedábamos allí el fuego y yo.

—¿Le importa que me quede un rato? —le pregunté al responsable, que ya hacía intención de marcharse.

—No se preocupe. Su litera es la segunda más próxima a la puerta, en la parte de abajo. Intente no hacer ruido al acostarse. Los demás, aunque los vea tranquilos, también necesitan descansar. —Me guiñó un ojo y sonrió.

—Muchas gracias. Buenas noches.

—Buenas noches.

Y allí disfruté de esa soledad que sólo se encuentra en los lugares más pequeños, en los momentos más precisos. Busqué, entre la oscuridad, una respuesta.

Entré entre el silencio a oscuras. Encontré mi litera a la primera. Me acosté y allí me sumergí en la intimidad del sueño de unos desconocidos. Espié, sin su consentimiento, sus noches mientras dormían: supe de sus inquietudes al revolverse en las literas, de su cansancio al dormir sin apenas hacer ruido, de sus preocupaciones por sus monólogos sin sentido. Escuché hasta que, finalmente, también yo me dejé llevar, mostrando allí, junto a ellos, mis intimidades nocturnas, las que hasta ahora sólo Rebe conocía.

Lunes 29 de abril de 2002, 7.20 h

Desperté, de nuevo desubicado, de nuevo en un lugar nuevo.

Desayuné junto al fuego: café con leche.

Me puse azúcar. Una, dos y... la tercera no era mía. Aquella cucharada que no me atreví a verter en el café me recordó demasiadas cosas; la dejé de nuevo en el azucarero.

Imposible. Demasiado amor atrapado.

—Te quiero... aún —susurré a un café que no me escuchaba.

Esperé, sentado, a que todas las otras vidas se pusieran en marcha.

Solo, de nuevo, me puse las botas heladas. Cogí mi mochila y salí al mundo.

Cuatro pasos y comencé a acusar el encumbramiento del día anterior. Dolor intenso, distribuido por todo el cuerpo, por toda la mente. Me senté junto a un árbol.

Esperé, tampoco tenía prisa.

Volví a reanudar la marcha, poco a poco los pies recordaron lo que era andar.

La ruta, aquel segundo día, fue mucho más agradable. El ritmo que me impuse fue también más pausado.

Pasadas tres horas, el agua comenzó a rodearme por todos lados y allí, en medio de la nada, me paré a comer.

Bajo el cielo, sobre la tierra y entre la vida, recordé a Carlitos. Lo imaginé corriendo alrededor, en vez de hacerlo enclaustrado en un parque, o entre coches, o entre edificios. Recordé a Rebe, y me la imaginé allí conmigo, comiendo juntos, besándonos mientras dejábamos el bocadillo para después, jugando con nuestros dedos como cuando aún no teníamos anillos, jugando con nuestras lenguas como cuando aún no tenían veneno.

La quise, en aquella soledad, como nunca la había querido cuando estuvimos juntos, cuando aún había esperanza, cuando aún no había un tercero.

Retomé el camino.

Caminé. Recordé. Lloré.

Quise apretar entre mis brazos a Carlitos.

Caminé para olvidar y se me olvidó que caminaba.

Llegué a un pequeño collado. Arriba.

Miré abajo: un precioso lago ocupaba todo el valle. El camino serpenteaba entre riachuelos para llegar hasta el agua.

Mientras descendía vi, a lo lejos, al otro extremo del lago, a un hombre sentado sobre una piedra. Fuera del camino. Aislado. Me seguí acercando.

Después de unos minutos comencé a distinguir al que creí mi verdugo: el hombre del pelo blanco estaba acurrucado sobre una gran roca. Era el lugar perfecto: nadie alrededor, la inmensidad del silencio aplacaría el ruido, después podría tirarme al lago.

Me detuve y pensé.

Me fijé en la pequeña mochila roja de la que no se había separado ni un instante: la pistola.

Me asusté.

Cuando uno está asustado, cuando uno ha hecho lo que no debería haber hecho, la mente juega malas pasadas: la conciencia.

Seguí caminando.

Me acerqué más. Pasé por delante, separado por un lago, esperando de un momento a otro un disparo, pero ni se inmutó. Pasé acelerado, nervioso. No oí nada.

No había pistola, no había venganza, no había nada. Pero, entonces, ¿qué había en aquella mochila roja? Me escondí y me dispuse a espiarle.

Pasó media hora y aquella figura continuaba igual. Se me hacía tarde, se nos hacía de noche a ambos. Aun así, continué esperando.

Se movió. Abrió la mochila y sacó un pequeño paquete. Pude distinguir un tipo de termo o cantimplora.

Lo mantuvo durante unos instantes en sus manos. Lo abrazó. Lo besó y apoyó su mejilla en él durante varios minutos.

No supe ver en aquel momento nada. Seguí mirando.

Para mi asombro —me obligué a ponerme de pie—, se dirigió con el extraño objeto en la mano hacia el interior del lago. Entró con la ropa puesta, hasta las rodillas. Se paró en medio de un lago silencioso, en medio de un día calmado; se detuvo cuando vio que el sol se escondía y ya no podía verlo. Destapó el objeto y, con unos movimientos lastrados, arrojó su contenido al agua.

Permaneció allí mientras el día se iba.

Salió. Se sentó de nuevo en la piedra y allí, intuí, lloró a escondidas. Definitivamente, no había pistola. Pensé que estaba a punto de tirar la toalla, como yo el día anterior. Pero allí no estaba Pippi para ayudarle. Podría haberme marchado, pero no fui capaz de huir sin abrazar a un hombre que, como yo, parecía haber perdido el rumbo.

Volví de nuevo, rodeé el lago. Me vio, pero no se movió.

Llegué a su altura y me senté junto a él. Ni se inmutó. Volví a sentir miedo.

—Buenas tardes —le dije suavemente, sin querer asustarlo, sin querer asustarnos.

—Buenas tardes —me contestó una voz frágil, como la de un niño.

—¿Está usted bien? ¿Necesita algo? —le pregunté.

Silencio por respuesta, lágrimas por conclusión: comenzó a llorar.

Se hundió en un dolor terrible, en un dolor incluso más fuerte que el mío. Creí, por momentos, que en su cubrir los ojos se los iba a arrancar allí mismo.

Me fijé en la pequeña urna, donde apenas quedaban restos de ceniza. No me atreví a decir nada más, no me atreví a hablar.

El tiempo pasó y fui incapaz de moverme de su lado. El sol se despedía.

Finalmente, fue él quien habló. Era suficiente con que yo, con que alguien le escuchase. Y sus palabras fueron pura tortura, cada sílaba se unía a la anterior, a la posterior, con hilos de dolor.

—Murió hace dos semanas —le habló al aire.

»Llevábamos más de cincuenta años juntos, siempre juntos. Con nuestros besos, con nuestros abrazos, con nuestras miradas, con nuestras peleas, con nuestras crisis, pero juntos. Nos conocíamos tanto que a ratos, en la oscuridad de la cama, en la sinceridad del recuerdo, nos confundíamos. Vimos tantas cosas juntos que ahora, sin ella, no soy capaz de distinguir nada. Supimos tanto el uno del otro, supimos tanto de nosotros que llegamos a creer que lo sabíamos todo.

Se aferró, aún con más fuerza, a una vasija ya vacía.

—Llegó sin avisar, como la mayoría de las malas noticias: un cáncer. Todo se aceleró; la vejez lo acelera todo. En apenas tres meses se fue destruyendo, la fui perdiendo. Intentamos exprimir más los minutos. Cincuenta años habían sido tan pocos… Vivimos aún más esos días, en los que sentí su dolor como sé que ella sintió el mío.

»Dedicamos los últimos meses a salvar algo insalvable. Pasamos tanto tiempo preocupándonos de la enfermedad que nos olvidamos de nosotros. Cuando llegó el momento, no pudimos despedirnos.

»Entré aquella noche en la habitación y ya no estaba. Se había ido. Después de cincuenta años, no pudimos decirnos adiós.

Rompió a llorar desgarrándose por dentro. Me abrazó con tal fuerza que clavó cada una de sus costillas en mi cuerpo. Se me derrumbó encima.

Permanecí junto a él varios minutos. El sol desapareció completamente.

Aferrado a mí, tras el refugio de mi espalda, continuó.

—Ahora ya no sé qué tengo que hacer. Ella lo era todo. Era el centro de la familia, de las fiestas, de los viajes, de las tardes con los nietos, de todo.

»¿Ahora qué?

»Siempre tuve la ilusión, infantil, lo sé, de morir junto a ella.

La ilusión de abandonar unidos este mundo. Pudimos haberlo planeado. Cuando supo la noticia, lo hablamos, pero no fuimos capaces. Preferimos seguir juntos hasta el final a poner el final nosotros mismos.

»Pero todo vino tan rápido… Estuvimos tan ocupados intentando sobrevivir que se nos olvidó planear nuestra muerte.

»¿Y ahora qué? —repetía sin cesar.

No pude, como tampoco lo hice con Sara, ofrecerle una respuesta.

—Lo siento mucho —alcancé a decirle mientras le cogía unas manos que temblaban de dolor.

Él ya no me escuchaba, hacía tiempo que no estaba. Y, a pesar de todo, continuó hablando.

—Quiso que esparciera sus cenizas aquí. Veníamos cada año… y este lago le encantaba. Aquí nos dijimos tantas veces «te quiero…». —Paró un momento, se secó las lágrimas y me miró a los ojos—. Se me ha deshecho la vida, ¿sabe? Cada día, cuando me levanto, sólo aspiro a que me atropelle un coche, a caerme de alguna terraza, a desaparecer. Veo, cada día, la casa vacía, la cama vacía, la mesa vacía, la vida… todo lo veo vacío. Y lo peor viene por la noche, cuando en mi cama vacía tumbo mi cuerpo vacío y miro a mi lado y no veo nada. No veo a nadie, no tengo a nadie a quien contarle mi vida, no tengo a nadie con quien despertarme al día siguiente, a quien abrazar cuando hace frío, a quien decirle te quiero.

Acabó aferrado a su vasija. No supe ser más amable, no supe ser mejor persona. Sólo supe llorar también, con él, sabiendo que yo, de una forma distinta, la había perdido, los había perdido.

La noche se nos echó encima.

Afortunadamente, él se conocía bien el camino.

Nos acompañamos hasta el refugio; yo jamás hubiese sido capaz de llegar solo.

Aprovechando los restos de luz, hicimos el último tramo. Fue duro, largo, amontonado, confuso, doloroso y difícil, pero al final, cuando llegamos, valió la pena.

Vi, aquel día que ya era noche, uno de los paisajes más insolentes, más presumidos y más hermosos que he visto en mi vida. El refugio nacía en medio de un lago. Una pequeña península en cuyo centro, con prepotencia, se erigía una gran casa de dos plantas.

Caminamos sin querer que acabase el camino. Durante esos metros, el resto de sentidos se resignaban a que la vista fuese la protagonista. Los alrededores se cubrían de agua y montañas, de estrellas y noche.

Durante aquel camino de casi dos horas apenas intercambiamos monosílabos, palabras pequeñas, erosionadas de significado. ¿Por aquí? Sí. Sigue recto. Vale.

Llegamos juntos en distancia, pero alejados en pensamientos. Él, con la muerte esperándole en el lago; yo, con la vida dándome la espalda.

Llegamos, nos abrazamos y nos despedimos, para siempre.

Cené más desapercibido: Pippi no había llegado hasta allí. Una cena sobria.

De nuevo, encontré un rincón perfecto para tomarme un té.

Pensé en el hombre del pelo canoso y su aura de tristeza, su hablar entre lágrimas; su pérdida, irrecuperable. Un hombre que rebosaba dolor. Eché una ojeada alrededor, pero no estaba. ¿Estaría ya durmiendo? ¿Estaría fuera, buscando la sombra de una guadaña?

Y su dolor me llevó al mío: Rebe, Carlitos.

Cerré los ojos y miré en el fondo de mis párpados.

Me sumergí, de nuevo, en la soledad. Una soledad distinta a la del interior del coche, distinta a la que me acogía cuando Rebe y Carlitos ya se habían dormido. Fue aquella, la que me atrapó en el sofá con los ojos cerrados, una soledad más intensa, más vacía aún.

Tenía que volver a verlos; quizá lo supe en el mismo momento en que subí al tren, quizá lo supe en el mismo momento en que leí la carta.

El dolor, lejos de desaparecer, se intensificaba cada día.

Martes 30 de abril de 2002, 6.00 h

El día amaneció mojado.

Desde bien entrada la madrugada pude oír el rumor de las gotas golpeando el cristal de la habitación, ¿existe mayor placer?

Por la noche la tristeza me visitaba durante momentos puntuales en los que despertaba de golpe, abriendo los ojos y mirando a mi lado: Rebe no estaba. Volvía a dormir. Y la tristeza, terca, me volvía a despertar. Apenas me dejó disfrutar de instantes de olvido.

Me desperté, por última vez aquella noche, en el preámbulo del día, a las seis.

La lluvia, al menos su eco, había parado. El sol ni siquiera se había destapado y la oscuridad sólo era interrumpida por una pequeña luna que se resistía a dejar paso al día.

Me levanté, fui el primero. Me puse las botas, el abrigo y salí en silencio.

Frío, fue mi primera sensación.

Chispeaba aún, apenas mojaba. La luna, quizá como castigo, iluminaba a unas nubes que no dejaban asomar estrellas.

Permanecí sentado a los pies de la puerta, abrigado. Esperando ver amanecer, esperando ver en alguna ventana a Pippi, esperando despertar de un mal sueño que ya duraba demasiado.

Pensé de nuevo en ellos. «Carlitos, te quiero», le susurré. «Rebe, te quiero», pensé, pero no me atreví a decirlo. Ahora había otro que también la quería.

No recuerdo cuánto tiempo estuve allí, acurrucado, disfrutando del iluminar de un sol que finalmente no llegó a salir en todo el día.

Me llegó el aroma del café caliente en una mañana fría. Entré, fui el primero.

Fui yo mismo el que me sirvió también. Una jarra de café hirviendo, otra de leche, una jarra de zumo preparado y algunas galletas. También algunas tostadas. Ni cereales con fibra y chocolate, ni rosquillas, ni bollitos, ni nada más. Mojé una galleta en el café con leche: disfruté. Otra y otra, y seguí disfrutando como pocas mañanas en mi vieja vida de prisas, horarios y dineros había disfrutado. Nos pasamos la vida persiguiendo tantas cosas vacías.

Después de diez minutos, con el tazón entre mis manos, el cuerpo entró en calor. El exterior goteaba, como toda la noche, y no había visos de esperanza. Era aquel un día de casa y lumbre.

Pensé, no lo niego, en quedarme allí sentado: cuando no hay destino, no hay prisas.

Lo intenté. Me acurruqué en el mismo sofá que la noche anterior y miré por la ventana. Pero de nuevo los vi, allí afuera, corriendo hacia mí. Mirándome a los ojos, sabiendo que no iba a poder abandonarlos, que me tenían, en aquel rincón, acorralado. Me impactaron, de nuevo, los recuerdos.

No podía. Todo un día allí, encerrado con ellos, habría acabado conmigo. Decidí seguir con la esperanza de encontrar, si no la alegría, al menos el olvido.

Me levanté para acercarme a la ventana. Vi nubes que se oscurecían. Vi una pareja que se besaba. Vi una familia al completo: el padre, la madre y dos chiquillas de unos catorce y doce años, calculé. Entre quejas y protestas, las dos niñas seguían a su padre, que las amenazaba con cogerlas y subirlas a *galligotas;* lo hizo. Y mientras a una le hacía cosquillas, la otra le agarró el tobillo y los tres cayeron al suelo, en el barro. Nadie gruñó, nadie regañó a nadie, sólo rieron. Y yo allí, mirando a través de la ventana, volví a llorar.

—*Bon dia* —me abordó una voz profunda.

—*Bon dia* —le contesté.

—*Per dir alguna cosa. Sembla que plourà* —me dijo con un acento tan cerrado que me costó entenderlo.

—Sí, ¿verdad que es precioso? —le contesté ensimismado, mirando hacia la ventana.

—¿No es de por aquí usted? —me preguntó mientras intentaba distinguir el destino de mi mirada. Miró también por la ventana.

—No, no... —le contesté.

E iniciamos allí, en el estrenar de una mañana, una conversación que se fue alargando hasta el sofá. Sentados, en el umbral de una amistad apenas iniciada, hablamos de cosas de las que últimamente no hablaba con nadie. Nos contamos nuestras infancias en la naturaleza, nuestra juventud en las ciudades y nuestra madurez, de nuevo —si todo iba bien— en la montaña.

Él nunca se había casado. Me contó sus intentos de formar

una familia que jamás pasó de un dúo, sus intentos por aprender de los errores de relaciones anteriores, de situaciones ya vividas... pero llegó un punto en que no consiguió encontrar las suficientes compatibilidades con nadie, «y a mi edad creo que sería más fácil mezclar agua y aceite», me dijo, y sonreímos.

Yo estaba separado. Le mentí en sentimientos, pero no en realidades. Le conté mis intentos por mantener una familia que llegó a ser trío, mis apenas intentos por recuperar tiempos mejores...

Pasamos horas en aquel sofá mientras afuera las nubes continuaban indecisas. Le comenté, finalmente, mi idea de seguir. Prefería ser hostigado fuera que castigarme yo mismo por dentro, allí dentro.

Hubo un intento de disuasión por su parte, unas advertencias sobre los cambios del tiempo, sobre las tormentas en las alturas... pero, finalmente, entendió mi postura.

Me explicó las opciones.

—En realidad hay dos caminos. Uno, el que sigue la Carros de Foc: una travesía por los refugios de Aigüestortes; el otro, el más sencillo, es una pista que va directamente a Espot, allí puedes hacer noche.

—¿Espot? Ah, sí... —Recuerdos arrinconados.

—Además, ¡tienen cocina! No deje de probar *les torrades amb escalivada* —me dijo el hombre mientras se relamía los labios—. No obstante, le vuelvo a decir que yo no saldría hoy —insistió, creo que más por tener compañía que por mi seguridad.

—Lo sé, mi cuerpo me dice que me quede, pero mi mente necesita seguir hacia algún sitio.

Me levanté, con enorme esfuerzo, para colocarme la mochila y un chubasquero gigante. Cogí el palo y me acerqué a la puerta. El hombre me acompañó hasta la separación.

—Bueno, aquí nos despedimos… —le dije mientras le estrechaba la mano—. Ha sido un placer.

—Igualmente. Recuerde, siempre recto, pasará dos túneles, pero siempre recto. No tiene pérdida.

—Descuide, muchas gracias.

—*Adéu i molta sort.*

—*Adéu.*

En cuanto abrí la puerta la lluvia me golpeó en la cara. Noté el susurro de las nubes advirtiéndome que no era un buen día para salir, que alguien como yo debería volver ya a su ciudad, desplomarse en su cama junto al radiador y esperar al día siguiente.

Pero aquella vez no me importó, giré la cabeza hacia arriba y, esforzándome por mantener los ojos abiertos, con las gotas tocándome las pupilas, miré fijamente al cielo. Nos desafiamos: iba a salir. Y salí.

Una pista desnuda desaparecía, frente a mí, entre los árboles, bajo un manto de lluvia que ahuyentaba a los recuerdos.

Proseguí mi camino hacia ninguna parte, andando sobre una tierra que comenzaba a convertirse en barro, con unos pies que en poco tiempo serían peces.

Busqué, en los alrededores del refugio, al hombre que el día anterior me había guiado hasta allí. No fui capaz de verlo al despertar, ni durante el desayuno, ni difuminado entre la lluvia. Quizá había partido de madrugada, seguramente de vuelta en dirección al lago, en busca de un pasado que se le había escapado demasiado pronto.

Anduve durante tres horas solo, con la mochila empapada sobre mi espalda, apoyando un palo mojado sobre el barro y sin sospechar lo que me esperaba aquel día de lluvia perpetua.

Me abandoné a las instrucciones de un desconocido y caminé sin cuestionarme el final de aquel sendero. Mi única referencia era un pequeño mapa que llevaba en uno de los bolsillos de la mochila, seguramente tan mojado como el resto de mi cuerpo.

Los minutos continuaron avanzando entre una lluvia que

no sabía de descansos, en el interior de una tormenta que me rodeaba.

Cuatro horas andando. Sin noticias de los puentes, sin sospechas de haberme perdido. Me detuve bajo un gran árbol, saqué el mapa y lo estudié detenidamente: en un principio debía seguir por aquella pista. Intenté volver a plegarlo pero los bordes comenzaban a deshacerse a causa del agua; lo doblé como pude.

Con las botas repletas de barro, con los calcetines saturados de agua y el peso de mis dos mochilas, continué arrastrando unos pies entre el fango de la libertad. De la libertad no deseada, o deseada a medias. De la libertad que no te hace libre. De la libertad que te consigue desatar de unos yugos, a veces lazos, de los que no quieres separarte.

Seguí caminando.

Cinco horas. No vi pasar absolutamente a nadie.

Las tres de la tarde. Las nubes continuaban tercas, impidiendo el asomar de un sol amedrentado, conformándose aquel día con mostrar una claridad nublada. Al menos, la lluvia se había calmado: apenas caían hilos de agua. Pero aquella tregua duró poco.

Llegué a un cruce con tres caminos, todos prácticamente iguales, ¿cuál era el mío? Dudé durante unos minutos, saqué de nuevo el mapa y comenzó a deshacerse en mis manos. Decidí que el del centro era el adecuado. Ni siquiera tenía fuerzas para seguir dudando.

Pasaron seis horas desde mi salida y todo continuaba igual: seguía en el mismo camino, entre los mismos recuerdos y con la misma lluvia.

Y en apenas quince minutos, cuando pensaba que había conseguido despistarla, me alcanzó la tormenta. Y comenzaron las luces, y comenzaron los ruidos, y cada trueno conseguía estremecerme. Otro, y otro, y otro… Uno, dos, tres, cuatro, cinco… estaba muy cerca.

Litros de lluvia comenzaron a golpearme, a colarse por cada parte de mi cuerpo, por cada poro de mi ropa. Tuve miedo de detenerme, de resguardarme bajo un árbol; tuve miedo de caer allí en medio de la noche.

Engarrotado, con el cuerpo arqueado, apoyando el palo cada vez con menos fuerza, con los dedos entumecidos, con los pies congelados… continué una marcha sin destino, sin regreso.

Y la tormenta continuó, y tuve miedo… Tuve miedo de haberme perdido en un lugar que no conocía, de haberme equivocado en todo, incluso en el camino; miedo a quedarme allí el resto de la noche, a que algún rayo se fijase en mí, a dormirme y despertar sin vida…

Continué andando, cada vez más despacio y con menos fuerza.

Finalmente, paré bajo un conjunto de árboles. La lluvia continuaba arreciando.

La noche comenzó a comerse a un día que no había despertado del todo.

Caminé, cada vez con menos fuerzas.

Caminé.

Caminé ya sin fuerzas.

Me detuve… un paso más, dos, tres… me detuve de nuevo.

Mis pies no podían seguir. Me dejé caer bajo unos árboles, en la orilla del camino. Sentado sobre el barro conseguí quitarme la mochila, la tiré al suelo.

Respiré entre la lluvia. Temí quedarme dormido.

Me desperté temblando: un relámpago.

¿Cuánto tiempo llevaba durmiendo?

El sol ya casi había desaparecido.

Busqué, a tientas, en el interior de la mochila, un frontal que confié haber traído. Tras unos minutos de revolver entre ropa húmeda y comida mojada, lo encontré. Me lo coloqué en la cabeza y miré a lo lejos: nada; y miré a lo cerca: nada.

Me incorporé lentamente, como sólo puede hacerlo un perdedor, desde el barro. La lluvia no dejaba de caer, la noche tampoco. Localicé, nervioso, la mochila. Intenté levantarla, pero me flaquearon las fuerzas; demasiado peso, demasiada agua.

Tras varios intentos decidí vaciarla. Abandoné parte de lo poco que me quedaba: una bolsa de fruta estropeada, un juego de cubiertos, una cantimplora y un termo sin café.

Probé de nuevo y, al segundo intento, conseguí ponérmela.

Seguía lloviendo.

Entré en la oscuridad y avancé; entre el barro avancé; encorvado y con el cuerpo temblando avancé. Caminé, guiado por un débil halo de luz que salía de mi cabeza, sobre una pista que continuaba recta, inusualmente recta, inusualmente recordada. Caminé, y cada vez lo hacía más despacio, sin destino, con el único objetivo de no volver a caer, intentando que el siguiente paso siempre fuera el penúltimo.

La única opción era seguir la pista. Había perdido ya toda referencia de tiempo y de distancia. ¿Espot? ¿Hacia dónde?

Mi única esperanza pasaba por encontrar alguna casa donde poder cobijarme, un refugio donde al menos protegerme, no del frío, porque ya lo llevaba dentro, no de la lluvia, porque estaba lleno de ella, sino del cansancio que me lastraba el cuerpo.

Di unos pasos más y mis piernas comenzaron a flaquear. Otro, y otro, y otro, y… caí, de nuevo, al suelo.

Mi corazón no lo soportó, mis piernas tampoco.

Intenté, de nuevo, levantarme. Imposible.

A cuatro patas, hundiendo mis manos en el barro, me acerqué a la base de un árbol. Me apoyé en el tronco y, arriesgándome a quebrar alguna pierna, conseguí levantarme.

De pie.

Continué caminando por la infinita pista, por un sendero que parecía no acabar nunca. Caminé. Me detuve. Caminé de nuevo. Me detuve de nuevo. Comencé a imponerme metas, algo que me impulsase a llegar a algún sitio, algo que evitase mi caída en medio de un lugar perdido: mil pasos.

Mil pasos, me dije. Mil pasos más y se acabó, llegase donde llegase.

Mil pasos más: un kilómetro.

Mil pasos que me iban a conducir hacia el desastre.

353, 354, 355, 356, 357 y paré.

Me aferré a un árbol.

Respiré todo lo hondo que pude.

Miré al suelo.

Miré adelante.

Me impulsé con un pie y seguí contando.

Mil pasos, aquel era el trato. Un kilómetro más y después me dejaría caer.

530, 531, 532, 533 y, de nuevo, paré.

Respiré y reanudé la marcha.

Mil pasos, me recordé.

710, 711, 712, 713 y, de pronto, paré.

Aún hoy no sabría decir cuál fue la causa. Podría haber seguido con el 714 y ni siquiera haberlo visto. Pero, entre la noche, bajo la lluvia, los restos de una memoria de infancia me obligaron a detenerme.

Quizá tuve suerte de caminar —deambular en aquellas circunstancias— mirando al suelo, quizá tuve suerte de ir por la orilla izquierda del camino o quizá simplemente fue eso que llaman casualidad.

Me detuve y descubrí, a mi derecha, la luna reflejada en una balsa; a mi izquierda, un camino que se escapaba, señalado únicamente por una pequeña estaca oscura, apagada, desgastada, familiar; una estaca que imaginé roja; una estaca que al momento me supo a vergüenza.

Me ubiqué, dentro de la confusión, en un periodo de tiempo ya casi olvidado, en dos partes de mi biografía. Encontré, en aquel trozo de madera, la esperanza de no dormir en el barro. Encontré también la distancia que me separaba de Espot: demasiados miles de pasos.

No pude elegir porque no había opciones. Ignorar aquella limosna hubiese supuesto, sin duda alguna, caer rendido en el camino, sobre el barro, bajo la lluvia, entre el frío.

Giré a la izquierda para dirigirme a un lugar al que no quería ir, por un trayecto que, en breve, podía desembocar en el mismo centro del dolor: en ella.

Me adentré en aquel camino deseando que no hubiese nadie en la casa. En realidad, era casi imposible que entre semana estuvieran allí… pero al día siguiente era 1 de mayo. Fue un andar plagado de recuerdos: las ramas golpeando contra el coche, nuestro alzar de pies en cada bache, las risas mutuas al ver la cara de la madre de Toni, la nube de polvo que nos perseguía pero nunca nos alcanzaba, la ilusión por llegar…

No tardé demasiado en distinguir, aun a pesar de la lluvia, la constelación de farolillos; al principio, un conjunto difuso que no se dejaba contar. De eso dependía todo, del número de estrellas visibles. Las dos primeras, las más grandes, sólo por ser las más cercanas, las de la entrada, no significaban nada. Pero el resto… del resto dependía todo: una, esperanza; varias, vergüenza.

Llegué, arrastrando los pies, hasta las pequeñas cancelas del vallado. Dentro, tres luces más, tres. Todas encendidas: estaban allí.

Me detuve con la intención de volver, pero sólo fue eso: una intención. La lluvia seguía castigándome en el barro, incapaz de sentir las manos. Mis dedos se habían agarrotado de tal forma que pensé haberlos perdido para siempre, las plantas de los pies me herían a cada paso y las rodillas… estaban a punto de fracturarse.

Noté, y es lo único que recuerdo con claridad de aquel momento, la lucha interna entre cuerpo y mente. Quise retroceder, dar la vuelta y huir de aquello, pero mi cuerpo no me dejó, me obligó a seguir. Fueron mis pies los que, a pesar de mi oposición, me obligaron a continuar caminando.

Me apoyé en las pequeñas puertas para, de un solo impulso, empujarlas: se abrieron de golpe. Me desequilibré y el peso de la mochila hizo el resto. Caí sobre una mezcla de lodo y hierba.

Intenté levantarme, pero la mochila pesaba demasiado. Desde el suelo me fui deshaciendo de aquel peso muerto: me doblé, rodé sobre mí mismo y, finalmente, conseguí escapar de ella, la abandoné allí en el suelo.

Aferré mis manos a las pequeñas puertas para impulsarme hacia arriba, me arrastré sobre la madera. Un impulso y… de pie, de nuevo, sin peso. Unos cincuenta pasos, nada más. Sólo aquella distancia nos separaba.

Me mantuve durante minutos frente a una casa que un día, en parte, fue mía.

La lluvia no paraba de erosionar mi cuerpo, haciendo que mis piernas se torcieran cada vez más. Lloré de dolor, de impotencia, de pura desesperación. A cincuenta metros tenía un refugio y en cambio no era capaz de moverme. Me dejé caer de nuevo, de rodillas, de inmediato a cuatro patas y, finalmente, mi cara se encontró con el suelo. Besé el barro, hundí los ojos en la tierra, la boca en la tierra, la nariz en la tierra. Levanté levemente la cabeza para volver a mirar hacia delante: cincuenta metros se me antojaron demasiado. Caí del todo.

Dormí y desperté. Y dormí un instante, y desperté al siguiente, y así estuve tanto tiempo... tumbado, boca abajo, en el barro; sintiendo, sobre mi cuerpo mojado, una lluvia que no ofrecía tregua.

Levanté levemente la boca del suelo. Abrí, con barro en las pestañas, mis ojos. Miré hacia la casa. Cincuenta metros, calculé; imposible, calculé.

—¡Socorro! —grité con barro entre los dientes.

—¡Socorro! —con miedo entre las manos.

—¡Socorro! —grité, y fue la última vez, nadie me oyó.

Tonteé durante instantes con la inconsciencia. Volví, como ya lo había hecho tantos años atrás, a subir al alambre. Calma... sin mirar abajo, porque abajo no había red. Calma. Inspiraciones hondas, espiraciones lentas. Calma. Un pie, tranquilo... ahora el otro... tranquilo... Finalmente, no fue mi última actuación, no caí.

Saqué fuerzas del único sitio de donde se pueden sacar en momentos así: del odio. Pero, aun a pesar de haber llegado al otro extremo de aquel alambre de miedo, supe que no iba a ser contrincante, pues ya estaba batido de antemano.

Mi única opción de venganza era llegar a la puerta. Allí podría desfallecer ante ellos. No quería darles el gusto de hacerlo en las afueras, como un perro, abandonado, entre agua, barro y soledad. Tenía que llegar a la puerta.

Me incorporé de nuevo, a cuatro patas; levantarme era imposible. Rodillas y manos en el suelo, uñas que arrastraban barro para poder arrastrar un cuerpo arrastrado. Y gateé, y seguí gateando, y lentamente avancé hasta la venganza.

Allí, tenía que hacerlo allí, en la puerta. Seguía lloviendo.

Pude distinguir, a la izquierda, que donde hubo un columpio, ya sólo quedaba una cuerda deshilachada que, exhausta, sostenía una tabla vieja. El viento la movía, como nos movíamos nosotros dos en una época en la que los años aún no pesaban.

Entre recuerdos llegué al porche: tres escalones me separaban de la puerta. Apoyé mis manos, agarrotadas, en el primero y me arrastré hacia arriba. Con los codos, con el pecho, con las rodillas, con el alma… fui escalando como una serpiente sin apenas veneno, quizá como un gusano, hacia una puerta que separaba el pasado del presente.

Segundo escalón.

Tercer escalón.

Llegué al felpudo: *benvinguts*.

Descansé. Un cuerpo pintado de tierra, sediento de aire, repleto de miedos… Una mirada que se elevó hasta un picaporte, el mismo de siempre… siempre estuvo demasiado alto.

Me arrimé a la puerta, sentí su calor en mi cuerpo. Me puse de rodillas, elevé mi tronco y me aferré con las manos al pequeño pomo. Me incorporé apenas unos segundos y supe que sólo tenía una oportunidad, después caería al suelo para no volver a levantarme.

Me impulsé hacia arriba y, en el punto más alto, levanté mis brazos para alcanzar el picaporte. Lo alcancé… lo sujeté… me quedé allí colgado, colgando.

Respiré y, aferrado a él, impulsándome contra la puerta, me dejé caer de espaldas.

Sentí el vacío mientras me derribaba. Caí y, en el mismo instante, el picaporte chocó contra la puerta.

El ruido sobresalió en la noche.

Fue un golpe seco, duro, intenso.

Silencio.

Y, en unos instantes, ruido en la casa. Supe que ya era tarde, para todo.

De lo que pasó a partir de aquel momento sólo retengo vagos recuerdos, sin orden, sin sentido: se abrió la puerta y vi su cara.

Oí un grito ahogado, pero no fue de él, sino de ella. Un grito de pánico que desapareció en la noche.

Vi hacia arriba y nos miramos: él y yo.

Sé que, a pesar de mi disfraz de tierra, me reconoció al instante.

Y a partir de ahí… me elevé en el aire… me dejé llevar… me moví flotando.

Y, a partir de ahí, dejó de llover… comencé a sentir calor… caí sobre una nube.

Desperté.

Observé, acurrucado bajo una manta, sobre un sofá caliente, entre la tenue luz de un fuego que apenas ya ardía, la estancia. En cada detalle, un recuerdo; en cada rincón, nosotros. El viejo reloj de cuco, los mismos cuadros, los mismos jarrones sobre la repisa de la chimenea, la misma escalera... lo mismo, aun después de tantos años, todo lo mismo.

Esperé abrigado bajo la manta.

Esperé sin poder dormir.

¡Cucú! La una de la madrugada.

No me dio tiempo a verlo, pero pude recordarlo: pequeño como una avellana, de cabeza azul y cuerpo verde, sin pico porque nunca llegó a tenerlo, sin ojos porque al final se le cayeron, pero con el mismo timbre de siempre.

Sólo el tenue golpear de la lluvia contra las ventanas fue capaz de interrumpir un silencio puro.

Me quedé mirando fijamente las brasas de lo que fue una hoguera, desde los restos de lo que fue un hombre.

Silencio.

¡Cucú, cucú! Las dos.

La misma posición, la misma mirada: horizontal, con la cabeza ladeada, sin dejar de observar un fuego que ya se había apagado completamente, como mi vida.

La lluvia ya no se oía. Toda la estancia quedó en un inmenso silencio.

Oí una puerta, arriba.

Ligeros, amortiguados, pasos que deseaban descender sin ser descubiertos. No intenté moverme, permanecí mirando a un fuego que no existía, en una casa que no era mía.

Entró en silencio, como lo hace el miedo, para sentarse en el otro sofá, en el enfrentado. Nuestras miradas fueron incapaces de encontrarse: la mía, perdida entre cenizas; la suya, perdida en la mía.

Se dirigió al fuego y, arrodillado, con los ojos del enemigo clavados en su espalda, trató de avivarlo. Prendió, y ese prender avivó la claridad, anaranjada, de la estancia. Silencio. Se giró de pronto y... después de tantos años sin apenas algún saludo en el ascensor, sin conversaciones que durasen más de cinco minutos; después de tantos años conviviendo en una empresa en la que habíamos aprendido a disimular el pasado, en la que nos fuimos olvidando de que hace mucho, mucho tiempo, fuimos inseparables; después de evitar recordar viejos tiempos por miedo a ser rechazados... después de todo eso, nuestros ojos, aquella noche, volvieron a encontrarse.

No podría decir quién fue el primero en apartarlos.

Volvió a sentarse, suavemente.

Volví a mirar el fuego, suavemente.

Volvió también a llover. Suavemente.

Dejamos que fuese la lluvia la que, durante muchos minutos, mantuviese una conversación que no se iniciaba, una conversación que quizá no debiera iniciarse. Nos mantuvimos los dos tan alejados en miradas como cercanos en distancia.

Quise sentir odio en aquel momento, pero fui incapaz. Toda la rabia, todo el sufrimiento, todo lo había perdido allí afuera. Entre la lluvia y el frío lo habían enterrado. Quise odiarlo y no supe.

Pensé en Rebe y recordé el grito ante la puerta, cuando abrió, cuando abrieron, cuando dejé de recordar. Rebe estaba allí.

Quise odiarla también, pero tampoco pude; sólo supe, de nuevo, quererla. Y eso fue lo peor. Me permití quererla de nuevo allí, junto a él. Hubiera sido todo más fácil si el odio hubiese arrugado mi frente, apretado mis dientes y arañado mis manos; si hubiese saltado contra él. Pero no, la quise con más intensidad de la permitida.

¡Cucú, cucú, cucú! Las tres.

José Antonio habló.

Estuvo buscando el momento adecuado, la pequeña señal: un movimiento mío, una mirada, un toser para empezar... algo que le ayudara a decidirse; hablar desde cero es demasiado difícil. Estuvo esperando algo y después del cuco creyó encontrarlo.

—¿Cómo te encuentras? —preguntó una voz casi escondida. Una pregunta en la noche. Una pregunta real... quizá un susurro de mi mente. «¿Cómo te encuentras?».

Giré, lentamente, mi cabeza hacia la suya.

Nos miramos, y por fin nos vimos.

Pero el odio ya no estaba, el rencor apenas pudo asomarse, no pude hacerle daño, no pude atacarle, sólo supe preguntar.

—¿Está Rebe? —Nada más.

—¿Rebe? ¿Aquí?... —Y noté algo extraño en sus ojos.

Supe que no mentía porque hubo un tiempo en el que nos conocimos demasiado, y si hay algo que no cambia con los años son las miradas; envejecen, pero nunca cambian. No, supe en aquel mismo instante que Rebe no estaba allí. Pero no lo quise creer.

Nos callamos ambos de nuevo, quizá a la espera de un nuevo cucú.

—¿Por qué debería estar Rebe aquí? —me preguntó con la misma mirada. No mentía.

Callamos de nuevo.

—Te hemos estado buscando, nos tenías a todos muy preocupados. Rebe estaba muy asustada...

No fui capaz de comprender aquellas frases que tenían estructura, pero, para mí, carecían de significado.

Callé.

—¿Qué te ha pasado? —me volvió a insistir.

Y allí, en aquella noche tan silenciosa, tan mojada, tan fría y a la vez tan íntima, dos personas intentaban conocer la misma verdad, pero por distintos caminos.

—José Ant... Toni... —le dije volviendo a la niñez—, ¿recuerdas cuando... de pequeños... —cuando éramos amigos, iba a añadir— te cayó la casa de ladrillo encima...?

Nos miramos, ambos con lágrimas en la conciencia, ambos con los puños cerrados. Con los mismos ojos con los que un día de agosto, después de saber que nos separábamos, nos volvimos a mirar antes de fundirnos en un abrazo, el abrazo de mi vida.

—Sí —respiró—, sabes que jamás podría olvidarlo... —me contestó sin apartar la vista del suelo.

—Pues... a mí... también se me ha caído la vida encima —contesté.

Silencio.

Quise estar a solas, quise llorar en la intimidad, quise apretar los puños en silencio... Me acurruqué en el sofá, hundí la cara entre los brazos y me oculté del mundo.

Toni supo ayudarme, supo levantarse y andar como si fuera descalzo: supo alejarse de allí.

Me refugié en un sofá que aún me recordaba a tardes en familia.

No me quedaba ya rencor, ni odio, ni ganas de venganza, ni miedo, ni frío, ni calor. Sólo me quedaba descubrir el derrumbar de un mundo —el mío, el que me había creado— cuyas piezas no acababan de encajar. Un mundo que se deshacía.

Aprendí tantas cosas en aquel sofá, aquella noche... Aprendí que la mente es capaz de crear historias sólo creíbles para uno mismo; que los celos son capaces de empañar cualquier verdad, de encumbrar cualquier mentira; que en los malos momentos raramente se acude a la razón, al diálogo mutuo, a la franqueza...; se acude, en cambio, a las sospechas, a la desconfianza, a los recelos de una verdad que debe serlo sólo por el hecho de haber nacido nuestra. Aprendí la fortaleza del odio cuando acecha la duda, la resistencia de la desconfianza cuando el amor ya no es como era, la confusión de pensamientos cuando las cosas dejan de funcionar...

Fuera seguía lloviendo. Dentro también.

Desperté en la misma posición: derrotado.

Del fuego ya sólo quedaban las cenizas.

Fuera seguía lloviendo y el cielo no daba demasiadas esperanzas.

Me imaginé, en un principio, en algún otro albergue, en alguna otra cama.

Un sueño, pensé al despertar.

Realidad, al ver su manta sobre mi cuerpo.

Me sobresalté al oír la voz de una mujer. Una voz confusa, acurrucada entre una conversación a dos, entre Toni y ella.

Me levanté de golpe, tirando la manta al suelo, dispuesto a huir aunque fuese con los pies descalzos. Las voces continuaban hablando casi en silencio, con un disimulo que me enojaba. Ellos: ella y él.

La mirada de Toni nunca había conseguido engañarme, siempre fui capaz de descubrir en ella la verdad o la mentira… pero, por otra parte, Toni siempre quiso tener a Rebe. Luchamos en nuestra juventud por ella, aprendimos a ser contrincantes, a dejarlo todo de lado por una mujer; quizá también aprendió entonces a proteger sus pupilas.

Una pequeña luz escapaba desde la cocina donde tantas veces habíamos desayunado los Abat y yo; donde tantos momentos felices había disfrutado: preparando los bocadillos para pasar el día fuera de casa, cenando todos juntos tras una tarde agotadora, ayudando a su madre a preparar aquellos postres que nunca llegaban enteros a la mesa...

Me acerqué con el silencio de unos pasos avergonzados y, junto a la puerta, me detuve. Incliné lentamente la cabeza para descubrir qué se escondía tras aquella cerradura tan alargada: un completo desayuno ocupaba la pequeña mesa redonda que tantas mañanas utilicé en mi niñez.

Me asomé un poco más pero sólo pude distinguir sus manos, gesticulando, moviéndose en el aire, jugando entre la comida... Me incliné un poco más, un poco más, y de pronto perdí el equilibrio: me desplomé.

Desde el suelo, y con medio cuerpo en la cocina, vi cómo Toni se levantaba precipitadamente hacia mí. Se oyó el romper de un vaso, el caer de algún cubierto, el gritar de una mujer, ¿ella? Los brazos de Toni me levantaron de nuevo. Mientras subía noté, de pronto, cómo otras manos, más débiles, más suaves, más frágiles —las mismas que me habían ayudado a entrar la noche anterior—, me levantaban también. Unas manos pequeñas, suaves, femeninas… pero no las de Rebe. Lo supe sin mirarla. Lo supe porque llegué a conocer sus manos de memoria, porque hubo una época en la que no dejé de cogerlas, de protegerlas, de atraparlas entre las mías mientras paseábamos, mientras nos queríamos, mientras hacíamos el amor con unos labios tan unidos como las propias manos.

Me sentaron en una silla.

Se sentaron frente a mí.

Permanecí mirando un vaso vacío. Oí de nuevo esas pequeñas manos: un agarrar, una jarra que se eleva, un líquido que se mueve en su interior, que se precipita, que cae, que llena mi vaso de zumo. Otra mano, la misma; y otra jarra, con otro líquido, en una taza vacía: café.

Comimos con silencio de fondo. Un silencio sólo interrumpido por los sonidos inevitables de un desayuno en casa —que no en familia—: el rozar de la mantequilla contra la tostada, el remover de la cuchara en el café caliente, el saborear de cada mordisco, el caer del azúcar… sólo dos veces.

Silencio por mi parte, susurros por la suya. Pequeñas palabras, cortas y suaves, entre ellos. Noté el tocar de sus manos, el levantar de sus cuerpos, el alejar de sus pasos, el rozar de sus labios y el salir de alguien que no era Rebe.

—Hasta luego —susurró mientras desaparecía. Nos quedamos a solas.

Pasó el tiempo, sin prisa.

Cuando el silencio volvió a ser absoluto, Toni habló. Y fue él mismo, con sus palabras, el que respondió a todas mis preguntas.

—Lo siento… siento mucho todo lo que ha pasado, de verdad… perdóname —me susurró.

Incapaz de entender sus disculpas decidí olvidar todos mis prejuicios, todas mis sospechas y la mayoría de mis recuerdos. Empecé de nuevo. El silencio fue mi opción, preferí callar a decir algo que interrumpiera su voz.

—La verdad es que no he podido dormir en toda la noche, he estado pensando… —Y paró para intentar aplacar unas lágrimas que, por el sonido de sus labios, supe que deseaban escapar—. He estado pensando en muchas cosas, pero sobre todo en tu pregunta… —Se frotó los ojos y volvió a respirar—. Ayer no entendí nada, llegué a pensar que te encontrabas en un estado de delirio. Pero esta noche, en la cama, he despertado a Montse. Le he explicado nuestra pequeña conversación y ella lo ha visto desde otra perspectiva, desde la suya… entonces lo he entendido todo. No, Rebe no está aquí. Rebe nunca ha estado aquí. —Se pausó, de nuevo—. Pensé... pensamos... pensamos que Sara y tú... lo siento. —¿Sara? Temblé. Temblé al recordar una cámara intrusa, un sofá negro, un cuerpo dueño de la estancia, otro que fue sólo de visita...—. Ya sabes. —Pero no, no lo sabía; me quedé en silencio—. Como siempre estabais juntos, tantas tardes quedándote allí... pensamos... en realidad, fue Rafa quien lo pensó y quien me hizo creer... quien nos hizo creer... yo pensé... y al final le hicimos pensar a Rebe que... —comenzó a tartamudear—. No sé cómo decirlo... lo siento, lo siento mucho, de verdad... Siempre estabais juntos y además... Rafa me insinuó que vosotros dos... —Volvió a callarse y supe, por su voz, que tenía aún más lágrimas en su interior que en sus ojos—. Rebe me llamó hace unos días. Me llamó preocupada. Me dijo que no sabía a quién acudir, que pensaba que estabas con otra... Me comentó que últimamente volvías demasiado tarde, que ya apenas hablabas con ella, que escondías cosas en el trastero... y ella pensó... y cuando me lo dijo yo también pensé... —Paró para respirar—. Por eso te estuve siguiendo, por ella. ¿Qué querías que hiciera? —me preguntó mirándome a la cara con ojos de vidrio—. Tuve que ayudarla... Te seguí, os vi varios días y sobre todo os vi aquel día... —Volvió a parar, apartó su mirada—. Aquel día en la cafetería... besándoos...

Silencio de nuevo.

Pude haber hablado y explicarlo, pude haberle contado la verdad, pero no lo vi necesario, ya no.

Esperó durante unos segundos una respuesta que no obtuvo. Continuó.

—Al día siguiente quedé con ella y se lo conté... Le conté que os vi entrar juntos en una cafetería, que os sentasteis en un rincón, que vuestras manos se abrazaron y que, durante unos segundos, vuestros labios se juntaron. —Calló y de nuevo todo quedó en silencio.

Silencio.

—¿Qué querías que pensáramos? Al día siguiente Rebe decidió irse de casa: fui al centro comercial a recogerla, la acompañé hasta la casa de sus padres y se llevó a Carlitos; le busqué un lugar donde dormir aquella noche y las siguientes... hice todo lo que pude por ella.

Silencio. Toni esperaba una respuesta. Callé.

Continuó.

—Pero después comprendimos que nos habíamos equivocado, comprendimos que... Pasó algo que lo cambió todo. Pobre Sara...

Entendí, por primera vez en aquella huida, la carta de Rebe: su violencia, su desdicha, el dolor que fluía entre las palabras, la rabia de cada línea. Pero ¿por qué no habíamos hablado sobre aquello? Quizá porque ya no hablábamos sobre nada.

—Rebe me lo pidió... Al principio no quise creerlo, intenté restarle importancia, pero insistió, y la vi tan triste, tan sola... ¿cómo no te diste cuenta? —Respiró—. Lo siento... —Y se arrepintió de verdad, lo supe.

Aquellas palabras, como la ola que hace desaparecer un castillo de arena, suavemente, sin romperlo, difuminaron los restos de odio que aún me quedaban.

No fui valiente —nunca lo he sido— aquella noche con Toni. Por eso no encontré —tampoco lo busqué— el momento de decirle que ya sabía lo de Sara, que incluso conocía al autor. Pero aquel era un secreto demasiado íntimo, demasiado vergonzoso.

Comenzó a llover con más fuerza.

Dejamos pasar, sin prisa, el tiempo.

—¿Qué vas a hacer ahora? —me preguntó.

—No lo sé —me atreví, por primera vez aquella mañana, a hablar—, supongo que seguir hacia adelante, seguir al norte, olvidarme de una vida que ya no es mía.

—Pero ¿y Rebe? —me preguntó sorprendido.

—Se han roto demasiados lazos entre nosotros. Carlitos nos unirá siempre, pero ya no nos veremos como antes, como lo que un día fuimos: amor.

—No digas tonterías, no se ha roto nada. Todo ha sido un error, un malentendido.

—No, Toni, no. Un malentendido no dura semanas, meses, años… un malentendido no es la desidia, el abandono mutuo, la pereza por entregar o recibir un beso, la desgana en las afueras de una puerta que no te atreves a abrir, el silencio por conversación. Un malentendido no es la indiferencia entre las sábanas, no es un simple beso en la mejilla, no es un «hasta mañana» sin ilusión. Nuestros últimos meses han sido los peores. Ha llegado un momento en que ya sólo nos unía la costumbre; a veces creo que ni siquiera eso.

Paré, y quedó de nuevo todo en silencio.

Continué.

—No, es lo mejor para ambos, lo mejor para Carlitos también. No quiero que crezca entre la indiferencia de dos adultos, entre los rencores mal enterrados de dos personas que después de quererse tanto se olvidaron con la misma intensidad. No quiero que crezca pensando que el amor es eso.

»Habría demasiadas cosas que echarse en cara. No el primer día, no el del reencuentro, ni al siguiente, ni al otro, pero al final las preguntas y los reproches serían inevitables. No quiero volver a pasar por lo mismo, no ahora que creo que puedo soportar no tenerla a mi lado.

»La he querido, nos hemos querido tanto... Nos hemos amado con tanta fuerza, con tanta intensidad que llegué a pensar en quitarme la vida si algún día la perdía. Pero al final perdí, perdimos ese amor, esa ilusión por volver a casa y vivir juntos, por levantarnos cada mañana y dar gracias por tener un tesoro al lado.

»Sólo necesito unos días más de olvido, sólo eso.

No paró de llover en toda la tarde.

Permanecimos juntos en el salón. Hablamos de todas las cosas de las que habíamos dejado de hablar durante tantos años. Hablamos del pasado remoto y del más reciente, pero sobre todo de aquellos años en que éramos uña y carne, en que éramos amigos. Hablamos también de aquel abrazo que rompió todo entre nosotros, entre ellos.

Recordamos las carreras de chapas, las vueltas en bicicleta por el pueblo, los días de feria, las noches de confidencias en camas contiguas, las siestas sin límite, las meriendas en el patio, las hogueras de rastrojos, los primeros paseos con chicas, las primeras tardes de cine…

Recordamos también aquella cabaña que nos unió intensamente durante dos semanas y nos separó definitivamente en sólo tres días.

Le hablé de mi sufrimiento durante su ausencia, de mi espera terrible tras la ventana, de mi alegría al ver su regreso… pero fui incapaz de explicarle lo que sentí en el momento de aquel último abrazo.

Me contó su experiencia en el hospital, sus últimos recuerdos al ver cómo se le caía la caseta encima, la velocidad de la ambulancia, las pruebas que le hicieron, las ganas de volver a casa para acabar el verano, las ganas de verme de nuevo, el amor que sintió en aquel abrazo...

La lluvia no cesaba. Tras unos minutos de silencio, en los que cada uno aprovechó para recordar a solas los veranos de niñez, continuamos hablando de muchas otras cosas.

Montse bajó unas cuantas veces, pero no se inmiscuyó en ninguna de nuestras conversaciones. Y aunque me alegré al principio de su ausencia, de que permitiera que los dos hermanos que casi lo fueron un día pudieran contarse sus intimidades, fui yo quien, finalmente, le pidió que se quedase con nosotros junto al fuego.

Me hablaron de ellos. De su pequeña historia, de la forma de conocerse en un cruce de miradas, de su reciente pasado, de sus ilusiones, de su presente... no se atrevieron a hablar aún de su futuro.

En compañía del fuego, ellos acurrucados en un sofá y yo en el otro, Toni me hizo un resumen de los últimos días en la empresa. Me contó todo lo que pensaba que yo no sabía.

—Recibí, aquel viernes por la tarde, un correo extraño, de un remitente anónimo. Yo, en realidad, no le hice mucho caso. Lo leí e inmediatamente lo eliminé, pensando que era algún tipo de virus o de correo de esos basura. Me fui a casa y, después de cenar, a eso de las doce... —miró a Montse, que afirmaba con la cabeza—, un viejo conocido de la delegación de Madrid me llamó al móvil. Me explicó en cuatro palabras el desastre. En un principio pensé que se trataba de algún tipo de broma, pero en cuanto me conecté... —Toni calló a la espera de alguna pregunta.

—¿Qué pasó? —pregunté, intentando simular curiosidad.

—¡Sara y Rafa estaban follando en su despacho!

—¿Sara? ¿Con Rafa?

—¡Como lo oyes! Alguien había instalado una cámara y durante más de una hora estuvieron en la intimidad del despacho, pero al descubierto.

»Al lunes siguiente ya te puedes imaginar cuál fue la comidilla del café. La mayoría de nosotros lo habíamos visto en directo, pero los demás se enteraron de todo ese mismo día. Pasaron las horas y Rafa no aparecía; en realidad, pensamos que ya no lo volveríamos a ver por allí.

»Poco después, a través de unos contactos, me enteré de que lo habían echado de casa, de que le habían quitado el coche, todas las tarjetas de la empresa... Me enteré también de que su mujer le dejó la cara llena de golpes y arañazos, en fin, un desastre.

—Vaya, y yo me lo he perdido, pero ¿quién pudo haber hecho algo así? —pregunté asustado.

—Bueno, todo son sospechas, claro, pero la opinión general es que fue Javi. Quizá fue su forma de vengarse por dejarlo en la calle.

Respiré, él había sido mi escudo.

—¿Y Sara? —pregunté.

—Ah, sí, Sara. Sara tampoco vino aquel día, ni al siguiente, ni al otro... Ya no hemos vuelto a saber nada más de ella.

—Pobre Sara... —acerté a decir, intentando disculparme a mí mismo, intentando contentar a una conciencia demasiado herida.

—Sí, pero... ella sabía dónde se metía, y aun así lo hizo.

»Fue una sorpresa para todos; en realidad, la mayoría de nosotros pensábamos que era con Marta con la que... bueno, ya sabes.

—Sí... —contesté mientras recordaba las últimas palabras que Sara y yo cruzamos en aquella cafetería: «Llevo unas semanas con alguien al que sólo le interesa el sexo, nada más. Sólo que esta vez es distinto. Sólo sexo, pero me da miedo, me da miedo equivocarme incluso en eso. Sólo sexo, pero ¿y yo? Quizá a mí me gustaría que fuera algo más. No lo sé. Sé que no debería seguir con una relación así, pero es que... es que es tan difícil de explicar, y a la vez tan difícil de entender...». Sara me lo dijo todo y no supe entenderlo: distinto.

Continuamos hablando de la empresa durante toda la noche. Fue un repaso de compañeros, un intercambio de chismes y rumores, un recuerdo de anécdotas... Comentamos las cenas de Navidad, los retrasos de Javi, el tiempo perdido en la máquina de café, la cantidad de mujeres jóvenes en contabilidad, la buena selección de personal en el caso de Marta, las obcecaciones de algunos clientes...

Y en nuestro repaso de vidas desde la distancia me tropecé con la solución a un secreto ya casi olvidado. Después de ir de compañero en compañero, después del resumen de las vidas de Sara, de Godo, de Javi, de Ricardo... le tocó el turno a ella.

—¿Pero no te has enterado? —Y al instante se contestó él mismo—: ¡Ah, claro! Tú ya no estabas. El lunes la ingresaron en el hospital, la verdad es que la pobre lo está pasando muy mal. Entre nosotros, no creo que dure más de un mes.

—¡¿Qué?! —Acababa de resolver la última pieza.

—¿No lo sabías? Lleva más de cinco años luchando contra un cáncer que, con el tiempo, se ha ido haciendo más fuerte.

Enmudecí. Otra cosa que aprendí: siempre es posible hundirse un poco más porque, aun en el fondo, se puede seguir escarbando. Comprendí sus recetas, sus justificantes médicos, sus *no aparecer* de tan a menudo... todas aquellas situaciones que me atreví a juzgar desde la ignorancia, desde la maldad.

—Ella es familia del gerente de Madrid, ¿lo sabías? —me preguntó.

—No, la verdad es que no lo sabía —mentí.

—Pues sí, es una tía lejana del que ahora es el gerente principal. Se vino hace ya unos cuantos años desde Madrid. En realidad, se podría decir que la empresa existe gracias a ella: fue la única persona que confió en la idea. Fue Estrella la que puso el dinero necesario para montar la empresa. Qué cosas, ¿verdad?

»Siempre ha sido para él como una madre, por eso la puso en nómina y por eso cuando le detectaron la enfermedad se ocupó de todo: de sus médicos, de sus cuidados, de que no se preocupase por su futuro... por si era demasiado corto. Para ella, venir a la oficina era un soplo de vida. Cada cotilleo, cada café, cada conversación le hacían olvidar que una enfermedad la estaba matando. ¿Nunca te fijaste en que cambiaba de peinado continuamente?

—Sí, pero pensé que le gustaba demasiado ir a la peluquería.

—¿Peluquería? —Y Toni sonrió, pero con la boca triste—. Ya le hubiese gustado a ella. La pobre casi no tenía pelo, por eso utilizaba tantas pelucas. Ya sabes que a veces la apariencia lo es todo, en realidad es lo único que te permite disimular el dolor que fluye por dentro.

Callé, y aún ahora no sabría describir aquel sentimiento que invadió mi cuerpo.

Callé y fue un callar extenso que Toni respetó.

Nos dedicamos a escuchar una lluvia que parecía haber estado escondida tras el disimulo, pero que de nuevo adquiría protagonismo.

Montse se acurrucó junto a él con la cabeza entre sus brazos.

—¿Recuerdas aquel lago al que íbamos con tus padres, el más grande? —interrumpí finalmente.

—¡Claro, el Sant Maurici! —Y se le iluminó la cara.

—Sí, ese, nunca me sale el nombre, ¿está cerca de aquí, verdad?

—A unas dos horas caminando. —Y sin esperar a mi siguiente pregunta, se levantó del sofá dándole un beso a Montse en la frente—. Ahora mismo te lo digo. —Y desapareció escaleras arriba.

Nos dejó, durante unos minutos, a solas. Montse y yo. Situaciones incómodas en las que se piensa en algo que decir sin resultado, situaciones que se hacen eternas. Apenas llegamos a mirarnos.

Unos pasos acelerados y alegres descendieron por la escalera. Toni regresó con un mapa en la mano. Lo extendió sobre la mesa que separaba los dos sofás y allí, a la sombra de nuestras miradas, me señaló con el dedo el recorrido.

—Mañana iré hacia allí —contesté con firmeza.

—Pero… y Rebe…

—No quiero hablar de eso ahora… —le contesté, y él comprendió.

—Está bien, llévate el mapa, te será útil. Eso sí, recuerda que mañana aquello estará hasta los topes de turistas, ya sabes… el puente de mayo.

—Gracias.

Y en aquella noche de reencuentros, de conversaciones atrasadas, de miradas, sonrisas y recuerdos estuvimos disfrutando de todo nuestro pasado.

En cambio, apenas hablamos del futuro.

Fue una noche sin sueño, de dudas y arrepentimiento, de miedos e incertidumbre. Una noche larga, de esas en las que, por más que mires el reloj, no pasa el tiempo.

Me levanté, me volví a tumbar, me levanté de nuevo para descubrir que la lluvia ya no se oía, me acosté boca abajo, boca arriba, cerré los ojos, cambié de posición mil veces, paseé durante varios minutos, volví a acostarme… y el dolor seguía por allí.

Finalmente, la noche pasó sin tenerme en cuenta.

El sol se levantó temprano, lo recibí despierto.

La ventana se convirtió en ese cuadro repleto de vida capaz de mostrar colores que evolucionan desde el gris noche hasta el blanco diamante, capaz de dibujar piedras que brillan en la mañana, capaz de encontrar el tono exacto de la tierra mojada.

Esperé, asomado en aquel lienzo de vida, a que ellos despertasen.

La mañana apareció fría en el interior de una cocina en la que apenas dijimos nada. Quizá ya nos lo habíamos dicho todo o, por el contrario, había tanto que decir que no supimos por dónde continuar.

Llegó, tras el desayuno, mi hora de marchar, de seguir adelante, de continuar caminando sin Rebe.

Me vestí con toda la ropa ya seca. Metí en la mochila que Montse había recogido del barro el día anterior una bolsa con comida y una botella de agua.

Apenas nos habíamos conocido, pero se convirtió, sin ella saberlo, en mi amiga. Me dio dos besos frente a la puerta, me deseó suerte y desapareció para dejar a los dos niños, de nuevo, en el rellano de una despedida.

Nos miramos en silencio.

Ya no llovía.

Nos abrazamos.

Nos abrazamos como aquella vez, hace tantos años, en que él se volvía a su casa con la cabeza vendada y yo me quedaba en el pueblo con la culpabilidad infectada.

Pero algo fue distinto aquella mañana. Noté, en aquel nuevo abrazo, la unión de unos lazos que pensé olvidados.

Abandoné su compañía sin volver la cabeza; no quería que viera de nuevo mis lágrimas, no quise, de nuevo, ver las suyas.

Seguí las indicaciones de Toni y puse rumbo al lago.

Recordé durante todo el recorrido sus últimas palabras antes de mi partida.

—Más arriba del lago, a unos pocos kilómetros, hay un refugio precioso. Pasa allí la noche, tiene unas vistas increíbles.

»Sólo te pido que pienses en todo, en ellos, en ella.

»¡Ah, se me olvidaba! Fuera del refugio, a unos cincuenta metros, hay una pequeña explanada desde donde podrás ver cientos de estrellas fugaces, miles. Te lo aseguro, vale la pena.

Desanduve parte del camino recorrido. Dejé tras de mí mucho más de lo que traje. Miré durante todo el camino hacia adelante, sin poder dejar de recordar hacia atrás con tristeza.

La estaca roja de nuevo. Giré esta vez a la izquierda. La senda se convirtió en camino, camino hacia un lago añorado. Fue un andar fácil, en bajada, un sendero descendente, abocado a la infancia.

Llegué, tras casi dos horas, a una gran explanada infestada de coches —casi los había olvidado—, donde las familias se disponían a iniciar la pequeña ruta hacia el lago Sant Maurici. Me situé en medio de todos; en realidad, permanecí en medio de nadie.

Me acerqué, después de hacer una pequeña cola, a un cartel informativo para mirar un gran mapa de la zona.

Continué.

Recorrí una ruta adaptada al turismo de domingo: pasarelas de madera, árboles con sus correspondientes carteles, barandillas a cada paso para evitar desgracias, zonas donde una señal te indicaba el lugar para sacar una foto, como si ya ni siquiera eso pudiera ser elegido.

Me lo imaginé más corto, al final me costó una hora llegar a los recuerdos.

Llegué, y los tres —el lago, mi infancia y yo— nos saludamos de nuevo. Él seguía igual de arrebatador, impasible, encarcelado entre todas aquellas montañas; yo, igual de inocente, igual de encerrado entre todos los recuerdos, entre todo el dolor; y mi infancia, escondida en alguna parte del cuerpo.

Me senté en su piel, sin llegar a tocarlo pero a escasos centímetros de su aliento. Disfruté allí del paso de las nubes, de un sol en la plenitud del mediodía, del ir y venir de gente que se abrazaba, que se hacía fotos para quizá en un futuro acordarse del pasado, quizá para tenerlas almacenadas en el olvido.

Permanecí, durante varias horas, disfrutando del pasado.

Finalizaba la tarde y todos reemprendían de nuevo su camino a casa, su regreso. Yo continué allí sentado, removiendo el poso del dolor, lamentando no haber traído nunca a Rebe a disfrutar de aquello, de no haber jugado con Carlitos junto al agua.

Ya apenas quedaba nadie cuando me coloqué de nuevo la mochila y miré a un sol que comenzaba a alejarse. La luz, tenue, duraría al menos unas dos horas. Decidí hacerle caso a Toni y pregunté a un hombre que reposaba junto a un todoterreno por el refugio.

—Sí, sólo tiene que seguir esa pista, pero debe darse prisa, pues pronto anochecerá.

—Gracias.

Comencé a caminar, de nuevo, por una pista que comenzaba, también, a subir. Fue un andar difícil, plagado de decisiones anuladas, donde a cada paso se me derrumbaban principios que consideraba inmutables, donde las verdades absolutas se convertían en dudas. Por primera vez, pensé de nuevo en ella en presente. ¿Y si hubiese otra oportunidad?

Tras más de una hora la luz fue desapareciendo a mi espalda mientras la amplia pista se acercaba al refugio. Fueron, de nuevo, pasos en soledad hacia otro punto intermedio en el camino. Alcé la vista y lo distinguí, arriba, al final de una fuerte subida. La noche dibujó sus luces en la oscuridad: un faro en plena montaña.

Llegué, con el sol ya enterrado, con el aliento perdido, al refugio.

Llegué, como ya venía siendo habitual, tarde.

Me sorprendieron dos cosas de aquel refugio. Por una parte, el edificio: grande, muy grande en contraste con los anteriores. Por otra, la gran cantidad de gente que había, dentro y fuera.

Entré y el calor me acarició la cara.

Observé la estancia y sus habitantes.

Una escalera, subí a la primera planta: el comedor. Avancé entre todos sin hacerme notar, para dirigirme a la barra, donde pregunté por la cena. No hubo problemas. Me senté en un rincón, alejado de todos y, en unos minutos, tuve frente a mí un plato de sopa caliente y un filete con patatas.

Rodeado de voces, de risas, de vidas, pero, al fin y al cabo, solo, intenté durante la cena no pensar en nada, no volver a aquella despedida, frente a la puerta, frente a él.

Duró aquel no pensar mientras duró la comida, lo mantuve mientras mis sentidos estaban ocupados en otras cosas. Durante aquellos minutos me mantuve en el olvido. Acabé y pedí un té.

Con aquella taza en la mano, desde el rincón del que me había levantado sin moverme, la mente fue incapaz de continuar ociosa. Miré, a través de una ventana, las estrellas que se difuminaban al enfocarlas, que se mojaban al mirarlas. Sí, volví a quererla.

Me gustaría poder describir el dolor que me atrapó por sorpresa en aquel lugar, pero no soy capaz de dibujarlo. Sólo era dolor, puro. Para quien lo ha sentido no hace falta que lo describa, para quien no lo ha vivido no le servirá de nada que lo haga. Me encontré, en aquel mirar hacia el cielo, con una opción nueva: volver.

Fue el primer momento de debilidad de una huida que tenía un futuro con apenas esperanzas. Intentarlo otra vez podría ser demasiado doloroso.

Volver. Si sólo... No.

Y si al menos pudiera... No.

Me seguirá queriendo... No.

Por un momento logré confundir a mi mente. La engañé escuchando a la gente de alrededor. Me entretuve espiando fragmentos de conversaciones ajenas: conversaciones de amigos, comentarios sobre la dureza del camino, risas entre compañeros que chocan las manos tras un chiste, amores entre amantes que se abrazan con cariño... y, de pronto, la palabra muerto.

Es curioso cómo una sola palabra te puede obligar a continuar escuchando una conversación que, en un principio, sólo oías. Muerto.

—¿Te has enterado? Han encontrado a una persona muerta —le comentaba un hombre a otro, mientras las mujeres de ambos, supuse, escuchaban estupefactas.

—¿Dónde? —fue la primera respuesta que a la vez fue pregunta.

«Dónde», y no quién, porque asumían no conocerlo. «Dónde», y no cuándo, porque seguro que fue en el pasado. «Dónde», y no por qué. «Dónde», porque seguramente era importante el lugar, porque cuando uno se pasa días, semanas, caminando por lugares, es importante el dónde.

—En un lago, no pone el nombre…

—¿Y qué le ha pasado? —Qué, ahora ya sí.

—No se sabe aún, el periódico no lo acaba de aclarar, mira… —Se arremolinaron los cuatro ante el periódico. Esperé, sospechando que era él.

Esperé impaciente, disimulando, a que dejaran libre el diario. Finalmente, cuando acabaron, lo abandonaron sobre una silla. Me lo llevé a mi rincón para descubrir lo que ya intuía.

Un hombre aparece muerto en Aigüestortes

Ayer, a las 8.10 horas, unos senderistas avistaron un cuerpo extraño en uno de los lagos del Parque Nacional de Aigüestortes. El hombre yacía boca abajo, con una mochila puesta […]. Era un viejo conocido de la zona que solía pasar sus vacaciones…

No se descarta ninguna hipótesis, pero todo apunta a un suicidio, pues no muestra signos de…

No pude seguir leyendo. Quizá había sido yo la última persona que habló con él, quizá le había ayudado a… quizá no. Quizá nadie podía ayudarle porque hacía ya días que había muerto y sólo le quedaba un cuerpo del que deshacerse.

Fue inevitable sentirme él, sentir ese vacío que se queda cuando no sabes si hiciste todo lo posible; sentir que yo también había perdido lo mejor de mi vida. Dejé el periódico sobre la silla y me levanté con los ojos mojados.

Necesité salir de allí, necesité salir fuera y, aún estando fuera, sabía que necesitaría salir de allí. Me acordé de Toni y de sus estrellas fugaces. Escapé para buscar aquel lugar.

Salí y el frío fue el único que intentó frenar unas lágrimas que volvían a escaparse. No me hizo falta preguntar. Pude distinguir, en la luz de la noche, a unas cuantas personas confundidas entre la oscuridad, a una pequeña distancia, sobre una pequeña explanada.

Me acerqué en silencio, como lo estaba el lugar, y comencé a distinguir siluetas: parejas, al menos tres; un pequeño grupo de amigos mirando al cielo y hablando en susurros; otros tantos solitarios como yo tumbados boca arriba… También distinguí, en el centro, a un hombre mayor montando un telescopio.

Busqué, a tientas, un lugar donde poder quedarme, donde poder asimilar todas las sensaciones que llevaba acumuladas durante los últimos días. Un lugar, en definitiva, para decidir.

Encontré un sitio, entre una pareja y el hombre del telescopio. Me recosté sobre un pequeño saliente de roca para mirar fijamente a un cielo que aún no veía. En unos segundos, comencé a distinguir puntos, constelaciones, a ver pasar estrellas fugaces. Una, otra, otra más, y otra, y así continuamente; al final me iban a sobrar deseos.

«Te quiero», le dije a una.

Dejé pasar el tiempo, no recuerdo cuánto. Tampoco recuerdo si llegué a dormirme o si llegué a estar todo el rato despierto. Desde allí abajo, con la mirada arriba, fui sintiendo el marchar de todos, el recoger de vidas.

Deambulé entre el sueño y la vigilia durante demasiado tiempo. Dormía, acurrucado en la roca, para, al instante, despertar. Despertaba para, al instante, con el peso de los ojos, volver a dormirme. Soñaba en cada despertar algo distinto. Soñé con el hombre del pelo cano y su mochila roja, con el gran lago de mi infancia y de mi presente, con Toni en el sofá de enfrente, con las cámaras de seguridad de un despacho ajeno... Todo en apenas unos minutos. Soñé también con Pippi y su pequeño perro; con don Rafael y sus amenazas; soñé con el beso de Sara y soñé con Rebe. Soñé que bajaba montada en una estrella, que aterrizaba suavemente junto a mí, que me cogía la mano como lo hacíamos cuando aún nos queríamos: se entrelazaban sus dedos en los míos, su tacto sobre el mío... Abrí los ojos y desperté de nuevo... y el sueño continuó, se olvidó de desaparecer aun estando yo despierto.

Esperé.
Esperé, despierto.

Esperé.
Esperé y la mano continuaba allí.

Una mano suave como el cariño, pequeña como el amor intenso, una mano que temblaba como mi propio cuerpo.

Una mano a la que me aferré con todas mis fuerzas.

Entrecruzamos los dedos, como lo hacíamos en el parque cuando aún no éramos tan maduros, como cuando las mariposas nos
hacían cosquillas en el estómago en la víspera de nuestros encuentros, en los propios encuentros. Y así, palma contra palma,
entrecruzamos de nuevo unas líneas que habían llegado a separarse demasiado, dibujando destinos distintos. Unas líneas que
se mezclaron en una sola mano, en un solo yo, en un solo ella.
En un solo nosotros.

Nos apretamos tanto que nos hicimos temblar.

Nos amamos tanto, en aquel momento, que nos hicimos
llorar.

—No quiero volver —susurré entre lágrimas.
—Lo sé —me suspiró su aliento.

—No puedo volver a lo mismo, no puedo… —continué susurrándole a la noche—. Quiero quedarme aquí.

—Lo sé. —Me apretó aún más fuerte.

Lentamente, con movimientos de hada, se deslizó para sentarse detrás de mí, con su pecho en mi espalda, con su voz en mi pelo, con sus manos en mi cuello.

—¿Podemos empezar de nuevo? —me susurró al oído mientras sus brazos rodeaban mi cuerpo.

Volví a sentirme con diecinueve años, como cuando nos conocimos, como cuando, por las noches, en la playa, me preguntaba si la querría para siempre. «Parasiempre», le decía yo mientras la amarraba a mí, mientras el que tenía miedo de perderla era yo. «Parasiempre», cuando no sabíamos lo que duraba un *parasiempre*. «Parasiempre», pensaba cuando sabía que moriría de dolor si la perdía, si algún día nos separábamos.

—Te quiero —se oyó en la noche.

No importó qué boca dejó caer aquella frase. No importó si era una sola voz, tan intensa que parecían dos, o si eran dos que, confundidas, parecían una.

Y aquella noche, a pesar del frío, dormimos sobre una piedra helada.

Y allí, de nuevo, vimos amanecer.

Ahora

De todo aquello hace ya seis años.

Seis años desde que Toni avisó a Rebe para que fuera en mi búsqueda, desde que Rebe fue capaz de llegar hasta aquella explanada para encontrar lo que parecía perdido.

Seis años que han sido el esbozo de una nueva vida.

Una nueva vida con distinto escenario, distinta historia y distinto ritmo, pero con los mismos personajes.

Una nueva vida en un nuevo escenario: un pequeño pueblo pirenaico que en algunas épocas del año triplica su población y en otras ni las brujas vienen; una nueva casa, que a la vez es antigua, con dos plantas, un garaje y un pequeño jardín con columpios. ¡Ah, y vida! Un nuevo negocio —propio— en el que invertimos nuestro primer año: una pequeña cafetería cerca del único colegio del pueblo.

Una nueva vida con una nueva historia: la de dos personas que se quieren como hacía tiempo no se querían; dos personas con un niño al que ven cada día, cada tarde y cada noche; dos personas que, sin grandes lujos, viven juntas. Dos personas que ven la luna desde su cama; que le han enseñado a su hijo a distinguir entre oveja y cabra, entre pino y haya, entre padre y papá; que han aprendido a distinguir entre casa y hogar, sabiendo que siempre tuvieron lo primero y ahora disfrutan de lo segundo.

Una nueva vida con un nuevo ritmo: ahora madrugamos de otra forma y nos acostamos... también de otra; ahora ya no grito cuando voy en coche, porque aquí hay menos coches y muchos menos gritos; ahora solemos pasar los sábados y domingos disfrutando de la montaña, visitando otros pueblos, otras ciudades... porque hemos conseguido sacar tiempo entre semana para limpiar la casa, arreglar desperfectos, cuidar el jardín y hacer la compra.

Hay una palabra capaz de resumir todo un cambio de vida: tiempo. Tiempo para conocer nuevos lugares; tiempo para disfrutar por las mañanas de unas caricias, por las noches de unos roces más profundos. Tiempo para hablar de problemas y soluciones, para besar en cualquier parte del otro cuerpo, para aprender cosas que enseñar a los demás, para saber que los niños siempre desean jugar con sus padres, para leer y disfrutar haciéndolo, para perderlo porque se tiene, para disfrutar de la soledad, para estar en compañía...

Cuando las cosas no van como esperamos, nos empecinamos en cambiar de personajes, cuando lo único que hay que hacer es cambiar de historia.

Sé que es difícil, muy difícil, cambiar toda una vida cimentada en las costumbres: cambiar de casa, de ciudad, de amistades, de colegio, de trabajo... y arriesgarse a empezarlo todo de nuevo. Pero si uno piensa en hacer algo así es porque todo lo demás le ha salido mal. Entonces... ¿qué riesgo hay? ¿Qué puede salir peor cuando ya todo va mal?

En fin, creo que estoy comenzando a divagar, a alejarme del propósito de este texto. Y es que hoy he visto un boli verde entre los juguetes de Carlitos... No es de gel y apenas le queda tinta, pero me ha servido para escribir este diario de recuerdos.

Esta novela que acabas de leer —de disfrutar, espero— ha conseguido llegar a tus manos porque, mientras yo me dedicaba a ir, ciudad por ciudad, con una maleta cargada de ejemplares, tuve la suerte de encontrar a gente anónima que decidió ayudarme a promocionarla.

Esta novela está en tus manos porque miles de personas totalmente desconocidas comenzaron a sentir que formaban parte de ella; comenzaron a recomendarla, a regalarla, a difundirla a través de internet...; personas con las que he ido entablando una relación a través de las redes sociales, principalmente en Facebook.

Esta novela está en tus manos porque tuve el apoyo de mi pareja, familia y amigos. Y, sobre todo, porque mientras mi padre me ayudaba a transportar los libros, mi madre se dedicó a llevar un ejemplar siempre en el bolso, con la intención de mostrarlo en cualquier ocasión que se le presentase: «Mira, esta novela la ha escrito mi hijo», decía.

Y sin duda alguna, esta novela está ahora en tus manos porque la editorial Espasa me dio la oportunidad de publicarla.

Yo, en realidad, lo único que he hecho ha sido escribirla; en cambio, todos vosotros estáis consiguiendo que crezca.

Gracias.

A Yolanda, a Balma, a Jana